LAURA GAMBRINUS

Eine Lady in der Fremde

ISBN: 9781980601937
Imprint: Independently published

Laura Gambrinus
c/o Papyrus Autoren-Club
Pettenkoferstr. 16-18
10247 Berlin (Germany)

Lektorat:
S. Krüger

Korrektorat:
M. Riek

Cover-Gestaltung:
F. Rüttgers

Verwendete Bildlizenzen:
©Pakhnyushchy / Shutterstock.com
©Elnur / Shutterstock.com
© milias 1987 / Shutterstock.com

LAURA GAMBRINUS

Eine Lady in der Fremde

Gestern noch saß Cassandra, Tochter eines begüterten Landedelmanns, überglücklich dem attraktiven und kultivierten Nathan Ironside gegenüber und freute sich auf den Antrag, den er ihr machen würde.
Heute sitzt Cassandra auf einem schwankenden Bötchen und wird durch die müffelnden Kanäle Venedigs gefahren. An ihrer Seite Marmaduke Lakeland, ein Mann mit kleinem Bäuchlein und krummer Statur, den man auf der Straße übersehen mag. Ihr Ehemann.
Sie selbst trägt die Schuld an der Misere, hat sie den Geschäftsmann doch in eine kompromittierende Situation gebracht, nachdem sie nach der Zurückweisung durch ihren Verehrer vor Verzweiflung blind war.
Um in England dem Tratsch über sich zu entgehen und ihrer egoistischen und lieblosen Mutter zu entkommen, hat sie darauf bestanden, ihn auf seiner Geschäftsreise nach Italien zu begleiten.
Aber was stimmt mit dem Mann nicht? Warum beachtet er sie kaum, schleicht sich nachts aus dem Haus und kehrt erst in den frühen Morgenstunden zurück? Und was sind das für Geräusche aus dem Nachbarhaus, das doch seit Jahren verlassen steht?
Marmaduke scheint ein finsteres Geheimnis zu bewahren, und Cassandra ist entschlossen, dieses zu lüften …

Tauchen Sie ein in die zauberhafte Geschichte zur Zeit des Regency – mit der humorvollen und spannenden Konfrontation von Menschen und Kulturen, die unterschiedlicher nicht sein könnten. Laura Gambrinus spielt mit den Gegensätzen und führt zusammen, was unvereinbar erscheint.

Kapitel 1

Ein Herrenhaus in den Cotswolds nahe Chippenham,
Ende Juli 1796

Cassandra Halcroft brachte kaum einen Bissen der frisch gebackenen Biskuits hinunter, die das Hausmädchen in einer Etagere zusammen mit der Kanne auf dem Tisch abgestellt hatte. Gerade ein paar Tropfen Tee schafften es, die Enge in ihrer Kehle zu passieren, ohne dass sie sich daran verschluckte.

Cassandra setzte vorsichtig die Porzellantasse ab, damit nicht lautes Klappern das Zittern ihrer Hände verriete.

Grund für ihre Aufregung war der Mann, der ihr gegenübersaß. Nathan Ironside hatte an diesem Nachmittag zum wiederholten Male bei ihr vorgesprochen. In den vergangenen Wochen war er regelmäßig zur Teestunde erschienen und immer länger mit ihr zusammen im kleinen Salon sitzen geblieben.

Auch an diesem Nachmittag hatte sich ihre Tante in ihre bevorzugte Fensternische zurückgezogen, um dort wie üblich bei dergleichen Gelegenheiten mit ihrem Stickzeug in der Hand unauffällig über den guten Ruf der einzigen Tochter des Hauses zu wachen.

sie mit beiden Händen am Schopf ergreifen und ihn neben sich an den Tasten akzeptieren.

»Mit dem allergrößten Vergnügen.«

»Dann akzeptiere ich ihr großzügiges Angebot sehr gern.« Sie strahlte ihn an.

»Bei dieser Gelegenheit würde ich auch gern um eine Unterredung mit Ihrem Herrn Vater bitten.«

Nathan Ironside wirkte nervös und Cassandra stockte der Atem. Ein Blick zu ihrer Tante zeigte ihr, dass diese ihre Arbeit hatte sinken lassen und zu ihnen herübersah. Ein unauffälliges Nicken bestätigte Cassandras Hoffnung.

Ihr Verehrer würde sich endlich erklären.

Am Nachmittag des für sie so wichtigen Tages stürmte Miss Cassandra Halcroft die breite Treppe hinunter, die in die Eingangshalle von Woodland Court führte.

Mit ihren beinahe vierundzwanzig Jahren hätte sie eigentlich wissen müssen, dass ein solches Verhalten gänzlich unschicklich war. Doch die Freude über die Ankunft ihres geliebten Bruders Hugh ließ sie alle in langen Jahren erlernten Benimmregeln missachten. Sie hatte die Ankunft seiner Kutsche von ihrem Zimmerfenster aus beobachtet und sich bereits auf den Weg gemacht, als das Gefährt gerade erst den steinernen Torbogen des Anwesens passiert hatte und die gekieste Auffahrt bis zum Haus entlangfuhr.

Cassandra kam im selben Moment im Erdgeschoss an, in dem Brown, der Butler, das große Eingangsportal für ihren Bruder öffnete. Sie stürzte an dem Mann vorbei, der ihr ohne Rührung im Gesicht auswich, und flog ihrem

Kapitel 1

Ein Herrenhaus in den Cotswolds nahe Chippenham,
Ende Juli 1796

Cassandra Halcroft brachte kaum einen Bissen der frisch gebackenen Biskuits hinunter, die das Hausmädchen in einer Etagere zusammen mit der Kanne auf dem Tisch abgestellt hatte. Gerade ein paar Tropfen Tee schafften es, die Enge in ihrer Kehle zu passieren, ohne dass sie sich daran verschluckte.

Cassandra setzte vorsichtig die Porzellantasse ab, damit nicht lautes Klappern das Zittern ihrer Hände verriete.

Grund für ihre Aufregung war der Mann, der ihr gegenübersaß. Nathan Ironside hatte an diesem Nachmittag zum wiederholten Male bei ihr vorgesprochen. In den vergangenen Wochen war er regelmäßig zur Teestunde erschienen und immer länger mit ihr zusammen im kleinen Salon sitzen geblieben.

Auch an diesem Nachmittag hatte sich ihre Tante in ihre bevorzugte Fensternische zurückgezogen, um dort wie üblich bei dergleichen Gelegenheiten mit ihrem Stickzeug in der Hand unauffällig über den guten Ruf der einzigen Tochter des Hauses zu wachen.

»Das Gebäck ist Ihrer Köchin wieder einmal ausgezeichnet gelungen«, lobte Ironside die Kekse, von denen er nun schon den dritten genüsslich verspeist hatte.

»Ich werde es Mrs. Roberts ausrichten«, versprach Cassandra erfreut. »Sie wird sich ob Ihres Lobes sehr geschmeichelt fühlen.«

»Es ist nur die Wahrheit – sie sind vorzüglich.« Ironside nahm einen weiteren Schluck Tee.

Fasziniert betrachtete Cassandra seine eleganten Bewegungen, als er die Tasse zum Mund führte und dann beinahe lautlos auf dem Tellerchen wieder absetzte. Für einen Mann hatte er sehr feingliedrige Finger, dennoch nahm sich die Tasse darin aus wie einer Puppenstube entstammend.

»Nehmen Sie noch einen Biskuit«, bot sie an und wies einladend auf die Etagere.

»Oh danke, aber – nein«, wehrte er mit erhobenen Händen ab. »Wenn ich weiterhin diese süßen Köstlichkeiten in mich hineinstopfe, wird mich mein Pferd schon bald nicht mehr tragen können.«

»Aber woher! Sie haben doch …« Cassandra brach ab und warf einen hastigen Blick zu ihrer Tante, doch die hatte die Augen auf ihre Handarbeit gesenkt und ihre Miene blieb ungerührt. *Sie haben doch gar nicht um Ihre Figur zu fürchten*, hatte sie beinahe bewundernd sagen wollen, ehe sie sich selbst hatte unterbrechen können.

Eine anständige junge Dame erwähnte so etwas nicht.

Natürlich nicht.

Niemals.

»Ja, Miss Halcroft?« Ironsides blaue Augen ruhten erwartungsvoll auf ihr. »Was wollten Sie sagen?«

»Sie haben doch erst zwei davon probiert«, rettete sich Cassandra mit knapper Not aus der Verlegenheit.

»Vier.«

»Wie bitte?«

»Es waren vier Biskuits. Nicht zwei«, stellte er richtig.

»Oh. Ach so.« Cassandra war zu sehr in den Anblick seiner zu einem gewinnenden Lächeln verzogenen Lippen versunken gewesen, als dass sie seinen Worten die gebührende Aufmerksamkeit hätte schenken können. Nun musste er sie ja für eine völlig geistlose Pute halten.

Doch andererseits – ihre Mutter tadelte sie stets dafür, wenn sie sich klug und schlagfertig zeigte. Eine vorlaute Frau will niemand heiraten, war die häufigste Ermahnung gewesen, die sie ihr eingebläut hatte.

»Nun ja«, stotterte sie aus dem Konzept gebracht. »Fünf. Fünf sollten es schon sein. Wozu haben wir schließlich fünf Finger an jeder Hand, nicht wahr? Und Zehen. Wir haben doch auch fünf Zehen.«

Cassandra verstummte, als ihr Gegenüber in gutmütiges Gelächter ausbrach.

»Na schön, Miss Halcroft. Da Sie so schlagkräftige Argumente dafür vorbringen, werde ich tatsächlich noch ein fünftes Biskuit essen.«

»Diese hier sind besonders lecker.« Cassandra wies erleichtert mit dem Zeigefinger auf ihre Lieblingssorte mit Vanille. Sie verhielt sich wirklich immer mehr wie ein vollkommen geistloses Geschöpf.

Da Mister Ironside im selben Moment die Hand nach ebendiesem Gebäckstück ausstreckte, berührten sich ihre Finger für die Dauer eines Wimpernschlages. Cassandra zuckte zurück, als hätte sie sich verbrüht, und ihre Wangen fingen an zu brennen. Ihr Gast tat, als hätte er nichts bemerkt, nahm sich ein Stückchen Gebäck und schob es sich im Ganzen in den Mund.

»Wirklich sehr delikat«, lobte er, als er hinuntergeschluckt hatte. »Doch nun muss ich aber wirklich aufhören. Das Pferd wird mich wohl noch tragen können, aber ich möchte ungern meinen Schneider auffordern müssen, die Anzüge künftig eine Nummer größer zu fertigen.«

Cassandra schwieg und zog es vor, nur sanft zu lächeln. Stille breitete sich aus. Für ein paar Atemzüge war lediglich das leise Rascheln von Mrs. Fullertons Stickzeug zu vernehmen.

»Wie geht es Ihrer werten Frau Mutter?«, unterbrach Mr. Ironside schließlich nach einigen weiteren Schlucken Tee Cassandras angestrengtes Suchen nach einem unverfänglichen Gesprächsthema, das es ihr dennoch erlauben würde, die unausgesprochenen Absichten ihres Verehrers auszuloten.

»Oh, danke der Nachfrage. Meine Mutter erfreut sich ausgezeichneter Gesundheit«, behauptete sie nicht ganz wahrheitsgemäß. Erst an diesem Morgen hatte sich Lady Octavia wieder über Migräne beklagt, doch nichtsdestotrotz nach der Schneiderin geschickt, die ihr für das nächste Woche bevorstehende Fest ein neues Kleid anfertigen sollte.

»Das höre ich gern.«

»Sie freut sich schon sehr auf unsere Soiree«, führte Cassandra ihren Gedanken laut fort.

»Ich habe mich noch gar nicht für die freundliche Einladung bedankt, die ich erhalten habe«, warf er ein.

»Werden Sie kommen?«, erkundigte sich Cassandra mit schlecht verhohlener Anspannung.

»Aber selbstverständlich. Ich fühle mich sehr geehrt, dass Sir Rupert mich als künftigen Geschäftspartner in Erwägung gezogen hat. Um keinen Preis würde ich bei einer solchen Gelegenheit fehlen wollen.«

Erneut folgte Schweigen, während Cassandra versuchte, seinen vielsagenden Blicken auszuweichen und es doch gleichzeitig auch nicht zu tun. Sie spielte schließlich mit ihrem bestickten Deckchen, als er endlich weitersprach.

»Mir kam zu Ohren, dass Sie auf der Veranstaltung singen werden, Miss Halcroft.«

»Ja, das ist richtig.«

»Haben Sie denn schon eine Begleitung am Pianoforte?«

»Nun ja, ich … nein«, verbesserte sie sich, als ihr die Gelegenheit bewusst wurde. »Nein, es hat sich noch niemand gefunden«, beendete sie eilig den Satz.

»Wie bedauerlich. – Würden Sie mir denn gestatten, diese Lücke zu schließen?«

»Das würden Sie tun?« Cassandra war hocherfreut, dass ihr kleiner Schwindel sich ausgezahlt hatte. Normalerweise spielte sie selbst, doch diese Gelegenheit würde sie mit beiden Händen am Schopf ergreifen und ihn neben sich an den Tasten akzeptieren.

»Mit dem allergrößten Vergnügen.«

»Dann akzeptiere ich ihr großzügiges Angebot sehr gern.« Sie strahlte ihn an.

»Bei dieser Gelegenheit würde ich auch gern um eine Unterredung mit Ihrem Herrn Vater bitten.«

Nathan Ironside wirkte nervös und Cassandra stockte der Atem. Ein Blick zu ihrer Tante zeigte ihr, dass diese ihre Arbeit hatte sinken lassen und zu ihnen herübersah. Ein unauffälliges Nicken bestätigte Cassandras Hoffnung.

Ihr Verehrer würde sich endlich erklären.

Am Nachmittag des für sie so wichtigen Tages stürmte Miss Cassandra Halcroft die breite Treppe hinunter, die in die Eingangshalle von Woodland Court führte.

Mit ihren beinahe vierundzwanzig Jahren hätte sie eigentlich wissen müssen, dass ein solches Verhalten gänzlich unschicklich war. Doch die Freude über die Ankunft ihres geliebten Bruders Hugh ließ sie alle in langen Jahren erlernten Benimmregeln missachten. Sie hatte die Ankunft seiner Kutsche von ihrem Zimmerfenster aus beobachtet und sich bereits auf den Weg gemacht, als das Gefährt gerade erst den steinernen Torbogen des Anwesens passiert hatte und die gekieste Auffahrt bis zum Haus entlangfuhr.

Cassandra kam im selben Moment im Erdgeschoss an, in dem Brown, der Butler, das große Eingangsportal für ihren Bruder öffnete. Sie stürzte an dem Mann vorbei, der ihr ohne Rührung im Gesicht auswich, und flog ihrem

Bruder in die Arme. »Hugh, wie schön, dass du endlich gekommen bist! Ich hatte heute schon gar nicht mehr mit dir gerechnet.«

Hugh Halcroft schwenkte seine acht Jahre jüngere Schwester fröhlich ein paar Mal um seine eigene Achse, ehe er sie wieder auf dem Boden absetzte, sie bei den Händen nahm und auf Armeslänge von sich hielt.

»Du bist noch schöner geworden, Schwesterchen, seit ich dich das letzte Mal gesehen habe«, verkündete er im Brustton der Überzeugung.

»Das sagst du nur, weil du mein großer Bruder bist und mich daher ohnehin hübsch finden musst«, neckte sie ihn übermütig.

»Aber Cass«, wehrte er lachend ab, »du weißt doch, dass ich mich nicht zum Süßholzraspeln eigne und es nicht mal für dich lernen würde. Nein, ich sage dies, weil es die Wahrheit ist.«

Strahlend genoss Cassandra seine Bewunderung, ehe sie den Mann bemerkte, der in höflicher Distanz zu ihnen beiden gewartet hatte, bis der geschwisterliche Begrüßungsjubel abgeklungen war.

Sie zuckte zusammen.

Dass ein unbeteiligter Fremder ihren Gefühlsausbruch miterlebt hatte, war ihr peinlich.

Hugh folgte der Richtung ihres Blickes und entsann sich offensichtlich der notwendigen Höflichkeit.

»Oh ja, verzeih, Schwesterchen, ich bin nicht allein gekommen, sondern habe einen guten Freund und Vaters Geschäftspartner Marmaduke Lakeland mitgebracht. Duke«, er wandte sich an den Fremden, »das ist meine kleine Schwester Cassandra.«

Cassandra machte einen Knicks, den der Gast mit einer förmlichen Verbeugung beantwortete.

»Herzlich willkommen in Woodland Court, Mister Lakeland«, begrüßte sie ihn zurückhaltend.

»Vielen Dank, Miss Halcroft«, antwortete er steif und ohne eine Miene zu verziehen.

Cassandra begegnete einem Paar tief liegender, brauner Augen unter halb geschlossenen Lidern, hatte aber keine Zeit, sich eingehender mit dem Bekannten der Familie zu befassen.

»Duke«, wandte Hugh sich an seinen Gast, »du möchtest dich vielleicht frischmachen, bevor Mutters Soiree beginnt. Brown wird dir dein Zimmer zeigen, es ist sicher in Windeseile für dich hergerichtet.« Er winkte den Butler herbei und gab ihm Anweisungen.

»Sehr wohl, Mister Hugh. Mit Verlaub, Sir Halcroft bittet Sie, eiligst in die Bibliothek zu kommen. Er habe etwas mit Ihnen zu besprechen, lässt er ausrichten.«

»Ist gut, ich komme sofort. Danke, Brown.«

Der Butler schritt voran und geleitete den Gast, der sich mit einem Nicken von ihnen verabschiedet hatte, die Treppe hinauf. Hugh wandte sich wieder an seine Schwester, hakte sie unter und zog sie mit hinein.

»Kannst du dir vorstellen, was er so dringend mit mir besprechen möchte?«

Cassandra spürte, wie ihr das Herz bis zum Halse schlug, und sie klammerte sich fester an den Arm ihres

Bruders. »Oh ja«, wisperte sie aufgeregt. »Natürlich weiß ich das, und ich wundere mich, dass du glaubst, so gar keine Ahnung davon zu haben, worum es geht.«

Hugh wandte ihr sein Gesicht zu und zog die Augenbrauen so hoch, dass sich seine ansonsten jugendliche Stirn in tiefe Falten legte.

»Da brat mir doch einer einen Storch. Es ist also tatsächlich endlich soweit?«

»Ja.« Sie nickte verlegen. »Endlich. Mister Ironside hat heute einen eiligen Brief an Vater geschickt, ich kann nur vermuten, was darin steht, denn noch hat er mir nicht offiziell mitgeteilt, dass Nathan um meine Hand angehalten hat, sondern anscheinend auf dich gewartet.«

»Großartig! Wird dein Zukünftiger denn heute Abend ebenfalls erscheinen?«

»Aber natürlich – er will mich sogar auf dem Pianoforte begleiten, stell dir vor. Du kannst dir aber sicher denken, dass ich inzwischen auf glühenden Kohlen sitze. Also bitte – beeile dich, damit ich nicht noch länger warten muss.«

Hugh lachte gutmütig. »Ich werde mein Bestes tun, dich von dieser Folter schnellstmöglich zu befreien. Also dann – auf in die Höhle des Löwen.«

Cassandra löste ihren Arm aus seiner Ellenbeuge, damit er Mantel und Hut ablegen und dem Hausmädchen übergeben konnte. Er verabschiedete sich mit einem Zwinkern von ihr und bestieg die Treppe ins Obergeschoss hinauf, wobei er, so wie er es schon als Junge getan hatte, auch jetzt zwei Stufen auf einmal nahm.

Sie sah ihm hinterher. Ihr Herz pochte nervös und ihre Handflächen waren feucht. Ein rascher Blick auf die kunstvoll geschnitzte Pendeluhr an der Wand sagte ihr, dass es erst kurz nach drei Uhr nachmittags war. Am liebsten hätte sie den Zeiger vorgedreht, damit es Abend und sie auf der Soiree diese unerträgliche Spannung loswürde. Wenn ihr Vater die Verlobung zwischen ihr und Nathan Ironside verkündet hätte, die sie so wie ihre ganze Familie und jeder ihrer Freunde und Nachbarn schon seit einer gefühlten Ewigkeit erwartete, dann wäre sie endlich wieder ruhiger. Dass er mit seiner Erklärung so lange gezögert hatte, hatte sie in den letzten Wochen gehörig Nerven gekostet.

Doch nun war es ja bald vorüber.

Kapitel 2

Das Buchsbaumlabyrinth, das an der Westseite des Herrenhauses lag, heiterte Cassandra immer wieder auf. Sie hatte es schon als Kind geliebt, sich dort zu verstecken. Da dieser Teil des Gartens allerdings um ein gutes Stück niedriger lag als die das Haus umgebende Terrasse, konnte man sie jetzt als Erwachsene selbstverständlich von dort aus jederzeit entdecken. Doch Cassandra ging es nicht darum, sich unsichtbar zu machen. Sie wollte einfach in der liebevoll gestalteten grünen Landschaft auf andere Gedanken kommen. Außerdem hatte sie hier ihre Ruhe, denn außer ihr selbst verirrte sich höchst selten jemand in diesen Teil des Gartens.

Die von ihr so geschätzte Einsamkeit war heute jedoch nicht von langer Dauer. Das Geräusch einer schlagenden Tür riss sie aus ihren Gedanken und sie wandte den Kopf zum Haus. Dort war gerade der Geschäftsfreund ihres Vaters auf die Terrasse getreten und sah sich offensichtlich gedankenverloren im Außenbereich des Herrenhauses um.

Er schien sie nicht zu bemerken und lenkte seine Schritte in Richtung Garten. Cassandra hatte keine Lust, dem Gast ihres Vaters zu begegnen, denn für eine höfliche

Konversation mit einem Fremden war sie im Augenblick nicht in der Stimmung. Da Mister Lakeland offenkundig beabsichtigte, sich zur Südseite hin zu orientieren, beschloss sie, ihren Aufenthalt abzukürzen und den Irrgarten zu verlassen.

Sie würde die Terrasse hinter seinem Rücken passieren und unbemerkt ins Haus gelangen.

Gerade als sie auf die Stufen zur Terrasse hin zusteuerte, musste Cassandra feststellen, dass sie sich in ihren Berechnungen geirrt hatte: Mister Lakeland hatte seine Pläne geändert und war nicht in den südlichen Teil des Gartens gegangen, sondern umgekehrt – und kam nun direkt auf sie zu. Für eine Flucht war es definitiv zu spät, wollte sie nicht hoffnungslos ungezogen erscheinen. Es war heller Tag, sie waren einander vorgestellt worden, sie konnte also zwei, drei unverfängliche Sätze mit dem Freund ihres Bruders wechseln.

Sie trafen am Fuß der Treppe aufeinander. Höfliches Knicksen wurde von ebenso höflichem Verbeugen beantwortet.

»Mister Lakeland.«

»Miss Halcroft.«

»Ist Ihre Unterkunft nach Ihrem Geschmack?«

»Ganz und gar, vielen Dank. Sie bewohnen ein wunderschönes Haus, wenn ich mir die Bemerkung erlauben darf.«

»Es freut mich, dass es Ihnen gefällt.«

»Oh ja, durchaus.«

Schweigen entstand.

Cassandra musterte ihren unfreiwilligen Gesprächspartner. Seine braunen Augen ruhten ausdruckslos auf ihr und sie hatte das Gefühl, dass er nicht mehr Interesse an ihr hatte als an einem der figürlich gestutzten Buchsbäume. Dennoch war er der Erste, der das Gespräch fortsetzte.

»Sie waren im Begriff, hineinzugehen. Bitte lassen Sie sich durch mich nicht aufhalten.«

Cassandra hob die Brauen.

Im selben Moment wurde ihm offensichtlich die Unhöflichkeit seines Satzes bewusst, denn er räusperte sich unbehaglich.

»Ich meinte damit nicht, dass mir Ihre Gesellschaft etwa unangenehm wäre, Miss Halcroft«, beeilte er sich, zu versichern. Beinahe geriet er ins Stottern.

»Oh, das habe ich durchaus nicht angenommen«, schwindelte sie.

»Das ist gut«, antwortete er hörbar erleichtert. »Ich wollte Sie nämlich nur nicht von Ihren sicherlich wichtigen Erledigungen abhalten. Ich meine – wichtiger, als sich mit mir, einem völlig Fremden, zu unterhalten. Ihr Bruder hat angedeutet, dass heute Abend eine Veranstaltung stattfinden soll. Sicherlich haben Sie noch viele wichtige Vorbereitungen zu treffen.«

»Durchaus, Mister Lakeland. Dennoch achte ich stets darauf, hin und wieder eine kurze Ruhepause einzulegen. Wie man hört, soll dies der Gesundheit zuträglich sein.«

»Da stimme ich Ihnen aus vollstem Herzen zu. Bitte.« Mit einer angedeuteten Verneigung trat er einen Schritt zurück und ließ ihr den Vortritt an der Treppe. Trotz ihrer immer noch schwelenden Nervosität musste Cassandra ein Schmunzeln unterdrücken. Sie raffte ihre Röcke und ging vor ihm her nach oben. Wie unbeholfen dieser Mensch doch war!

Auf der Terrasse verlangsamte sie ihre Schritte und Lakeland trat wieder neben sie.

»Wie lang werden Sie bleiben, Mister Lakeland?«, nahm Cassandra den Gesprächsfaden wieder auf, während sie langsam auf die Tür zu schlenderten. Nebenbei musterte sie ihn. Sein Haar hatte einen undefinierbaren Braunton, war nicht hell und nicht dunkel. Er trug es, der Mode trotzend, schulterlang und hatte es im Nacken zu einem Zopf gebunden, aus dem sich ein paar unordentliche Strähnen gelöst hatten, die ihm nun ins Gesicht fielen.

»Oh, nur ein paar Tage. Ich bin auf dem Weg nach Bristol und werde mich dort einschiffen.«

»Sie verreisen?«

»Ja. Die Löwenrepublik erwartet mich.« Die Information kam beinahe widerstrebend.

»Löwenrepublik?« Cassandra horchte auf. »Was bedeutet das, wenn ich fragen darf?«

»Oh, verzeihen Sie – die Bezeichnung ist mir, wie ich erkennen muss, schon zu geläufig. So nennt man Venedig, diesen kleinen Staat im Norden des adriatischen Meeres. Unter anderem.«

»Unter anderem? Gibt es denn mehrere Namen?« Cassandras Interesse war geweckt.

»Nun ja … sie nennt sich selbst auch gern *La Serenissima Repubblica di San Marco*, also die Erlauchteste Markusrepublik. Oder einfach *La Serenissima.*«

»Wie ungewöhnlich«, meinte sie nachdenklich. »Aber weshalb Republik? Haben sie dort denn keinen König oder Ähnliches?«

»Ich fürchte, damit kann Venedig nicht dienen. Die Stadt wird seit ihrem Bestehen von den Bürgern regiert. Ratsherren, Senatoren, Nobelmänner, aus denen sie das Staatsoberhaupt wählen.«

»Und was hat es mit dem Löwen auf sich? – Verzeihen Sie, wenn ich ungebührlich viele Fragen stelle.«

»Oh, ich antworte durchaus gern. Der Löwe ist Venedigs Wappentier. Er wird dem Evangelisten Markus zugeordnet, welcher der Schutzpatron der Stadt ist.«

»Ah – wie aufschlussreich. Und es gefällt Ihnen dort?«

Lakeland zuckte die Schultern. »Nun ja. Ich …« Er hielt inne und senkte den Blick, als überlege er. Seine Art, zu erklären, war äußerst angenehm – nicht etwa belehrend oder hochmütig, wie sie es gelegentlich sogar bei ihrem Bruder erlebt hatte.

Cassandra betrachtete ihn währenddessen noch ein wenig eingehender. Schlechte Haltung mit nach vorn fallenden Schultern ließ ihn auf den ersten Blick nicht so groß wirken, wie er tatsächlich war, sein Gang war eher schlurfend als kraftvoll und er hatte mehr als nur einen leichten Bauchansatz. Obwohl sie auf den ersten Blick die unübersehbar hohe Qualität seiner Kleidung erkannt hatte, wirkte er im Gesamtbild eher durchschnittlich.

Unwillkürlich verglich sie ihn mit der dynamischen Erscheinung ihres zukünftigen Verlobten, dessen energische Bewegungen allein sie bereits von Beginn an beeindruckt hatten.

Die beiden Männer erschienen ihr wie Tag und Nacht.

Sie hatten beinahe schon die Terrassentür zum Haus erreicht, als Lakeland sich nun doch entschloss, weiter zu sprechen.

»Ich habe einst in der Lagunenstadt ein altes Haus erworben und muss nun wieder dorthin, um nach dem Rechten zu sehen. Außerdem möchte ich meine Beziehungen erweitern und darüber hinaus versuchen, den Wollhandel Ihres Vaters dort zu etablieren. Die Qualität der in Venedig gefertigten Stoffe ist außergewöhnlich.«

»Oh, wie überaus interessant«, beeilte Cassandra sich zu versichern.

In Wahrheit fragte sie sich, wie jemand nur daran Interesse haben konnte, so weit entfernt ein altes Gebäude zu besitzen. Natürlich hatte auch sie bereits von den Wundern der Lagunenstadt gehört, doch sie stellte es sich äußerst befremdlich vor, fast nirgendwo festen Boden unter den Füßen zu haben.

»Ja, nicht wahr?« Mister Lakeland schien Blut gewittert zu haben, denn sein Tonfall wurde unversehens lebendiger. »Ich möchte auch versuchen, das berühmte Glas und die unnachahmlichen Seidenstoffe der Venezianer nach England zu exportieren«, fuhr er fort.

In diesem Moment hatten sie die Tür erreicht und Cassandra streckte die Hand nach der Klinke aus.

Doch Lakeland war schneller und öffnete für sie.

»Dann wünsche ich Ihnen viel Erfolg bei Ihren Geschäften«, sagte sie höflich, aber leidenschaftslos, nahm seinen wortlos genickten Dank entgegen, knickste kurz und verschwand im Haus. Das Schloss war kaum hinter ihr zugeschnappt, da hatte Cassandra dieses belanglose Gespräch bereits vergessen.

Cassandras Unruhe kehrte mit voller Kraft zurück. Was konnten ihr Vater und ihr Bruder nur in dieser Angelegenheit so lange zu besprechen haben? War denn mit Nathans Erklärung seiner Absichten nicht alles gesagt?

Unschlüssig verhielt sie einen Moment, ehe sie sich kurz entschlossen zur Treppe wandte und nach oben ging. Ihre Entscheidung war die richtige gewesen, denn als sie die Hälfte der Stufen hinter sich gebracht hatte, hörte sie oben eine Türe aufgehen und die Stimmen der beiden Männer erklingen. Sie beschleunigte ihren Schritt und traf am oberen Treppenabsatz auf ihren Bruder, der es ziemlich eilig zu haben schien.

»Vater erwartet dich jetzt«, murmelte er, als er sich an ihr vorbeischob und hastig die Treppe hinunterlief.

Erstaunt sah ihm Cassandra hinterher. Dann aber wandte sie sich um und ging entschlossen auf die Tür zu, die ins Arbeitszimmer ihres Vaters führte und nur angelehnt war.

»Hier bin ich, Papa.«

»Komm herein mein Kind und setz dich.« Rupert Halcroft bedachte seine Tochter mit einem liebevollen Blick und wies auf den Sessel am Fenster. Cassandra zwang sich, der Einladung nachzukommen, obwohl sie so angespannt war, dass sie am liebsten stehen geblieben wäre. So setzte sie sich auf den äußersten Rand des Polsters, faltete artig die Hände in ihrem Schoß, um deren Zittern zu verbergen, und sah erwartungsvoll zu ihrem Vater auf. Ihr Herz schlug einen wilden Rhythmus und sie fürchtete, in Ohnmacht zu fallen, wenn sie nicht bald Gewissheit haben würde.

Gewissheit über ihre Zukunft.

»Cassandra, du weißt, dass ich heute einen Brief von Mister Ironside erhalten habe«, begann ihr Vater umständlich.

»Ja, Papa«, antwortete sie atemlos und zwang sich, ruhig zu bleiben. Sie wusste, dass sich ihr Vater trotz aller Zuneigung zu ihr jegliche Form von Gefühlsausbrüchen verbat. Diese Ablehnung allen 'weibischen Gehabes', wie er es zu nennen pflegte, war wohl auch der Hauptgrund, warum er und seine Gattin Octavia nur noch die nötigsten Worte miteinander wechselten.

»Nun …« Er senkte den Kopf, verschränkte die Hände auf dem Rücken und trat ans Fenster.

Cassandra beschlich ein flaues Gefühl und ihr strahlendes Lächeln gefror. »Was schreibt er?«

»Mister Ironside hat mir darin mitgeteilt, dass er es zutiefst bedauere, heute Abend nicht an unserer Soiree teilnehmen zu können, da ihn wichtige Geschäfte nach Birmingham gerufen haben. Er hat außerdem mein Angebot abgelehnt, in unsere Handelsfirma einzusteigen und nach meinem Ableben neben deinem Bruder gleichberechtigter Partner zu werden.«

Cassandras Verstand weigerte sich, die Schlussfolgerung aus diesen Informationen zu ziehen, und wie sich herausstellte, brauchte sie das auch nicht zu tun, denn ihr Vater sprach weiter.

»Er ließ mich wissen, dass er stattdessen beabsichtige, eine Partnerschaft mit Mister Galton aus Birmingham einzugehen, der so wie wir einen florierenden Tuchhandel betreibt.«

»Nun … aber … das muss ja nichts zu bedeuten haben, oder? Er … er wird sich dann eben später erklären, wenn er aus Birmingham wieder zurück ist.«

Sir Rupert wandte sich mit auf dem Rücken ineinander gelegten Händen zu seiner Tochter um und betrachtete sie einen Augenblick sorgenvoll.

»Cassy, ich will dir nichts vormachen. Mir ist bekannt, dass jener Mister Galton eine Tochter im heiratsfähigen Alter hat, die eine erhebliche Mitgift erwarten darf. Mister Ironside stellt mit keinem Wort einen weiteren Besuch bei uns in Aussicht. Ich denke daher, er hat sich anderweitig orientiert. Tut mir leid.«

»Nathan will mich also nicht heiraten«, resümierte sie mit gepresster Stimme.

»Nein, mein liebes Kind. Das will er ganz offensichtlich nicht. Für mich ist dieser Brief eindeutig.« Bedauern sprach aus seiner Stimme.

»Oh.«

Mehr wagte Cassandra nicht zu äußern.

Sie befürchtete, sonst in Tränen auszubrechen. Nein – eher vor Wut loszuschreien.

»Hat er … hat er sich denn dir gegenüber in irgendeiner Weise … hm … geäußert? Hat er irgendetwas gesagt, das auf seinen Sinneswandel hindeuten konnte?«, erkundigte Rupert Halcroft sich mit hochgezogenen Brauen und sah seine Tochter eindringlich an.

Die rang die Hände. »Nein, Vater. Nichts dergleichen. Ganz im Gegenteil.«

Halcroft horchte auf. »Er hat dich doch nicht etwa kompromittiert?«

»Nein, ganz gewiss nicht«, fuhr Cassandra auf und ihre Wangen brannten. »Nein, er ist mir niemals zu nahe getreten. Wann hätte er das auch tun können? Wir waren ja nie miteinander allein …«

»Na, dann ist ja alles in Ordnung«, stellte ihr Vater beruhigt fest.

»Ja, es ist alles in Ordnung«, murmelte Cassandra und erhob sich mit zitternden Knien.

»Ich verstehe einfach nicht, wie Mister Ironside so unerwartet seine Meinung ändern konnte.« Ihr Vater schüttelte ratlos den Kopf. »Es tut mir unsagbar leid, Cassy.«

»Ich verstehe es auch nicht, glaub mir, Papa«, brachte Cassandra mit erstickter Stimme hervor. »Danke, dass du mich informiert hast. Und jetzt entschuldige mich bitte.«

Ohne eine Antwort ihres Vaters abzuwarten, ging sie mit steifen Bewegungen aus dem Arbeitszimmer. Erst, als sie die Tür hinter sich zugezogen hatte, erlaubte sie sich, dem Druck hinter ihren Augen nachzugeben. Tränenblind rannte sie einen Atemzug später in eine breite männliche Brust. Zwei Arme schlossen sich um sie und hielten sie fest.

»Cass, es tut mir so leid«, hörte sie Hughs Stimme.

»Danke«, wisperte sie und schloss die Augen. Tränen bahnten sich den Weg über ihre Wangen und wurden von der Weste ihres Bruders aufgesaugt.

»Taschentuch?«, fragte er mit sanfter Stimme.

»Danke«, antwortete sie erstickt.

»Danke Ja oder danke Nein?«

In jeder anderen Situation wäre sie auf das verhaltene Schmunzeln in seiner Stimme eingegangen, aber nicht in dieser.

»Danke ja«, stieß sie hervor und griff nach dem Taschentuch, das er aus der Westentasche zog und ihr reichte.

»Vater wollte von mir wissen, ob Nathan mich in seine geänderten Absichten eingeweiht hätte. Das musste ich verneinen. Ich bin genauso unangenehm überrascht wie er.«

»Und ich«, setzte Cassandra hinzu und putzte sich die Nase. »Nun, wie auch immer … jedenfalls sieht es so aus, als würde nun doch eine alte Jungfer aus mir.«

»Ach Unsinn, Cass. Du wirst niemals alt.«

»Ha, ha, ha.« Ihr Sarkasmus erwachte. »Darauf wäre ich selbst nie gekommen. Dennoch scheint es meine einzige Alternative zu sein.«

Cassandra schniefte ein letztes Mal und hob den Kopf. Ihr Blick fiel über die Schulter ihres Bruders hinweg.

Sie erstarrte.

Nur wenige Schritte hinter Hugh stand sein Freund Lakeland und betrachtete angelegentlich den Gobelin an der Wand neben ihm. Augenscheinlich bemühte er sich, nicht zuzuhören und die intime Szene zwischen Bruder und Schwester zu ignorieren. Dennoch spürte Cassandra, wie das Blut in ihre Wangen strömte und sie heiß werden ließ. Dies war gewiss keine Situation, in der sie sich wünschte, von einem Wildfremden beobachtet zu werden. Sie machte sich los.

Hugh hatte ihre Verlegenheit nicht bemerkt und sprach ungerührt weiter. »Ach Unsinn, Cass. Du bist eine wunderschöne junge Frau. Du wirst den Richtigen schon noch finden.«

»Wenn du das sagst.« Sie hörte selbst, dass Ironie durch ihre Stimme klang. »Hier in Woodland Court? Das glaubst du doch nicht wirklich, oder?«

Hugh strich ihr sanft über die noch immer tränenfeuchte Wange. »Doch, das glaube ich tatsächlich.«

»Na gut. Aber nun möchte ich dich nicht länger aufhalten.« Sie räusperte sich. »Du hattest bestimmt etwas vor, ehe ich dich hier aufgehalten habe.«

Nun schien es Hugh wieder einzufallen, dass er nicht allein war, und er wandte sich zu seinem Freund um. »Ja tatsächlich. Ich wollte Duke ein paar Landkarten in unserer Bibliothek zeigen. Möchtest du mitkommen, Cass?«

»Oh nein«, wehrte sie vehement ab und trat einen Schritt zurück. »Ich werde mich lieber auf heute Abend vorbereiten und überlasse euch euren Folianten.«

»Nun gut. Dann bis später, Schwesterchen.«

»Ja, bis später.«

Sie ließ die beiden Männer passieren. Als Lakeland an ihr vorbeiging, hielt er den Blick zu Boden gesenkt. Auf eine sonderbare Weise kam Cassandra die Tatsache, dass er sie so auffällig ignorierte, beinahe tröstlich vor. So blieb ihr denn ein mitleidiger Blick erspart. Sie sah den beiden Männern hinterher, als sie den Flur hinuntergingen und dann in der Bibliothek verschwanden.

Die Tatsache, dass ihre gesamte Familie um ihre Hoffnung gewusst hatte, Nathan Ironside würde um ihre Hand anhalten, ließ ihr sein Desinteresse und seine Absage nur umso peinlicher und schmerzhafter erscheinen.

Mit schwerem Herzen begab sich Cassandra auf den Weg in ihr Zimmer.

Ob ihre Mutter schon Bescheid wusste?

Octavia Halcroft war von Anfang an gegen diese Verbindung gewesen, weil Nathan keinen Adelstitel trug und dies das Einzige war, was sie an einem möglichen Schwiegersohn interessierte. Sie würde sich in ihrer engstirnigen Ansicht bestätigt fühlen und wieder endlose Monologe darüber führen, dass nur Männern von Adel überhaupt zu trauen sei.

Als ob ein Titel ein Garant für guten Charakter wäre!

Außerdem schien sie nicht zu bemerken, dass sie ihren eigenen Mann Rupert damit jedes Mal persönlich traf. Ihm war wegen seiner großen Verdienste um den nationalen Wollhandel der Titel eines »Sir« verliehen worden, doch dieser war leider nicht vererbbar, und darunter litt ihre

Mutter noch immer, während Hugh die Sache mit großer Gelassenheit betrachtete. Ihm war es schlichtweg einerlei.

Cassandra stieg langsam die Treppe hinauf zu ihrem Zimmer. Mutlos ließ sie sich auf den Hocker vor ihrem Frisiertisch sinken. Wenn nur dieser Abend schon vorüber wäre.

Seit Wochen hatte ihre Mutter von nichts anderem gesprochen als dieser Soiree, mit der sie allen Freunden und Nachbarn ihren Reichtum mal wieder vor Augen zu führen gedachte. Cassandra sollte zu einem Klavierstück singen – begleitet von Nathan. So war es zumindest geplant gewesen, und natürlich war die – von Octavia mit Zähneknirschen akzeptierte – Bekanntgabe der geschäftlichen Partnerschaft von Nathan Ironside mit der Familie Halcroft geplant gewesen. Die erwartete Verlobung hätte die logische Folge daraus dargestellt. Da ihr Vater heute Abend nichts dergleichen verkünden und darüber hinaus Mister Ironside auch nicht anwesend sein würde, konnten sich alle geladenen Gäste ausmalen, dass Cassandra als Ehefrau verschmäht worden war.

Kapitel 3

Marmaduke Lakeland, von seinen Freunden scherzhaft »Duke« genannt, war nur auf das wiederholte Insistieren seines Geschäftsfreundes Sir Halcroft mit dessen Sohn nach Woodland Court gekommen, denn eigentlich drängte es ihn, umgehend weiterzureisen. Er durfte und wollte seine Geschäfte in Venedig keinesfalls länger als dringend notwendig alleinlassen. Doch dann hatte sich seine Abreise ein ums andere Mal verschoben und nun fand er sich hier auch noch in einem mittleren Familiendrama wieder.

Duke hatte sich die zurückgewiesene Braut, Hughs Schwester, bei ihrer kurzen Begegnung im Garten genauer angesehen – ehe sie die ernüchternde Nachricht über den Sinneswandel ihres Verehrers bekommen hatte. Da war Miss Halcroft zwar bereits spürbar nervös gewesen, doch ihr Gesicht hatte gestrahlt wie der junge Morgen.

Besonders in dem Augenblick, in dem sie ihrem Bruder um den Hals gefallen war. Duke war Manns genug, sich einzugestehen, dass er in diesem Moment brennenden Neid empfunden hatte. Er selbst hatte nie eine Schwester gehabt, also war ihm diese Freude nicht vergönnt gewesen und würde es auch niemals sein.

Cassandra Halcroft war keine strahlende Schönheit, lenkte er seine Gedanken zurück zum Ausgangspunkt seiner Betrachtungen. Sie besaß allerdings ausdrucksstarke, blaugrüne Augen und ein fein geschnittenes Gesicht, dessen Ebenmäßigkeit von zartem, rosigem Teint betont wurde; sie war von schlanker, gefälliger Statur und für eine Frau relativ groß. Duke hatte es als angenehm empfunden, sich mit ihr zu unterhalten und nicht so weit nach unten blicken zu müssen, wie er es von den meisten Frauen gewohnt war. Und das aufblitzende Interesse in ihren Augen, als er ihr Venedigs Regierungsform erklärt hatte, war durchaus echt gewesen und keineswegs nur vorgetäuscht.

Als er und Hugh ihr dann kurze Zeit später im Korridor vor dem Arbeitszimmer ihres Vaters wieder begegneten, wirkte sie anders auf ihn als noch kurz zuvor im Garten. Ihr Strahlen war erloschen und sie hatte verzweifelt ausgesehen.

Verständlicherweise, wie er anschließend von Hugh erfuhr.

Die Lage der jungen Frau dauerte ihn. Zwar hegte er kein Mitleid für sie, doch verspürte er durchaus Mitgefühl. Leider schien sie an jemanden geraten zu sein, der den Begriff Ehrenmann nicht im Geringsten verdiente. Hugh war nach der Eröffnung seines Vaters außer sich gewesen über das Verhalten seines Freundes und Studienkollegen. Er hatte nach ihrer Begegnung mit Cassandra vor dem Arbeitszimmer wie ein Rohrspatz auf jenen geschimpft.

Nach diesen Ereignissen hatte er seinem jungen Freund Gelegenheit geben wollen, sich seiner Familie zu widmen, und war in sein Gästezimmer zurückgekehrt, um sich für die spätere Veranstaltung frisch zu machen. Sir Rupert hatte seinem Sohn und ihm die Dienste seines Kammerdieners angeboten, doch Duke hatte davon Abstand genommen, seiner Reisetasche mehr als das Nötigste entnehmen zu lassen.

Morgen, allerspätestens übermorgen hoffte er, seine Reise fortzusetzen.

Auf dem Weg zurück ins Haus gestand er sich ein, dass er sich vorhin im Garten gern länger mit Miss Halcroft unterhalten hätte, doch … worüber?

Duke Lakeland hatte es vor langer Zeit aufgegeben, mit anderen Menschen über mehr als das Wetter oder ähnliche unverfängliche Nichtigkeiten zu reden. Er würde hier sicher nicht wieder mit diesem Laster beginnen, wenngleich ihn auch Miss Halcrofts wache, neugierige Augen geradezu aufzufordern schienen, dies zu tun.

Ob sie intelligent war, mochte er nach der Kürze ihrer Konversation nicht beurteilen, doch er traute es ihr durchaus zu, einen hellen Geist zu besitzen. Ein Grund mehr, nur übers Wetter mit ihr zu reden – oder bestenfalls über seine geplante Reise an die nördliche Adria.

Was ohnehin schon mehr war, als die meisten seiner Gesprächspartner in den letzten Jahren von ihm erfahren hatten.

Als es klopfte, öffnete Cassandra widerstrebend ihre Zimmertür.

»Störe ich, Liebes?«

»Nein. Komm herein.«

Niedergeschlagen ließ sie ihre Tante eintreten.

Zoey Fullerton, Sir Ruperts verwitwete Schwester, lebte seit dem Tod ihres Mannes vor drei Jahren im Haus ihres Bruders und leistete Lady Octavia Gesellschaft – und unschätzbare Dienste als Mädchen für alles. Sie war Vorleserin, Krankenschwester und … seelischer Blitzableiter für alle Befindlichkeiten ihrer hypochondrischen Schwägerin. Diese selbst würde sich aufs Schärfste gegen eine solche Bezeichnung verwahrt haben und bezeichnete sich stattdessen als empfindsam.

Am Ende lief es für Tante Zoey aber auf dasselbe hinaus: Octavia pfiff und sie tanzte dazu. Geduldig und klaglos.

Cassandra war sofort klar, worum es ging, als sie ihre Tante mit um Verständnis heischendem Gesicht vor ihrer Tür stehen sah.

»Mutter will mich sprechen«, mutmaßte sie, noch ehe ihre Tante zum Anlass ihres Erscheinens kommen konnte.

Zoey nickte. »Du hast es erraten. Soll ich sie lieber vertrösten?«

»Das macht es auch nicht besser, also was bleibt mir schon anderes übrig«, murrte Cassandra halblaut, doch ihre Tante hatte sie gehört und warf ihr einen entschuldigenden Blick zu.

Sofort bereute Cassandra ihre Reaktion. Zoey konnte nun wirklich nichts dafür.

»Tut mir leid, Tante«, sagte sie zerknirscht und legte ihr eine Hand auf den Arm. »Aber du kannst dir ja wohl vorstellen, wie sehr ich mich gerade in diesem Moment nach allem Möglichen sehne, nur nicht nach einem Zusammentreffen mit meiner Mutter, doch ich will es auch lieber hinter mich bringen, als vor mir herschieben.«

Gegen ihren Willen traten ihr Tränen in die Augen und sie wischte sie rasch weg.

»Was ist denn eigentlich geschehen? Willst du es mir erzählen?«

»Ach – da gibt es nicht viel zu erzählen ...« Cassandra hörte selbst die Bitterkeit in ihrer Stimme, als sie weitersprach. »Mister Ironside fand wohl, dass ein ganzes Vermögen besser sei als nur ein halbes, und hat sich für eine Erbin aus Birmingham entschieden.«

»Was für ein gemeiner Schuft«, entfuhr es Zoey entrüstet. »Dabei hat er dir doch seit Wochen mit eindeutigen Avancen den Hof gemacht.«

»Offensichtlich klangen die Münzen meiner Mitgift nicht laut genug. Er hätte ja Einfluss und Vermögen mit meinem Bruder teilen müssen. Das braucht er beim Erbe der künftigen Mrs. Ironside nicht zu tun.«

»Er ist ein kaltherziger Opportunist.«

Cassandra gestand sich ein, dass ihr die nüchterne Betrachtungsweise ihrer Tante guttat. »Mutter wird wieder ihren Sermon zu den Vorzügen des Adels hervorkramen«, meinte sie seufzend.

»Ach was«, winkte Zoey ab. »Da ist auch nicht alles Gold, was glänzt.«

»Ich weiß. Aber wer soll das Lady Halcroft beibringen?«, versetzte Cassandra bissig.

Zoey seufzte.

»Ich weiß, ich weiß. Ich hätte dir auch gewünscht, sie hätte dich wenigstens bis morgen in Ruhe gelassen, aber du kennst sie ja. Rupert hat sie soeben über … die neueste Entwicklung in Kenntnis gesetzt und nun …«

»Also werde ich das jetzt hinter mich bringen.«

Schweigend traten sie den Weg zu Lady Octavias Gemächern an, die im selben Stockwerk lagen wie Cassandras. Allerdings hatte ihre Mutter sich schon vor langer Zeit in einen Nebenflügel zurückgezogen mit der Begründung, dass sie vom Geklapper der unter dem Hauptgebäude liegenden Küche in ihrer Ruhe gestört werde.

Cassandra traf gerade ein, als Lady Octavia sich in einer theatralischen Geste an die Schläfe fasste und an die Rückenlehne ihrer Ottomane zurücksank.

»Ich wusste es«, jammerte sie lauter, als es ihr vorgeblich desolater Zustand eigentlich zulassen dürfte. »Ich wusste, dass das kein gutes Ende finden würde.«

Als sie ihrer Tochter ansichtig wurde, seufzte sie schmerzlich auf und schloss die Augen wieder. »Unglückskind. Komm her.«

Cassandra tauschte einen vielsagenden Blick mit ihrer Tante, ehe ihr bewusst wurde, dass auch Sir Rupert anwesend war. Dieser stand nahe des kleinen Sofas in einer Fensternische und fühlte sich deutlich unbehaglich. Ihr Vater war wohl erst vor Kurzem der Überbringer der enttäuschenden Nachricht gewesen. Seinem Gesichtsausdruck entnahm Cassandra, dass er nur auf die erste Gelegenheit wartete, den Räumlichkeiten zu entfliehen. Indessen machte die gehorsame Tochter sich auf den Weg zu ihrer Frau Mutter.

»Du wolltest mich sprechen?«, fragte sie um einen Tonfall bemüht, als sei nichts Ungewöhnliches vorgefallen.

Dass es tief in ihrem Inneren schmerzhaft brodelte, brauchte Lady Octavia nicht zu wissen. Seit sie sich erinnern konnte, hatte Cassandra alle Regungen, so gut sie eben konnte, vor dieser Frau verborgen, die zwar biologisch ihre Mutter war, jedoch nie irgendwelche Gefühle für ihre beiden Kinder gehegt hatte.

»Wie konntest du mir das nur antun?«, kam auch schon die vorwurfsvolle Frage, die Cassandra augenblicklich die Brauen heben ließ. »Wie konntest du dir von diesem Mann in so eindeutiger Manier den Hof machen lassen, wenn er dich doch gar nicht heiraten will?«

»Mutter, ich …,« setzte Cassandra an, weil sie die absurde Anschuldigung in dieser Frage nicht auf sich sitzen lassen konnte.

»Ach, sei still«, wehrte ihre Mutter mit leidender Stimme und einer dazu grotesk energisch wirkenden Handbewegung ab. »Ich habe dir von Anfang an prophezeit, dass daraus nichts werden wird.«

Das stimmte zwar nicht, doch Cassandra schwieg und warf nur einen um Hilfe suchenden Blick zu ihrem Vater Richtung Fenster. Octavia richtete sich aus ihrer auf den kleinen Diwan hingegossenen Stellung auf und öffnete die Augen. Sie hob anklagend den rechten Zeigefinger zu

Cassandra, während sie mit der linken nach einem Spitzentüchlein griff und sich einige nicht vorhandene Schweißperlen von der Stirn tupfte. Wäre Cassandra nicht so unglücklich gewesen, hätte sie vielleicht ein gewisses Amüsement verspürt beim Anblick ihrer derart dramatisch leidenden Mutter, doch angesichts der Situation, in der sie sich befand, konnte sie nur ergeben den Blick senken.

»Du dummes, dummes Kind – hättest du nur auf mich gehört!«

Rupert sprang ein. »Octavia, deine Vorhersagen in allen Ehren, doch dergleichen Anklagen helfen uns jetzt auch nicht weiter.«

Octavia wendete sich mit erwachtem Elan zu ihrem Gatten. »Sir Rupert! Du willst doch nicht etwa abstreiten, dass ich von Anfang an gegen diese Verbindung war?«

Er hob die Schultern. »Wo meine Gemahlin recht hat …« Die Ironie in seiner Stimme war unüberhörbar.

»Ich konnte diesen Ironside noch nie leiden«, fuhr Lady Octavia fort, ohne den Einwurf ihres Mannes zur Kenntnis zu nehmen, und wandte sich wieder an Cassandra. »Wie oft habe ich dir gesagt, du sollst ihn nicht ermutigen, dir den Hof zu machen.«

»Du siehst – anscheinend nicht oft genug, Mutter«, ließ Cassandra ihren Sarkasmus erwachen. »Und du hättest vielleicht *mit mir* darüber reden sollen statt vorzugsweise *über mich.*«

»Sprich nicht in diesem Ton mit mir! Ich bin deine Mutter und verlange deinen Respekt.«

Cassandra biss sich auf die Zunge.

»Habe ich es dir nicht immer und immer wieder gesagt? Dass das nicht gut gehen kann mit einem Bürgerlichen?«

»Ja, Mutter, hast du.«

»Such dir einen anständigen Adligen, habe ich dir gesagt. Oder etwa nicht? Und? Warum richtest du dich nicht danach?«

Cassandra konnte sich selbst nur mit Mühe daran hindern, die Augen zu verdrehen.

»Du hast mir bis auf den heutigen Tag noch keinen vorgestellt, Mutter«, erlaubte sie sich dann doch, zu antworten.

»Oh du undankbares Kind«, jammerte Lady Octavia. »Wie kannst du mir das nur vorwerfen. Sieh doch selbst, wo wir hier leben!«

Cassandra musste sich trotz ihrer deprimierten Stimmung ein Schmunzeln verbeißen, denn sie sah ihre Tante Zoey, die im Rücken von Lady Octavia stand, augenrollend den Kopf schütteln.

»Mutter, es ist besser, ich ziehe mich jetzt zurück und wir alle erholen uns ein wenig für diesen Abend.«

Lady Halcroft richtete sich ruckartig wieder auf.

»Du kannst dich erholen, und du wirst deine Darbietung auch nicht versäumen, aber ich sehe mich außerstande, mich an diesem Abend vor all diesen Menschen zu zeigen. Nach dieser Blamage werde ich mich keinesfalls öffentlich sehen lassen. Ausgeschlossen.«

Wieder sank sie kraftlos zurück. Sir Rupert hatte inzwischen seinen Beobachtungsposten in der Fensternische verlassen und war neben seine Tochter vor die Ottomane seiner Frau getreten. »Meine Teure, genau damit würdest du den Lästermäulern Vorschub leisten. Sie würden dein Fernbleiben genau als solches deuten, was es ist: ein feiges Verstecken.«

Octavia riss die Augen auf.

»Sir Rupert! Du wagst es, so mit mir zu sprechen?«

»Ich wage es, meine Liebe. Denn das einzige, was den Klatschbasen heute Abend die Mäuler stopfen wird, kann die Einigkeit unserer Familie sein, mit der wir ihnen allen entgegentreten. Vergiss nicht: Alles war reine Spekulation und das wird es so lange bleiben, wie wir erhobenen Hauptes vor sie treten.«

An der sauertöpfischen Miene ihrer Mutter erkannte Cassandra, dass das Argument ihres Vaters nicht ungehört verhallte. Octavia rutschte auf dem Polster hin und her, um eine bequemere Lage für ihren Kopf zu finden.

»Na schön. Wenn du meinst …«

»Ich meine. Danke für dein Verständnis und deine Einsicht, meine Teure. Du wirst sehen, alles wird ganz wunderbar klappen.«

»Wenn du meinst«, wiederholte sie mit Ablehnung in der Stimme.

»Meine Liebe, ich muss nun wirklich gehen«, fuhr Sir Rupert mit fester Stimme fort, nachdem er sich zuvor mehrfach geräuspert hatte. »Und ich muss dir leider unsere Tochter entführen, da ich mit ihr noch dringende Angelegenheiten für heute Abend zu besprechen habe, wie du dir ja vorstellen kannst.«

Mit einem gequälten Aufschrei sank Lady Octavia wieder an das Polster zurück. »Wir werden zum Gespött der Leute werden. Nein, ich kann mich unmöglich zeigen.«

Zoey trat um die Ottomane herum. »Rupert hat absolut recht«, pflichtete sie ihrem Bruder bei. »Wenn wir alle so tun, als sei nichts Außergewöhnliches geschehen, entziehen wir den Spekulationen die Nahrung. – Soll ich jetzt nach deinem Tee läuten?«

Die Antwort ihrer Mutter hörte Cassandra nicht mehr, denn sie folgte Rupert aus dem Zimmer. Wie ertrug bloß ihr Vater die Launen und ständigen eingebildeten Krankheiten seiner Frau?

Dieser schien ihre Gedanken zu lesen.

»Sie war nicht immer so«, meinte er entschuldigend und küsste sie sanft auf die Stirn. »Und jetzt ruh dich aus für heute Abend. Wirst du es schaffen?«

»Natürlich«, bestätigte sie ihm mit mehr Zuversicht, als sie empfand, und verabschiedete sich mit einem nicht ganz echten Lächeln von ihm.

In den letzten Jahren war es zur festen Gewohnheit geworden, dass sie auf allen bei den Halcrofts stattfindenden Feiern einen Gesangsauftritt darbot.

Auf dem Weg zurück in ihr Zimmer verwünschte sie dies Ritual.

Cassandra hatte eine hübsche Stimme, die auch einigermaßen ausgebildet worden war. In der Regel machte es ihr auch großen Spaß, einige der Lieder zum Besten zu geben, die ihr Gesangslehrer mit ihr einstudiert hatte.

Doch heute hätte sie liebend gern darauf verzichtet. Ausgerechnet heute aber war es von besonderer Wichtigkeit, allem Gerede die Stirn zu bieten, indem sie selbstsicher auftrat und sich nicht anmerken ließ, wie tief sie verletzt war.

Sie ließ sich quer über ihr Bett fallen und schloss die Augen, rang mit den wirren Gedanken, die ihr durch den Kopf schossen und die viel zu unstet waren, um sie fassen zu können.

Was für eine Demütigung …

Kapitel 4

Der erste Mensch, den Cassandra auf dem Weg nach unten in die große Halle traf, war ihre Tante.

Zoey Fullerton hatte sich zwar zur Gesellschafterin ihrer Schwägerin degradieren lassen – oder es vielleicht sogar selbst so gewollt –, aber sie war noch immer eine schöne Frau, in deren lebhaftem Blondschopf sich noch kaum ein graues Haar verbarg. Ihre Tante wirkte viel jünger, als sie eigentlich war.

Zoey bedachte ihre Nichte mit einem liebevollen Blick.

»Geht es dir besser?«

Cassandra nickte wortlos. Noch wusste sie nicht, was sie als schlimmer empfand – die Beschämung, verschmäht worden zu sein, oder der mitfühlende Zuspruch ihrer Familienmitglieder. Am liebsten wäre es ihr gewesen, man hätte sie einfach vornehm ignoriert und so getan, als sei nichts vorgefallen. Dennoch fühlte sie sich verpflichtet, sich ihrer Tante für ihre Zuneigung erkenntlich zu zeigen und irgendetwas auf ihre Frage zu antworten.

»Es geht schon. In ein paar Tagen ist alles vorbei und ich bin wie neu.« Sie schenkte Zoey ein bemühtes Lächeln.

Diese blieb mitten auf der breiten Treppe stehen und legte Cassandra die Hand auf den Arm. »Du hast ihn doch hoffentlich nicht wirklich geliebt?«

Cassandra sah ihre Tante erstaunt an. Diese Frage hatte sie nicht erwartet.

»Nun ja«, meinte sie zögerlich. »Ich … gebe zu, dass ich das noch bis vor wenigen Stunden zumindest dachte.«

»Also – wenn du meine bescheidene und unmaßgebliche Meinung hören willst: Du weißt, ich bin normalerweise mit deiner lieben Mutter nie einer Meinung, aber in diesem speziellen Fall …« Zoey schüttelte den Kopf. »Ich finde, er hat dich nicht verdient.«

»Danke.« Cassandra setzte ihren Weg nach unten fort. Irgendwie fand sie es tröstlich, ihre Tante an ihrer Seite zu wissen.

Ballsaal und Salon des großen Herrenhauses summten vor reger Geschäftigkeit. Noch war das sommerliche Abendrot nicht verglüht, doch die Diener hatten bereits Hunderte Wachskerzen an den Kronleuchtern und Wandlüstern entzündet. Die Flammen reflektierten sich vielfach in den goldgerahmten Spiegeln rings an den Wänden.

Elegant gekleidete Damen und Herren der Gentry drängten sich am Buffet und in den Nebenzimmern, wanderten durch die Flure von einem Salon zum anderen, lachten und unterhielten sich.

Unangenehmerweise fragte sich Cassandra bei jeder Dame, die sie anlächelte, und bei jedem Herrn, der sie höflich begrüßte, ob er oder sie bereits von ihrer Blamage gehört haben mochte. Und falls ja, ob er oder sie sich nun über die verschmähte Braut hämisch amüsierte oder sie – was noch schlimmer zu sein schien – herablassend bemitleidete. Niemand aber wagte es, sie geradeheraus nach dem Verbleib Mister Ironsides zu fragen, von dem selbstverständlich jeder der Anwesenden angenommen haben musste, ihn heute Abend hier anzutreffen, da eine Verlobung bekannt zu geben wäre.

Cassandra wusste, dass das Geld ihres Vaters und ihre dadurch privilegierte Stellung sie zum Objekt von Bewunderung und Neid zugleich gemacht hatten. Und dennoch hatte sie mit ihren knapp vierundzwanzig Jahren noch immer keinen passenden Ehemann gefunden.

Wieder wünschte sie sich, der Abend wäre schon vorüber. Sie fühlte sich einsam, obwohl sie zugeben musste, dass sie durchaus umschwärmt wurde. So war sie sehr erleichtert, als sie schließlich ihren Bruder durch die Menschenmenge auf sich zukommen sah.

Hugh lächelte sie strahlend an.

Sie lächelte zurück.

»Du Schönste des heutigen Abends«, begann er und legte sich pathetisch beide Hände aufs Herz. »Du wirst also auch weiterhin reihenweise Männerherzen brechen?«

Sie schlug ihm spielerisch den Fächer auf den Arm. Zum einen verstand sie durchaus, dass er sie zum Lachen bringen wollte, zum anderen erinnerte sie sein Satz eindringlich an ihre Situation.

»Ach, du Schlitzohr! Du weißt genau, dass ich das noch nie in meinem ganzen Leben auch nur probiert habe«, versuchte sie, es von der leichten Seite zu nehmen.

»Natürlich nicht«, lenkte er ein. »Ich nehme dich doch nur ein wenig auf den Arm. Wenngleich …« Er grinste spitzbübisch und wandte sich um. »Aber du musst doch zugeben, Duke, dass meine Schwester eine echte Herzensbrecherin ist, nicht wahr?«

Erst jetzt erkannte Cassandra, dass der ominöse Mister Lakeland nur wenige Schritte hinter Hugh stand und nun zu ihm aufschloss. Hoffentlich reiste der Herr bald wieder ab, denn es schien ihn und ihren Bruder seit ihrer beider Ankunft nur noch im Duo zu geben.

»Selbstverständlich«, bestätigte er trocken, wobei er den Eindruck erweckte, als würde er jetzt lieber in seinem Bett liegen und selig dem Morgen entgegenschlummern, als sich auf einer ländlichen Abendveranstaltung über die zweifelhaften Reize der Schwester seines Gastgebers zu unterhalten. Cassandra bezweifelte ernsthaft, dass Mister Lakeland überhaupt wusste, was er seinem Freund da gerade bestätigt hatte, doch sie sagte nichts dazu.

Lakelands Gesicht wirkte im Schein der Kerzen hagerer und kantiger als am Nachmittag draußen im Garten. Seine Haltung war um keinen Deut gerader als kurz nach seiner Ankunft. Er sah aus, als sei ihm seine Größe unangenehm und als wolle er sie durch seine hängenden Schultern um jeden Preis herunterspielen, was allerdings seine Körperfülle noch betonte.

»Miss Halcroft.«

Als er sich vor Cassandra knapp verbeugte, wehte sie der Hauch eines Parfüms an, das sie unwillkürlich tief Luft holen ließ.

Immerhin schien er ein gutes Händchen bei der Wahl seiner Kosmetikartikel zu haben. Es war ein Duft nach rauer See – markant, würzig und fremd.

Und er verwirrte sie einen Augenblick lang.

»Mister Lakeland.«

Sie knickste eilig und ergriff dann den von Hugh dargebotenen Arm. Aus dem Gesicht ihres Bruders war jeder Übermut gewichen und er sah sie mit einem sanften Lächeln an. »Ach übrigens – was hältst du davon, wenn ich dich heute Abend auf dem Piano begleite?«

»Das würdest du für mich tun?« Cassandra konnte es kaum fassen.

»Aber du weißt doch, Schwesterchen, dass ich für dich fast alles tun würde. Also auch das. Ist eine Kleinigkeit für mich.«

»Ach, mein Lieber – du rettest mir den Abend.«

Sie hatte sich bereits damit abgefunden, selbst zu spielen und dabei zu singen. Ihr Vater hatte nichts für das Erlernen eines Instruments übriggehabt und ihre Mutter hatte nicht die Nerven für die »Misstöne«, die ein Anfänger zweifellos produzierte. Ihren Bruder an den Tasten zu wissen, wäre für sie eine wunderbare moralische Unterstützung, also nahm sie sein Angebot nur zu gern an, zumal sie wusste, wie ungern er vor Publikum spielte. Er brachte dieses Opfer nur für sie.

Mit großer Erleichterung folgte Cassandra ihm ins Musikzimmer. Das für diesen Abend engagierte Trio aus Piano, Flöte und Violine versorgte von hier aus die verwöhnten Ohren der Gäste mit musikalischen Delikatessen. Oder zumindest diejenigen unter den Gästen, die nahe genug standen und saßen, um in den Genuss der zauberhaften Weisen zu kommen. Mit den Musikern war vereinbart, dass sie Miss Halcroft das Piano überlassen würden, wenn sie Zeichen gab, ihre Darbietung beginnen zu wollen.

»Du hast dich nicht warmgesungen«, bemerkte Hugh leise nahe an ihrem Ohr, während sie auf das Ende des nächsten Stücks warteten.

»Nein«, flüsterte sie zurück. »Diesmal muss es leider so gehen.«

Er sah auf sie nieder. »Nervös?«

»Es wäre mir lieber gewesen, ich hätte heute darauf verzichten können.«

»Lass es uns kurz machen«, schlug er vor. »Nur drei Stücke – das reicht.«

Cassandra warf ihm einen dankbaren Blick zu und nickte. Dann beendete das Musiker-Trio seinen Vortrag und die beiden lösten es ab. Hugh geleitete seine Schwester an ihren Platz neben dem Pianoforte und nahm dann selbst auf dem Klavierhocker Platz.

Ein letzter einvernehmlicher Blick, und er stimmte die ersten Töne von *The Joys of the Country* an.

Nach wenigen Takten fand sie mehr Sicherheit und beendete das Stück ohne Zwischenfall. Auch das zweite Lied ihres Repertoires, *How sweet in the Woodlands* von Henry Harrington, ging Cassandra leicht von den Lippen.

Dann aber stimmte Hugh das dritte Lied an.

Cassandra kannte die Zeilen, die Haydn selbst vertont hatte, in- und auswendig und hätte es auch im Schlaf singen können. Doch merkwürdigerweise verband sie das Stück, obwohl sie es niemals mit ihm zusammen gesungen hatte, mit Nathan Ironside.

My mother bids me bind my hair
With bands of rosy hue,
Tie up my sleeves with ribbons rare,
And lace my bodice blue ...

Ihre verletzten Gefühle drängten mit Macht an die Oberfläche, und zum Ende der ersten Strophe spürte sie bereits, dass ihre Knie zu zittern begannen. Unwillkürlich hatte sie in ihren Gedanken »Lubin« durch »Nathan« ersetzt – ein Fehler, den womöglich jeder im Raum bemerkt hätte, wäre ihr der falsche Name tatsächlich über die Lippen gekommen.

Ihre Stimmbänder folgten kurz darauf dem Zittern ihrer Knie.

Zu Beginn der zweiten Strophe wurde das Beben stärker, und als sie bei den letzten Zeilen angelangt war,

The village seems asleep or dead
Now Lubin is away ...

versagte ihre Stimme und brach beim letzten Wort.

Tränen stürzten aus ihren Augen, ohne dass sie es verhindern konnte, und noch ehe die nächsten Umstehenden erfasst hatten, was geschah, verließ Cassandra Halcroft fluchtartig das Musikzimmer.

Kapitel 5

Marmaduke Lakeland hatte sich im Hintergrund gehalten, nachdem sich sein Freund zusammen mit seiner Schwester entfernt hatte.

Er amüsierte sich leidlich.

Nein, wenn er ehrlich war, amüsierte er sich gar nicht. Dergleichen Feiern waren ihm ein Graus, doch der Anstand seinen Gastgebern gegenüber gebot es natürlich, an der Festlichkeit teilzunehmen.

Sir Rupert hatte ihn als Freund und Geschäftspartner mit offenen Armen empfangen, und während diverser Gespräche hatten die beiden Männer festgestellt, dass ihre jeweiligen wirtschaftlichen Anstrengungen dem anderen von nicht geringem Nutzen sein konnten. Also hatten sie beschlossen, die Verbindung zu vertiefen, solange Lakeland noch in Woodland Court weilte.

Die für ihn durchaus nützlichen Konsequenzen daraus hatten Duke sogar kurz eine Verlängerung seines Aufenthalts um zwei Tage in Erwägung ziehen lassen, doch noch hatte er sich nicht entschieden.

Eins der Geheimnisse seiner erfolgreichen Unternehmungen war im Grunde genommen keins, sondern ein schlichtes Rezept: *Triff keine überstürzten Entscheidungen.* Damit war er bisher in seinem Leben und mit allen seinen Projekten immer gut gefahren, und daran gedachte er sich auch künftig zu halten.

Lakeland sah sich gelangweilt um. Am hinteren Ende des Raumes entdeckte er Lady Halcroft, der er zu Beginn des Abends vorgestellt worden war. Sie unterhielt sich offenbar angeregt mit zwei wesentlich jüngeren Männern in Uniform. Sir Rupert stand nicht weit von dem Trio entfernt ebenfalls in eine Unterhaltung vertieft.

In diesem Moment betraten Hugh und Cassandra das Musikzimmer am anderen Ende des Korridors und lenkten Lakelands Aufmerksamkeit auf sich. Da er im Moment keine anderweitigen Verpflichtungen hatte und Sir Rupert an diesem Abend auch nicht mit wirtschaftlichen oder gar politischen Themen behelligen wollte, wandte er sich ebenfalls dorthin, blieb aber gleich neben der Eingangstür hinten im Raum stehen und wartete den Beginn des Vortrags ab.

Mit gelindem Erstaunen hörte er Miss Halcroft singen und konnte nicht umhin festzustellen, dass die junge Dame eine ganz passable Stimme hatte. Dazu ihre Art zu sehen, wie sie sich dem Gesang hingab, ihn lebte, ja geradezu zelebrierte, gefiel ihm tatsächlich sehr. Wie lange hatte er schon keine Lieder mehr nur um des reinen Vergnügens willen gehört?

Mit einem Anflug von Melancholie gestand er sich ein, dass ihn seine Aufgaben in den letzten Jahren mehr und mehr aufzufressen drohten.

Oder war es am Ende gar keine Drohung mehr? Hatte er sich schon verloren?

Er schüttelte den missliebigen Gedanken ab, denn in diesem Augenblick geschah etwas mit Miss Halcroft, die sich, soweit er dies auf die Entfernung erkennen konnte, Halt suchend an das Piano lehnte.

Auch ihr Gesang veränderte sich.

Ihre Stimme verlor den tragenden Schmelz, der ihren Vortrag so genussvoll gemacht hatte, und wurde dünner; begann gar zu zittern.

Es war kaum zu bemerken, und einem weniger gut trainierten Gehör als dem seinen würde es sicherlich nicht auffallen, doch Marmaduke Lakeland hatte im Lauf der Jahre die Fähigkeit, feinste Zwischentöne aus menschlichen Stimmen herauszuhören, extrem kultiviert. Denn die feinen Nuancen waren es, die die Absichten eines Geschäftspartners offenbarten.

Etwas bewegte oder beunruhigte Miss Halcroft. Das Zittern in ihrer Stimme verstärkte sich. Lakeland sah sich unauffällig, aber nichtsdestotrotz sehr wachsam im Raum um, konnte aber keine offensichtliche Veränderung der Situation erkennen, die als äußerer Einfluss zur Veränderung von Miss Halcrofts Befinden beigetragen haben konnte.

Demnach musste es das Stück selbst sein, das die junge Frau in Aufruhr versetzte. Und tatsächlich: Sie hatte kaum die letzten Worte des Liedes vollendet – mit versagender Stimme, was ihn persönlich auf unbehagliche Weise berührte –, als sie auch schon den Platz am Piano verließ und aus dem Zimmer stürzte.

Sie rannte an ihm vorbei, ohne ihn wahrzunehmen, mit gesenktem Kopf und geschürzten Röcken, doch er hatte für einen Wimpernschlag die Gelegenheit, ihr Gesicht zu sehen, und erkannte Verzweiflung darin.

Lakeland wandte den Blick wieder nach vorne, doch sein Gehör hatte ihm schon vorher verraten, dass Hugh Haltung bewahrt hatte und auf seinem Platz geblieben war. Er brachte das Lied zu Ende und spielte eisern gegen das aufkommende Gemurmel im Raum an. Dann war auch er am Schluss der Darbietung angekommen und nahm mit einer knappen Verbeugung den zögerlichen Applaus entgegen.

Als die Zuhörer ihre Plätze verließen und an ihm vorbei aus dem Musikzimmer strömten, schnappte Lakeland Gesprächsfetzen auf.

»… kein Wunder – er hat sie einfach sitzenlassen …«

»… hat sich doch tatsächlich vergebens Hoffnungen auf einen Antrag gemacht …«

Natürlich – der Klatsch war schnell und effektiv gewesen. Offensichtlich war die nicht bekannt gegebene Verlobung unter den Gästen ein offenes Geheimnis.

»Nicht mal das viele Geld ihres Vaters macht sie hübscher, als sie nun mal leider ist …«

Irritiert forschte er in seinen eigenen Eindrücken nach, konnte jedoch nicht bestätigen, dass Miss Halcroft auf ihn so unattraktiv gewirkt hatte, dass man zu so einem Schluss kommen konnte. Eine derartige öffentliche Äußerung seitens eines *Gentlemans* als gerechtfertigt zu betrachten, verbot sich ohnehin. Dies war, egal wen es betraf, ein unverzeihlicher Affront gegen die Persönlichkeit und Würde eines anderen Menschen und verdiente somit keine Nachsicht.

Loyalität, in welcher Form auch immer, gehörte für ihn unverzichtbar zu den Tugenden, die einen Menschen auszeichnen sollten.

Lakeland wandte sich um und verließ ebenfalls den Raum. Ein rascher Blick auf die Standuhr neben der Tür verriet ihm, dass es noch viel zu früh war, um sich bereits zurückzuziehen. Was sollte er schon jetzt, um diese Uhrzeit, in seinem Gästezimmer anfangen? Er hatte, um sein Gepäck leicht zu halten, auch auf jede Form der Lektüre verzichtet, was er nun bedauerte. Allerdings fiel ihm ein, dass er in Halcrofts Bibliothek eine kleine Auswahl interessanter Bücher entdeckt hatte. Man würde es ihm sicher nicht übel nehmen, wenn er sich vor dem Zubettgehen dort noch mit Lesestoff versorgte. Sein Bedarf an Festlichkeit war inzwischen gedeckt, und er fragte sich, welchen Anteil Miss Halcrofts befremdlicher Abgang daran haben mochte, auch den letzten Funken Lust auf Geselligkeit in ihm erlöschen zu lassen.

Entschlossen machte er sich auf den Weg ins obere Stockwerk, wo, wie er sich erinnerte, die Büchersammlung lag. Die erste Tür war die falsche und führte ihn in Sir Ruperts Arbeitszimmer. Die nächste jedoch öffnete ihm die fast unbeleuchtete Bibliothek; er trat ein und schloss hörbar die Tür hinter sich. Die Geräusche der Gesellschaft, die ihn bis hier herauf verfolgt hatten, verstummten und er atmete auf. Davon würde er demnächst in Venedig wieder mehr als genug bekommen.

Als sich seine Augen an das nahezu vollständige Dunkel gewöhnt hatten, erstarrte er.

Er war nicht allein.

Durch die beiden bodentiefen Fenster fiel das Licht des Vollmonds ins Innere. Mitten in seinem silbrigen Strahl stand Miss Halcroft. Ihr schmal geschnittenes, helles Kleid fiel in weichen Wellen zu Boden. Sie stand reglos im bläulichen Schein des Lichts und sah gedankenverloren zum Fenster hinaus. Durch den feinen Stoff ihres Kleides konnte er ihre angedeutete Silhouette erahnen.

Hierher also hatte sie sich geflüchtet.

Sie musste gehört haben, dass jemand eingetreten war, doch sie reagierte keineswegs erschrocken, sondern bewegte nur langsam den Kopf in seine Richtung.

»Oh … Sie sind das«, meinte sie mit ausdrucksloser Stimme, als sie ihn erkannte. Dann wandte sie sich wieder Richtung Fenster und schwieg erneut.

»Verzeihen Sie«, unterbrach er die Stille, »ich wollte mich nur mit etwas Lesestoff versorgen, ehe ich mich zur Ruhe begebe.«

Sie nickte kaum merklich. »Bitte. Bedienen Sie sich. Meinen Vater wird es freuen, zu hören, dass Sie sich für seine Bücher interessieren.«

»Ich wollte Sie keineswegs stören«, fuhr er ungelenk fort und hörte sie leise und traurig auflachen.

»Glauben Sie mir, Mister Lakeland, es sind ganz andere Dinge im Leben, die mich stören. Ihre Gegenwart tut es sicher nicht.«

»Sie sind sehr freundlich, Miss Halcroft. Erlauben Sie mir dennoch, dass ich mich nun von Ihnen verabschiede.« Er sah, dass sie den Kopf erneut leicht in seine Richtung drehte, doch sie suchte keinen Augenkontakt, sondern schaute zu Boden.

»Warum bleiben Sie nicht noch einen Moment und leisten mir Gesellschaft?«

Erstaunt hob er die Brauen. Wie kam sie dazu, ihn zum Bleiben aufzufordern? Sie musste doch wissen, dass sie mit dem Feuer spielte.

Sein Verstand riet ihm, die Einladung abzulehnen. Doch etwas anderes, von dem er nicht genau wusste, wo es herkam und was es war, lähmte seinen Willen.

Marmaduke Lakeland blieb.

Allein in einer schummrigen Bibliothek zusammen mit einer jungen, unverheirateten Frau, die nicht seine Schwester war.

Würde man sie hier überraschen, käme es einer Katastrophe gleich. Miss Halcroft wäre kompromittiert, und was das bedeutete – er wollte es sich nicht ausmalen.

Dennoch – er blieb.

»Wie hat Ihnen der Abend gefallen?«, erkundigte sich Miss Halcroft in unverfänglichem Plauderton, so als stünden sie nicht kurz vor dem Abgrund, sondern in aller Öffentlichkeit in einem hell erleuchteten Salon. »Haben Sie sich amüsiert?«, fragte sie weiter und drehte sich schließlich doch zu ihm um.

Da das Mondlicht von hinten auf sie schien, konnte er ihre Gesichtszüge nicht erkennen. Die Hände hielt sie sittsam vor dem Körper gefaltet und stand reglos vor ihm.

»Leidlich«, gab er offen zu. »Ich muss gestehen, dass ich kein Salonlöwe bin. Darüber hinaus habe ich geschäftlich häufig derlei Verpflichtungen zu erfüllen, sodass ich versuche, sie andernfalls zu meiden, wo es geht.«

»Dann dürfen wir es also als eine große Ehre betrachten, dass Sie uns heute Abend Gesellschaft geleistet haben«, schlussfolgerte Miss Halcroft.

Lakeland war nicht sicher, was er aus ihrer Stimme heraushörte – war es Spott oder Genugtuung? Außerdem war er noch zu keinem Schluss gekommen, warum sie nicht versuchte, diese riskante Situation zu beenden. War sie so einsam?

»Nun – eine Ehre würde ich das nicht gerade nennen«, widersprach er, indem er ihren leichten Ton aufnahm. »Wohl eher ein Opfer, mich als Gast zu ertragen.«

»Sie scheinen kein sehr gutes Bild von sich selbst zu pflegen.«

Er blinzelte. »Finden Sie?«

»Wenn Sie sich tatsächlich als Belastung für einen Gastgeber betrachten, muss ich diese Frage leider bejahen.«

Wie wahr. Diesen Ball hatte er ihr selbst zugespielt. Es war merkwürdig. Hätte er nicht gewusst, was sich diesen Nachmittag zugetragen und in welcher unangenehmen persönlichen Lage sich Miss Halcroft befand, hätte er annehmen können, sie fühle sich gänzlich wohl und entspannt. Er musste zugeben, dass sie ihn auf eine gewisse Weise faszinierte. Sie machte einen starken und unabhängigen Eindruck auf ihn. Er erinnerte sich nicht, schon früher einer Frau begegnet zu sein, die eine solche Niederlage, wie sie sie erlitten hatte, so gut verbergen konnte.

»In jedem Fall dürfen Sie meine heutige Unlust, der Feier weiter beizuwohnen, nicht auf Ihre Familie oder die gegebenen Umstände beziehen«, fühlte er sich verpflichtet, klarzustellen. »Und nun bitte ich Sie, mich zu entschuldigen. Ich werde mich zurückziehen und wünsche Ihnen eine angenehme Nachtruhe.«

Hatte er sich verhört oder hatte sie ein äußerst rüdes Schnauben von sich gegeben?

»Oh, das wird sie zweifelsohne werden«, antwortete sie und Lakeland hörte deutlich die Ironie in ihrer Stimme.

»Vergeben Sie mir – ich wollte nicht taktlos erscheinen.«

Cassandra Halcroft wandte sich von ihm ab und trat zum Fenster. »Natürlich wollten Sie das nicht.«

Er unterdrückte einen leisen Fluch. Er hatte keinen Anlass, sie zu verletzen; es war reine Gedankenlosigkeit gewesen, die ihn zu der Floskel verleitet hatte.

Natürlich würde ihre Nachtruhe alles andere als angenehm werden. »Es lag mir fern, Ihre besondere Situation zu verspotten.«

Miss Halcroft hatte inzwischen die Fenstertür erreicht und blieb stehen. Sie stützte ihre Hände gegen den Holzrahmen, hob das Gesicht ins Mondlicht und sah hinaus. Der silbrige Schimmer schmeichelte ihren Zügen und gab ihnen etwas Verträumtes.

»Meine besondere Situation … Das haben Sie zweifellos elegant umschrieben.«

Als Lakeland sicher war, dass sie weiter nichts mehr sagen würde, entschied er, sich nun endgültig zurückzuziehen. In dem Augenblick, in dem er seinen Entschluss in die Tat umsetzen wollte, hörte er ihre leise, beinahe zaghafte Stimme.

»Würden Sie mich denn an seiner Statt heiraten?«

Er erstarrte mitten in der Bewegung und machte dann einen schockierten Schritt auf sie zu.

Zweifellos hatte er sich verhört, denn Miss Halcroft stand noch immer so da wie zuvor, als hätte sie diese Frage niemals gestellt.

Und dennoch: Seine bis dahin weitestgehend ruhig dahinfließenden Gedanken hielten schockiert in ihrem Lauf inne, überschlugen sich dann und galoppierten anschließend in wilder Jagd davon. Sein Herz hielt mit ihnen Schritt.

Marmaduke Lakeland spürte, wie Fassungslosigkeit ihn lähmte. Hätte er unversehens in den auf ihn gerichteten Lauf einer Pistole geblickt, er hätte kaum erschrockener sein können.

Nein, dachte er, *falsch*. Das hätte ihn weit weniger aufgeregt als diese unerwartete, schockierende Frage.

Er öffnete den Mund und schloss ihn wieder. Was sollte er darauf antworten?

»Ich erwarte keine Liebe«, sprach sie weiter, ohne den Blick vom Mond draußen am dunklen Nachthimmel abzuwenden. »Nicht einmal Zuneigung würde ich erbitten. Nur Toleranz und Höflichkeit. Ein wenig Respekt vielleicht noch. Mehr nicht.«

Heiraten? Dieses Thema existierte für ihn nicht, und das hatte nichts mit einer konkreten Person zu tun, schon gar nicht mit Miss Cassandra Halcroft. Seine erste Ehe war kurz, enttäuschend und kinderlos gewesen. Er brauchte keine Frau.

Schon gar nicht in seiner derzeitigen persönlichen Situation.

Nie wieder.

»Miss Halcroft«, setzte er an, da er spürte, dass er dringend etwas erwidern musste, doch in diesem Moment drehte sie sich zu ihm herum, sah ihn an und fiel ihm ins Wort.

»Das habe ich mir gedacht.« Sie nickte. »Nicht einmal Sie könnten es auch nur entfernt in Erwägung ziehen, eine Frau wie mich zu ehelichen.« Ehe er ihr widersprechen konnte, senkte sie den Kopf, setzte sich in Bewegung und strebte auf die Tür zu. »Nun – ich kann Sie verstehen. Bitte vergessen Sie meine unverzeihliche Dummheit umgehend wieder. Guten Abend, Mister Lakeland.«

»Miss Halcroft, ich …«

Erneut wurde seine Erwiderung unterbrochen, doch dieses Mal war es nicht Miss Halcroft, von der die Störung ausging. Diese hatte soeben die Hand nach der Klinke ausgestreckt, als die Tür von außen aufgerissen wurde.

»Hier sind sie«, rief eine schrille Stimme, die zu einer weiblichen Person gehörte, in der er sofort Lady Halcroft erkannte. »Ich habe sie gefunden! Welch eine Unverfrorenheit.«

Er sah, wie Cassandra entsetzt zurückprallte. »Mutter! Was tust du hier?«

»Was ich hier tue?«, keifte Octavia Halcroft und plusterte sich auf wie eine Furie. »Du schamloses, ungezogenes Geschöpf! Wie kannst du es wagen, so mit mir zu sprechen? Das frage ich dich: Was tut *ihr beide* hier?«

Kapitel 6

Cassandra fühlte sich, als würde sie von einer Kutsche überfahren.

Hinter ihrer Mutter drängten sich weitere Personen im Flur, Stimmen klangen wirr durcheinander, und sie hatte Mühe zu begreifen, was gerade geschah.

Ertappt.

Man hatte sie ertappt bei …

Ihr wurde heiß und kalt zugleich.

Natürlich war es grenzenloser Leichtsinn gewesen, diese Unterhaltung mit Mister Lakeland in einem dunklen Raum bei geschlossener Tür zu führen. Dabei war bis auf ihre absolut idiotische Frage nichts in ihrer Konversation gewesen, das nicht jedermann im Hause hätte hören dürfen.

Selbst schuld, schoss es ihr durch den Kopf. *Du bist selbst schuld an dieser Misere.*

Mister Lakeland hatte, ganz Ehrenmann, mehrere Anläufe gemacht, sich zurückzuziehen und auf diese Weise die Situation zu entschärfen.

Warum nur hatte sie ihn nicht gehenlassen? Warum hatte sie ihn aufgehalten?

Sie hatte doch unleugbar gewusst, welches Risiko sie beide hier eingingen.

Ganz besonders sie.

Wenn Cassandra ehrlich zu sich selbst war, musste sie sich eingestehen, dass sie in ihrem Selbstmitleid nicht einen Augenblick an die Möglichkeit gedacht hatte, man könnte sie überraschen. Nur so konnte sie sich ihr eigenes Verhalten erklären.

»Mister Lakeland hat nach einem Buch aus Vaters Bibliothek gefragt«, stammelte sie und kam sich reichlich dümmlich vor dabei.

»Ein Buch? Papperlapapp. – Seht ihr?« Octavia wandte sich an die beiden Frauen, die sich hinter ihr drängten und neugierige Blicke über ihre Schultern warfen.

Cassandra erkannte Mrs. Waterston und Mrs. Bedford – beide Freundinnen ihrer Mutter und leider auch stadtbekannte Klatschbasen. Was man ihnen im Vertrauen erzählte, das brauchte man nicht mehr in einer Gazette zu inserieren.

»Was habe ich gesagt? Dieses Mädchen stürzt uns alle noch mal ins Unglück«, wandte sie sich, Zustimmung heischend, an die beiden Damen, die verständnisinnig nickten.

Diese theatralische und völlig unhaltbare Übertreibung war es, die Cassandras schockierte Betretenheit in flammenden Ärger verwandelte.

»Es ist nichts geschehen, außer dass Mister Halcroft um die Erlaubnis gebeten hat, sich ein Buch leihen zu dürfen.« Sie erhob die Stimme, um gegen das empörte Summen des Frauentrios anzukommen.

»Was ist hier los?«, ertönte da die tiefe Stimme ihres Vaters in einer Lautstärke, wie Cassandra sie erst selten in ihrem Leben gehört hatte.

»Sir Rupert!« Ihre Mutter wandte sich, die personifizierte Empörung, an ihren Gatten, der soeben hinter ihr im Flur auftauchte. »Ich komme zufällig hier herauf, um mein Riechfläschchen zu holen, und was finde ich? Deine Tochter hat sich mit deinem … *Gast* in der Bibliothek eingeschlossen!«

Allein die Art, wie sie das Wort »Gast« aussprach, kam schon einer Beleidigung gleich. Cassandra schämte sich, als sie hörte, wie unverfroren ihre Mutter Sir Rupert vor aller Augen ins Gesicht log.

Hinter ihrem Vater sah sie nun auch ihren Bruder herbeieilen. Die Mienen beider Männer drückten fassungslosen Unglauben – und Enttäuschung aus. Bei ihrem Anblick wünschte sich Cassandra verzweifelt ein Mauseloch herbei, in dem sie sich verkriechen könnte.

Während ihre Eltern lautstark aufeinander einredeten, und die beiden anderen Damen ihre Kommentare dazu abgaben, nahm sie aus dem Augenwinkel eine Bewegung wahr. Mister Lakeland war neben sie getreten. Er stand lässig da, einen Fuß vor den anderen gesetzt, die Arme vor der Brust verschränkt, und beobachtete die Szene mit undurchdringlicher Miene.

Hugh trat zu ihnen und beugte sich zu Lakeland.

»Was hast du dir nur dabei gedacht?«, zischte er seinem Freund ins Ohr.

Cassandras Knie drohten nachzugeben, als sie sich zu ihm umwandte. »Es tut mir so unsagbar leid, Sir«, flüsterte sie tonlos. »Das war keineswegs meine Absicht, bitte glauben Sie mir.«

Er antwortete nicht und Cassandra erwartete auch keine Antwort von ihm. Stattdessen ging sie an ihm vorbei auf einen der Ledersessel zu, in denen sich ihr Vater und Hugh gelegentlich ihrer Lektüre widmeten, gab ihrer Schwäche nach und ließ sich auf das Polster sinken.

»Schluss jetzt damit«, polterte ihr Vater hinter ihr, und als sie aufsah, erkannte sie, dass er ihre Mutter und ihren Bruder in den Raum scheuchte und die Tür hinter ihnen schloss.

Mister Lakeland stand noch immer da und rührte sich nicht. Um Cassandras Herz schnürte sich etwas zusammen.

Was mochte er jetzt nur von ihr denken?

»Und ich sage dir, deine Tochter ist vor aller Augen kompromittiert!«, zeterte ihre Mutter, während Hugh soeben ein paar Kerzen entzündete.

»Natürlich«, dröhnte Sir Rupert. »Du hattest ja nichts Besseres zu tun, als die beiden neugierigsten Frauen dieses Universums auf die Suche nach ihr mitzunehmen. Deine Schwägerin Zoey hätte es als Begleitung auch getan und gewiss weniger Schaden angerichtet, meinst du nicht?«

»Ach – jetzt bin also ich am Fehlverhalten deiner Tochter schuld?«

»Nein, aber du hast die Situation dadurch nicht gerade einfacher gemacht, falls du überhaupt begreifst, was ich meine.«

»Einfacher? Du sprichst von einfacher? Seit Wochen gehen in diesem Haus Dinge vor sich, mit denen ich nicht im Geringsten einverstanden bin, und du leistest ihnen auch noch Vorschub, ohne etwas dagegen zu tun.«

»Nun reicht es aber, Octavia! Du gehst entschieden zu weit. Hast du denn selbst auch nur einen einzigen brauchbaren Vorschlag für uns? Oder erschöpft sich deine Weisheit darin, uns allen Vorwürfe zu machen?«

»Aber Sir Rupert!« Octavia fasste sich leidend an die Stirn. »Wie sprichst du denn mit mir! Du weißt genau, wie schlecht es mir heute schon den ganzen Tag erging, und nun das …« Sie wankte deutlich sichtbar, doch keiner kümmerte sich darum.

Eine Stimme donnerte durch den Raum. »Wenn ich die Herrschaften einen Moment um ihre geschätzte Aufmerksamkeit bitten dürfte …«

Das schrille Gezeter verstummte augenblicklich. Marmaduke Lakeland zog die Blicke aller Anwesenden auf sich. Auch Lady Halcroft fing sich notgedrungen wieder und schoss dem Störenfried lediglich einen bösen Seitenblick zu.

»Sir Rupert, Lady Halcroft, Hugh – lassen Sie mich Ihnen versichern, dass es keinerlei Veranlassung gibt, sich derart aufzuregen. Ich muss allerdings gestehen, dass die Behauptung, ich hätte mir nur ein Buch ausleihen wollen, tatsächlich nicht ganz den Tatsachen entspricht …«

»Da hörst du es«, ereiferte sich Lady Halcroft.

»Nun sei doch endlich still«, zürnte ihr Ehemann.

»Mutter, bitte«, kam es auch noch von Hugh.

»Aber ich …«

»Mutter!«

Nur Cassandra saß wie gelähmt auf dem äußersten Rand des Ledersessels und sah mit weit aufgerissenen Augen zu Lakeland auf.

Was um Himmels willen meinte er damit? War er jetzt ebenfalls von allen guten Geistern verlassen? Er musste doch wissen, dass er dadurch ihre Lage – wenn dies überhaupt möglich war – nur noch verschlimmerte!

»Wenn ich dann bitte weitersprechen und mich erklären dürfte …«

Lakeland schien unerschütterlich in seiner Ruhe, und Cassandra fragte sich, ob es irgendetwas geben mochte, das diesen Mann aus der Fassung brächte.

Es kehrte wieder Stille ein und er wandte sich Cassandras Vater zu.

»Sir Rupert, ich möchte Sie darüber in Kenntnis setzen, dass ich über besagte Lektüre hinaus Miss Halcroft gebeten habe, meine Frau zu werden, und zu meiner großen Freude hat sie meinen Antrag angenommen. Meiner Pflicht dem guten Ruf Ihrer Familie gegenüber ist also Genüge getan.«

Duke konnte selbst kaum glauben, was er sich da sagen hörte und der Effekt seiner Worte schlug ein wie eine Bombe.

Alle sahen ihn fassungslos an, jeder von ihnen mit einem anderen Ausdruck im Gesicht:

Sir Rupert prüfend und abwägend; Lady Octavia pikiert und ablehnend; Hugh ungläubig und mit zaghafter Zufriedenheit. Er warf einen Blick zu Miss Halcroft. Ihre Miene konnte er nicht deuten – sie war wie versteinert und wirkte kein bisschen erleichtert darüber, dass er die Situation und ihren Ruf zugleich gerettet hatte.

Für einen knappen Moment wähnte er sich in einem beklemmend eindringlichen Albtraum, der sich aber als Realität erwies, als ihm bewusst wurde, dass Miss Halcroft langsam den Kopf schüttelte und ihren Blick in den seinen bohrte. Mit den Lippen formte sie ein lautloses *Nein*, so als könne sie nicht fassen, was sie da gerade erlebte.

Duke runzelte die Stirn.

War er denn so viel übler als die Tatsache, kompromittiert und gesellschaftlich geächtet zu sein? Und überhaupt: Vor ein paar Minuten hatte sie selbst davon gesprochen, ob er sich eine Heirat mit ihr vorstellen könne.

Dann wurde das fassungslose Schweigen, das ihm wie eine Ewigkeit vorgekommen war, von einer Woge aufgeregter Stimmen hinweggefegt. Alle Halcrofts außer Cassandra redeten wild durcheinander, während seine frischgebackene Verlobte noch immer dasaß, als hätte sie der Blitz getroffen, nichts sagte und nur regungslos seinen Blick erwiderte.

Offenkundig war es an ihm, Bewegung in das Verhältnis zwischen ihnen beiden zu bringen. Von Cassandras Familie weitgehend unbeachtet, trat er zu ihr, griff nach ihrer

Hand – die Finger waren eisig kalt – und beugte sich tief über sie.

»Nun, Miss Halcroft? Beantwortet das Ihre Frage, ob ich bereit sei, Sie zu heiraten?«

Eine kurze Bewegung ihres Kopfes wehte ihm ihren Duft zu – Lavendel und Rosen – und er sah ihre Wimpern flattern.

»Ich deute Ihr Schweigen als Zustimmung«, raunte er weiter. »Übrigens – wenn Sie so klug sind, wie ich glaube, dann beharren Sie nicht auf der Wahrheit, sondern bleiben bei meiner Version der Geschichte.«

Langsam richtete er sich wieder auf, ihre Hand noch immer in seiner. Cassandra hatte die Lider geschlossen und den Kopf gesenkt. Und endlich – endlich – nickte sie fast unmerklich.

Lakeland trat einen Schritt zurück und zog sie sanft mit sich, sodass sie sich erheben musste, um an seine Seite zu treten.

»Sir Rupert.«

Die Familie verstummte und alle drei wandten ihnen die Köpfe zu.

»Mister Lakeland?« Cassandras Vater fand seine Fassung als erster wieder.

»Da diese Abendgesellschaft ganz offensichtlich auf die Bekanntgabe einer Verlobung gewartet hat, sollten wir die Gäste diesbezüglich nicht mehr allzu lange auf die Folter spannen, denke ich.«

Sir Halcroft nickte. Seine Frau fächelte sich hektisch Luft zu.

»Sie haben recht, Sir. Nun denn … Cassandra?«, richtete er das Wort an seine Tochter, die bis zu diesem Augenblick noch kein Wort gesprochen hatte.

»Ja, Vater?«

»Bist du tatsächlich damit einverstanden, Mister Lakeland zu ehelichen?« Tiefe Besorgnis grub sich in die Züge des Vaters.

»Ja, Vater«, antwortete Cassandra schließlich. »Ich bin einverstanden.«

»Cassandra … Durch seinen Antrag hat Mister Lakeland deine Ehre wiederhergestellt – du musst ihn nicht annehmen.«

Duke hielt unwillkürlich den Atem an. Stand Miss Halcroft zu ihrer aberwitzigen Frage oder würde sie die Gelegenheit ergreifen, sich aus der Affäre zu ziehen?

»Ich weiß, Vater«, erwiderte sie da mit fester Stimme. »Doch ich bin Mister Lakeland für seine Großherzigkeit sehr dankbar und möchte ihn wirklich heiraten.«

Damit war der Moment vorüber.

Seine Freiheit ebenfalls.

So viel dazu, dass Marmaduke Lakeland Entscheidungen erst nach reiflicher Überlegung zu treffen pflegte.

»Nun gut«, ergriff Sir Rupert erneut das Wort. »Da wir dies nun geklärt haben, können wir wohl tatsächlich, wie Mister Lakeland vorgeschlagen hat, deine Verlobung mit ihm bekannt geben, also lasst uns hinuntergehen und uns wieder unseren Gästen anschließen.«

Er ging zur Tür.

Lady Halcroft folgte ihm, Hugh ebenfalls.

Duke legte seine Hand auf Cassandras, die noch immer auf seinem Arm ruhte, und führte seine Verlobte ebenfalls zum Ausgang. Er spürte, dass sie leicht zitterte, und drückte aufmunternd ihre Finger. Sie warf ihm einen raschen Blick zu, der zwischen Befremden und Dankbarkeit alles beinhalten konnte.

In der geöffneten Tür wartete Hugh auf sie beide und fing sie ab.

»Duke – auf ein Wort. Cass, entschuldige uns einen Moment«, bat er.

»Natürlich.« Sie nickte, löste die Hand von seinem Arm und ging nach draußen, wo ihre Eltern sie erwarteten.

»Du solltest dich ein wenig frisch machen, ehe du dich als stolze Braut vor unseren Gästen präsentieren kannst – du siehst etwas derangiert aus«, hörte Lakeland noch die vorwurfsvolle Stimme von Lady Halcroft zu ihrer Tochter, ehe Hugh die Tür schloss.

Er holte tief Luft und wappnete sich, als sein junger Freund sich vor ihm aufbaute. »Was zur Hölle ist nur in dich gefahren? Bist du von Sinnen, Duke?«

»Oh, ich kann dir versichern, dass ich durchaus im Besitz meiner geistigen Kräfte und somit auch bei Sinnen bin.«

»Das wage ich zu bezweifeln.« Hughs Augen blitzten.

Nur gut, dass er nicht wusste, wie sehr auch Duke selbst das in Frage stellte.

»Du wolltest meines Wissens nie wieder heiraten.«

»Man kann seine Meinung ändern.«

»Binnen drei Stunden?«

»Der berühmte letzte Tropfen, der ein Fass zum Überlaufen bringen kann.«

»Schwachsinn!« Hugh begann, auf und ab zu gehen. »Das kannst du mir doch nicht erzählen. Du kennst meine Schwester seit heute Nachmittag. Willst du mir weismachen, du hättest dich auf den ersten Blick unsterblich in sie verliebt?«

Duke hob befremdet die Brauen. »Natürlich nicht. Wie kommst du auf so einen Unsinn?«

»Duke!« Hugh blieb vor seinem Freund stehen und musterte ihn mit finsterer Miene. »Warum dann? Ich habe dich als einen verantwortungsbewussten Menschen kennengelernt, der keine übereilten Entschlüsse fasst, und nun das hier!«

»Du brauchst nichts zu befürchten. Ich bin mir der Verantwortung durchaus bewusst, die eine Ehe mit sich bringt.«

»Ach ja?« Der Zweifel kam wie aus der Pistole geschossen.

»Ja.« Duke legte Schärfe in seine Stimme. Es missfiel ihm, von seinem jungen Freund derart auf den Zahn gefühlt zu bekommen, zumal er selbst durchaus in Erklärungsnot geraten wäre, hätte er seinen spontanen Antrag mit wohlgesetzten Argumenten verteidigen müssen. »Durchaus. Und lass dir in aller Freundschaft sagen, dass mir dieses … Verhör nicht im Geringsten zusagt.«

»Herrgott noch mal, Duke! Das ist kein Verhör. Ich versuche einfach nur zu begreifen, was hier und heute passiert ist.«

»Was regst du dich so auf? Deine Schwester wurde sitzengelassen, ich bin in die Bresche gesprungen. Das kann doch auch in deinen Augen so verwerflich nicht sein, oder?«

»In die Bresche gesprungen?« Hugh sah aus, als wolle er ihm jeden Moment an die Gurgel gehen. »So nennst du das also? Nachdem du sie vorher erst gründlich kompromittiert hast?«

Duke biss die Kiefer aufeinander. Er erinnerte sich an den einen klaren Moment, als ihm bewusst geworden war, wie verfänglich die Situation werden konnte, wenn man sie in ihrer Unterredung überraschte. Und dass er dennoch geblieben war.

»Was hattest du hier drin nur zu suchen?« Hughs Miene war ein einziges Fragezeichen, er hatte beide Hände gehoben, die Handflächen gen Himmel gewandt, als könnte er eine Antwort auffangen, sollte sie denn dank eines einsichtigen höheren Wesens von dort oben herunterregnen.

»Ich wollte mir etwas zu lesen besorgen, ehe ich zu Bett ging.«

Hugh starrte ihn mit offenem Mund an. Dann begann er, langsam den Kopf zu schütteln, und ließ die Hände sinken. Offenkundig war seine Angriffslust in sich zusammengefallen. »Und deine Pläne? Deine Reise?«, lenkte er ein.

Duke entspannte sich etwas.

»Für alles lässt sich eine Lösung finden. Irgendwie.« Wenn er auch zum gegenwärtigen Zeitpunkt nicht die geringste Ahnung hatte, wie diese aussehen sollte. Cassandras Bruder senkte den Kopf, dann nickte er.

»Na schön. Wie du meinst. Dann lass uns zu den anderen gehen. Die warten sicher schon gespannt auf den Bräutigam.«

Sie setzten sich in Bewegung. Ehe Hugh die Tür zum Flur öffnete, hielt er inne und wandte sich noch einmal zu Lakeland um.

»Eins noch, und das ist das letzte, was ich dir als künftiger Schwager dazu sagen werde: Wenn du meine Schwester unglücklich machst, dann bringe ich dich um.«

Kapitel 7

Etwas später auf dem Weg hinunter zum Ballsaal war Cassandra noch immer wie gelähmt und konnte zunächst nicht begreifen, was geschehen war.

Was hatte sie nur getan! Welches Teufelchen musste auf ihrer Schulter gesessen haben, als sie ihm diese unüberlegte Frage gestellt hatte, die keinen anderen Hintergrund besaß als ihren verletzten Stolz, anstatt ihn gehen zu lassen. Nun war sie von einer Sekunde auf die andere mit einem fremden Mann verlobt und konnte nicht mehr zurück.

Ein harter Griff um ihr Handgelenk ließ sie zusammenzucken. »Diese Enttäuschung«, zischte ihre Mutter. Immerhin leise genug, dass es niemand sonst hören konnte. »Ich hatte gehofft, nun, da wir Ironside endlich losgeworden sind, hättest du Vernunft angenommen und würdest dir einen Mann von Adel suchen, mit genügend Möglichkeiten, dich angemessen zu versorgen.«

»Ich nehme doch an, Mister Lakeland ist kein armer Schlucker«, raunte Cassandra zurück, während sie langsam nebeneinander durch den Saal schritten. »Vater hätte sonst nicht zugelassen, dass ich seinen Antrag annehme.«

Die Finger ihrer Mutter gruben sich schmerzhaft in ihren Unterarm. »Papperlapapp. Was wissen wir denn überhaupt von diesem Mann? – Oh, ich spüre schon, meine Migräne kommt wieder. Daran bist nur du schuld!«

Sie bedachte ihre Tochter mit einem letzten vorwurfsvollen Blick, ehe es dieser gelang, ihr Handgelenk aus dem Griff ihrer Mutter zu befreien.

Cassandra sah rasch zu ihrem Vater. Er wirkte ratlos – sie wusste, er wollte sie glücklich sehen. Ihr Bruder, nach dem sie sich vergeblich umsah, hatte geradezu verstört gewirkt. Was hatten er und ihr Verlobter so lange zu bereden?

Ein fürchterlicher Gedanke schoss ihr durch den Sinn: Sie kannte Marmaduke Lakeland nicht, in diesem Punkt hatte ihre Mutter leider recht, aber Hugh dafür umso besser. Wusste er etwas über ihren Bräutigam, von dem niemand sonst Kenntnis hatte? Irgendetwas Schlimmes? Hatte Hugh deshalb so schockiert ausgesehen, weil Mister Lakeland als Ehemann ungeeignet war?

Falls dies möglich war, fühlte Cassandra sich in diesem Augenblick und unter dem Eindruck dieser Gedanken noch besorgter als ohnehin schon. Die Gesichter um sie herum verschmolzen zu einer undefinierbaren Einheit, die sie nicht mehr voneinander unterscheiden konnte, begleitet von einem Stimmengewirr, welches als ein dissonantes Orchesterstück anschwoll und abebbte.

Ein paar Atemzüge lang fürchtete sie, jeden Moment in Ohnmacht zu fallen. Doch dann spürte sie, wie sich von hinten ein Arm in ihre Ellenbeuge schob, eine Männerhand ihren Unterarm umfasste und ihr Halt gab. Der Moment der Schwäche ging vorüber, und als sie zur Seite sah, begegnete sie Marmaduke Lakelands aufmerksamen dunklen Augen. Seine Miene war ernst, doch er wirkte nicht verärgert.

»Kommen Sie«, sagte er leise. »Wir sind bereits in der Höhle des Löwen. Nun müssen wir ihm nur noch die Stirn bieten.«

Das Bild, welches er beschwor, war einerseits so absurd, doch andererseits auch wieder so treffend, dass Cassandra spürte, wie ein Lächeln an ihren Mundwinkeln zupfte. Seine Antwort war ein kurzes Drücken ihres Arms und, wenn sie sich nicht gänzlich täuschte, ein kaum sichtbares Augenzwinkern.

Ihre bangen Überlegungen verflogen und merkwürdigerweise fühlte sie sich an seiner Seite nicht mehr so einsam wie noch Stunden zuvor, als Nathan Ironsides Ablehnung sie in tiefe Traurigkeit versetzt hatte.

Die Musiker spielten einen Tusch – ihr Vater hatte ihnen offenbar ein Zeichen gegeben – und der um sie herum tosende Ozean aus Stimmen verklang allmählich.

Sir Rupert Halcroft trat vor seine Gäste und hob beide Hände in einer beschwichtigenden Geste, bis endlich Stille eingekehrt war. Er bedachte die Anwesenden, die sich um ihn und seine Familie drängten, mit einem strahlenden Lächeln.

»Meine lieben Freunde, ich will und werde Sie nicht lange von den weiteren Vergnügungen dieser kleinen Feier fernhalten. Dennoch ist diese kurze Unterbrechung unumgänglich, denn zu meiner großen Freude darf ich Ihnen heute Abend die Verlobung meiner Tochter Cassandra mit dem ehrenwerten Mister Marmaduke Lakeland bekanntgeben.«

Cassandra riskierte einen raschen Blick und erkannte fassungslose und erstaunte Gesichter um sich. Zwar hatte man eine Verlobung vorhergesehen, doch nur einer der beiden Beteiligten entsprach den herrschenden Erwartungen.

Nach wenigen Wimpernschlägen war das erste Raunen zu hören und dann begann jemand, zu klatschen – Cassandra hatte ihren Bruder in Verdacht, der schräg hinter ihr stand, weswegen sie ihn nicht sehen konnte.

Binnen Sekunden fielen alle in den Beifall ein, Glückwünsche traten an die Stelle des angespannten Schweigens.

Hatte Cassandra vorher in teils spöttische, teils mitleidige Gesichter geblickt, so überwogen nun Interesse und Anerkennung, aber auch Skepsis blitzte hier und dort auf, die natürlich niemand auszusprechen wagte.

Etwas später hatte sich der Sturm gelegt und das Gros der Gäste bereits verabschiedet.

Cassandra entdeckte ihren Bruder umringt von drei Freundinnen ihrer Mutter, die bereits ihre Umhänge trugen und soeben im Begriff waren, sich zu verabschieden. Unter ihnen erkannte sie die beiden, mit denen Octavia sie in der Bibliothek aufgespürt hatte. Sie näherte sich und hörte gerade noch, wie Hugh ihren Verlobten in den höchsten Tönen pries.

»… oh ja, er ist äußerst vermögend. Insofern kann sich meine liebe Schwester auf ein wohlsituiertes, sorgloses Leben freuen.«

»Und demnach scheint er auch ein echter Gentleman zu sein«, setzte Mrs. Waterston mit süßer Stimme hinzu, ob-wohl sie grün war vor Neid. »Immerhin hat er Ihre liebe Schwester aus einer … oh, sagen wir … einer reichlich misslichen Lage gerettet, indem er ihr einen Antrag machte.«

»Ein Ehrenmann durch und durch, und ich kann Ihnen versichern, dass sein Heiratsantrag durchaus nicht auf irgendeine konkrete Situation zurückzuführen ist, in der meine Schwester sich befand«, erklärte Hugh mit hörbarer Schärfe in der Stimme. »Mister Lakeland genießt den größten Respekt sowohl meines Vaters als auch meiner eigenen Wenigkeit, und Sir Rupert ist hochzufrieden, einen Mann wie ihn schon bald seinen Schwiegersohn nennen zu dürfen.«

Sehr geschickt, wie ihr Bruder da noch schnell ihren Vater eingeflochten hatte. Da er im Umkreis vieler Meilen eine weithin anerkannte Autorität war, galt sein Urteil den Menschen etwas.

Mehr jedenfalls als das von Hugh.

Oder gar ihres.

Insgeheim nahm Cassandra sich vor, Hugh bei der nächsten sich bietenden Gelegenheit über den Mann auszufragen, dem sie sich auf Gedeih und Verderb für eine ungewisse Zukunft ausgeliefert hatte. Der Gedanke daran machte sie beklommen.

Nein – nicht irgendwann! Jetzt gleich musste sie ihn fragen.

Sie gesellte sich zu dem Quartett und hakte sich bei ihrem Bruder unter. »Meine Damen.« Sie lächelte die Matronen strahlend an. »Gestatten Sie, dass ich Ihnen meinen Bruder entführe? Wie Sie sich denken können, haben wir viel zu besprechen.«

Die Damen verabschiedeten sich gnädig nickend und Cassandra zog Hugh mit sich zum kleinen Salon, in dem sie und ihre Tante die Nachmittage stickend zu verbringen pflegten. Ein Blick zurück zum großen Saal sagte ihr, dass sowohl ihr Vater als auch ihr Verlobter in angeregte Gespräche vertieft waren, und sie wahrscheinlich ein paar ungestörte Momente haben würden.

Ihr Bruder griff im Vorbeigehen nach einem Glas Champagner, das ein Lakai auf einem Tablett mit einem guten Dutzend weiterer gen Ballsaal trug. »Du auch?«

»Nein danke«, wehrte sie ab. »Ich sollte angesichts der Situation lieber nüchtern bleiben.«

Er trat ein und schloss die Tür, dann nahm er einen Schluck. »Angesichts der Situation? Was meinst du? Was gibt es denn so Dringendes, Cass?«

Cassandra stellte sich vor ihren Bruder und sah ihm eindringlich in die Augen.

»Hugh, bitte sag es mir ganz ehrlich – auf wen habe ich mich da eigentlich eingelassen?«

»Es ist gut, dass Hugh dich zu mir geschickt hat«, stellte Sir Rupert fest, nachdem er die Tür zum kleinen Salon hinter sich geschlossen hatte und seiner Tochter unter vier Augen gegenüberstand.

Cassandra versuchte, ihrer Bangigkeit Herr zu werden, doch ganz wollte es ihr nicht gelingen. Mehr und mehr gelangte es an ihr Bewusstsein, welch unvorhergesehene und zutiefst verunsichernde Wendung ihr Leben in den wenigen letzten Stunden genommen hatte. »Hugh sagte mir, du würdest Mister Lakeland besser kennen als er«, antwortete sie mit leicht schwankender Stimme. »Dabei hatte ich angenommen, sie wären gute Freunde. Aber dem scheint nicht so zu sein.«

»Nein, Cassandra, dem ist nicht so. Mister Lakeland ist mein langjähriger Geschäftspartner, deshalb kennt Hugh ihn ebenfalls. Doch er kennt ihn natürlich nicht so gut wie ich.«

»Und … was kannst du mir zu meinem künftigen Ehemann sagen?«

Als ihr Vater nicht sofort antwortete, kroch ein unangenehmes Gefühl der Beklemmung Cassandras Rücken hinauf. Er schien zu überlegen, was er ihr sagen sollte.

»Ist es denn so schlimm?«, krächzte sie verzagt.

Sir Rupert kam auf sie zu und nahm ihre beiden Hände in seine und lächelte sie begütigend an. »Nein, Cassy, an ihm ist nichts Schlimmes. Der Mann ist absolut integer.«

Cassandra antwortete nicht sofort. Integer – dieses Wort war reichlich vage und sagte kaum etwas über den Menschen aus, dem ihr zukünftiges Leben anvertraut werden sollte. »Sonst nichts, Vater?«

»Was musst du denn noch wissen, Cassy?«

Sir Rupert ließ ihre Hände los, als sie sich nervös abwandte und versuchte, ihre Besorgnis in Worte zu fassen. »Wer ist er? Und was … Ich meine, woher kommt er? Wo werde ich leben?«

»Mister Lakeland stammt aus Devon, wo er auch seinen Wohnsitz hat. Er ist ein angesehener Geschäftsmann, der dank des Handels mit unterschiedlichsten Luxusgütern ein großes Vermögen angehäuft hat und mir stets mit äußerster Korrektheit begegnet ist.«

»Aber der Mensch – was weißt du über ihn persönlich?«

Rupert Halcroft runzelte die Stirn. »Nun, Mister Lakeland ist seit vielen Jahren verwitwet und hat keine Kinder. Er wird gut zu dir sein und das sollte genügen, denn letztlich bleibt uns so oder so keine Wahl.«

»Nein, Papa.« Cassandra spürte an der zunehmenden Gereiztheit seines Tonfalls, dass ihr Vater alles gesagt hatte, was es für ihn dazu zu äußern gab. Ihr war klar, dass sie nicht sehr viel mehr dazu von ihm erfahren würde, und ihre Besorgnis schwand nur wenig.

Sir Rupert schien dies zu bemerken. »Cassandra, ich kenne ihn gut genug, um ihm ruhigen Gewissens deine Hand anzuvertrauen. Glaube mir, es wird dir an nichts fehlen und er wird dich gut behandeln.«

Der nächste Morgen präsentierte sich mit frühlingshaftem Nebel, der sich jedoch rasch auflöste und den ersten Sonnenstrahlen wich. Der Tag klarte schnell auf. Obwohl Cassandra spät zu Bett gegangen war und unter dem Eindruck der vorangegangenen Ereignisse nicht sofort hatte schlafen können, war sie früh auf den Beinen. Ihre Familie schlief noch, da streifte sie bereits voller Unruhe durch den Garten, und während über dem östlichen Horizont die Sonne aufging, spürte sie dem taufeuchten Gras nach.

Kurz nach dem Erwachen hatte sie für einige Atemzüge die aberwitzige Hoffnung gehegt, alles, was seit gestern Mittag geschehen war, nur geträumt zu haben. Sie würde hinuntergehen und diesen Tag unbefangen und erleichtert erleben, so wie er sich zu Beginn abgezeichnet hatte. Doch dann war ihr die Realität wieder zu Bewusstsein gekommen und sie hatte mit einem Seufzen ihr Bett verlassen, um in der frischen Morgenluft ihre Gedanken zu ordnen.

Sie hatte sich am Vorabend mit den mageren Auskünften ihres Vaters zufriedengeben müssen und Marmaduke Lakelands Reaktion war ihr nach wie vor ein Rätsel. Hatte er nur aus reinem Ehrgefühl heraus so gehandelt? Oder gar aus Mitleid? Für ihn konnte es durchaus auch wie eine Falle ausgesehen haben, die sie ihm gestellt hatte, und er hatte sie trotzdem aus dieser misslichen Lage befreit.

Wie sie es auch drehen und wenden mochte, sie fand keine plausible Erklärung dafür, außer der, dass er als Gentleman gehandelt hatte.

An diesem Punkt ihrer Überlegungen angelangt, fiel Cassandra auf, dass sie kalte Füße bekommen hatte, und sie beschloss, wieder ins Haus zurückzukehren. Eine Tasse Tee wäre jetzt das Beste, um sie wieder mit dem Boden der Tatsachen zu verbinden.

Als sie in die Küche kam, fand sie außer dem Personal, das sie mit strahlenden Gesichtern beglückwünschte, zu ihrer grenzenlosen Überraschung auch ihren Verlobten dort vor, der offensichtlich gänzlich unbefangen am Küchentisch saß und mit dem Kammerdiener ihres Vaters plauderte. Dieser sprang sofort auf und entfernte sich mit einer Verbeugung. Sie dankte den Leuten lächelnd und bemühte sich, ihre Nervosität zu unterdrücken.

Mister Lakeland erhob sich, als sie zu ihm an den Tisch trat, und lächelte ihr freundlich entgegen. Er war bereits mit Tee und Toast versorgt und sah aus wie aus dem Ei gepellt. Zum weißen Hemd mit Seidentuch trug er einheitliches Burgunderrot. Der Saum der Weste sowie der Kragen seiner Jacke waren mit aufwendigen schwarzen Stickereien verziert. Die geöffnete Jacke zeigte deutlich den sich abzeichnenden Bauch unter der geschlossenen Weste. Cassandra vermutete, dass er Hosen in derselben roten Farbe trug, doch sie konnte sie nicht sehen, da der Tisch ihr die Sicht versperrte.

Immerhin schien Hugh damit recht zu haben, dass Mister Lakeland angemessen vermögend war, denn an seiner Ausstattung sparte er gewiss nicht.

»Miss Halcroft.«

»Mister Lakeland.«

Sie knickste höflich als Antwort auf seine kurze Verneigung.

»Möchten Sie das Frühstück denn hier einnehmen?«, erkundigte sie sich mit einem Blick auf die beiden Mädchen, die von der Köchin soeben in die nebenan liegende

Waschküche gescheucht wurden, ihre neugierigen Blicke aber dennoch nicht verbergen konnten.

»Oh, ich habe durchaus nichts dagegen. Es sei denn, es ist Ihnen unangenehm.«

»Nein, gar nicht. – Danke, Mrs. Roberts.«

Die Köchin stellte eine dampfende Tasse vor sie auf den Tisch und Cassandra setzte sich. Mr. Lakeland nahm ebenfalls wieder Platz.

Die Geräuschkulisse morgendlicher Geschäftigkeit, die bei ihrem Eintreten abgeflaut war, fand zu ihrem natürlichen Maß zurück und Cassandra entspannte sich etwas, als sie von ihrem Tee nippte.

»Ich sitze gern hin und wieder hier in der Küche und trinke Tee«, gestand sie unvermittelt. »Es fühlt sich so …«

»… heimelig an?«, ergänzte Lakeland und griff ebenfalls nach seiner Tasse.

»Ja.« Sie lächelte ihm scheu zu, überrascht, ausgerechnet in dieser Situation in ihm einen Gleichgesinnten gefunden zu haben. »Aber bitte sagen Sie meiner Mutter nichts davon. Sie hat dazu ihre ganz eigene Meinung.«

»Versprochen.«

Zum ersten Mal seit ihrem Aufeinandertreffen an diesem Morgen sah sie ihm offen ins Gesicht. Seine dunklen Augen schauten sie freundlich an, ansonsten war seine Miene eher ausdruckslos.

Cassandra räusperte sich. Einer der Gedanken, die sie vorhin gehabt hatte, ließ sie nicht los. Sie umklammerte ihre Teetasse und atmete tief ein.

Dann gab sie sich einen Ruck.

»Mister Lakeland, ich … ich glaube, ich muss mich bei Ihnen für die Geschehnisse von gestern Abend entschuldigen …«, begann sie halblaut, doch da brachte sie eine Handbewegung von ihm zum Schweigen.

»Nein, Miss Halcroft, das müssen Sie nicht.«

»Aber … ich bin die Ursache dafür, dass Ihr Leben von einem Moment auf den anderen auf den Kopf gestellt wurde.«

Lakeland musterte sie einen Augenblick, ehe er antwortete, und Cassandra hatte den Eindruck, dass er etwas gänzlich anderes hatte sagen wollen, als er schließlich tat.

»Das Leben steckt voller Überraschungen, Miss Halcroft«, sagte er bedächtig. »Irgendwann wäre dieser Schritt für mich vielleicht ohnehin notwendig geworden, also warum dann nicht jetzt und mit Ihnen?«

Cassandra hörte ihm zu und hatte Mühe, ihre Züge unter Kontrolle zu halten. Sein Ausdruck war gleichbleibend freundlich-desinteressiert, doch seine Worte trafen sie wider jede Vernunft tief in ihrem Stolz.

Und sie gaben ihr einen Vorgeschmack dessen, was sie erwarten mochte als Ehefrau eines Mannes, der sie bestenfalls als das Geringste unter den möglichen zu erwartenden Übeln betrachtete.

Kapitel 8

Duke brachte den Satz noch zu Ende und verstummte dann. Er hörte sich selbst reden – und war gelinde schockiert von der unterschwelligen Grausamkeit seiner Worte. Kein Wunder, dass Miss Halcroft erbleichte und die Teetasse wieder absetzte, ohne einen Schluck daraus genommen zu haben.

Seine Worte waren kalt gewesen, so wie sein ganzes Benehmen ihr gegenüber, aber er wusste mit absoluter Eindringlichkeit, dass er sich diese kluge junge Frau auf Distanz halten musste. Er hatte, wie Hugh gestern schon bemerkt hatte, nicht wieder heiraten wollen und wunderte sich immer noch über seine Reaktion in der Bibliothek.

War ihm tatsächlich nichts anderes übrig geblieben, als ihr einen Antrag zu machen? In jenem Moment hatte er nicht das geringste Zögern, keinerlei Bedauern verspürt, seine Freiheit zu verlieren. Diese Regungen waren erst viel später über ihn hereingebrochen, doch anfangs …

Hatte seine Spontaneität gar ihren Ursprung in jener einen, sonderbar intensiven Gefühlswallung bei seiner Ankunft? Jener Moment, in dem Cassandra ihrem Bruder mit einem strahlenden Lächeln um den Hals gefallen war …

Er hatte sich gewünscht … Ja, da hatte er sich gewünscht, er dürfte so etwas selbst auch irgendwann einmal erleben …

Hatten ihn Sehnsucht nach Wärme und das Verlangen nach einem Heim schwach gemacht? Er spürte schon länger, dass er des Herumstreifens überdrüssig war, doch auf diese Weise sollte sich seine Situation wandeln?

»Verzeihen Sie meine Unhöflichkeit«, murmelte er betreten, als er sich mühsam aus den Wirren seiner Gefühle zurück an den Küchentisch gekämpft hatte. »Ich habe den galanten Umgang mit einer Dame in den letzten Jahren wohl leider verlernt.«

Was mochte sie eigentlich damit gemeint haben, als sie sagte, nicht einmal ein Mann wie er würde sie heiraten wollen? Empfand sie ihn als so … ihm wollte der passende Begriff nicht einfallen.

Er suchte ihren Blick und fand ablehnende Skepsis darin. Nun ja – er hatte ihr bisher noch keinen Grund gegeben, von dem überraschenden Arrangement begeistert zu sein.

Duke versuchte sich an einem entschuldigenden Lächeln.

»Ich werde noch heute Morgen nach Bristol aufbrechen und um eine Heiratslizenz ersuchen. Außerdem muss ich den Kapitän des Schiffes, mit dem ich nach Venedig zu reisen gedachte, um ein paar Tage Aufschub bitten, falls das möglich ist«, umschiffte er die konventionellen Klippen weit weniger elegant als besagter Kapitän die Meerenge von Gibraltar.

Cassandra erwiderte zaghaft sein Lächeln.

Er nickte ihr flüchtig zu, erleichtert, die Küche verlassen zu können.

Auf dem Weg nach oben fragte er sich, ob seine fadenscheinige Entschuldigung bei ihr wohl denselben bitteren Nachgeschmack hinterlassen hatte wie bei ihm.

Cassandra war ein wenig bang ums Herz, als Mister Lakeland drei Tage später in Begleitung ihres Bruders eintraf und sich sofort zu Sir Rupert in dessen Arbeitszimmer begab. Sie hatte die beiden im Eilschritt die Halle durchqueren sehen und von jedem nur ein kurzes Nicken als Gruß erhalten.

Nach einer Zeit, die ihr unendlich erschien, ließ man sie rufen. Sie spürte ihr Herz bis in den Hals hinauf klopfen, als sie das Büro ihres Vaters betrat.

Der saß hinter seinem Schreibtisch aus Teakholz, der so schwer war, dass man bei seiner Anlieferung sechs Männer benötigt hatte, ihn schadlos ins Haus zu hieven.

Hugh stand schräg hinter ihm am Fenster, Mister Lakeland saß in einem der beiden Ledersessel davor, sprang aber sofort auf, als sie hereinkam und auf den Tisch zuging. Alle drei sahen ihr erwartungsvoll entgegen.

»Setz dich, Cassandra.«

Sie versuchte, in seiner Miene zu lesen. Sir Rupert wirkte entspannt und zufrieden, was wohl bedeutete, dass …

»Mister Lakeland kommt mit guten Neuigkeiten aus Bristol zurück«, sagte er und warf dann seinem künftigen

Schwiegersohn mit einem auffordernden Blick den Ball des Gespräches zu.

»So ist es«, setzte dieser folgerichtig an dieser Stelle an. »Es ist mir gelungen, eine Sonderlizenz für unsere Eheschließung zu erwirken, die es uns gestattet, sofort zu heiraten. Ich schlage daher vor, dass wir«, er sah von Cassandra zu ihrem Vater, »die Trauungszeremonie so schnell wie irgend möglich abhalten. Wie Sie wissen, drängt es mich, nach Venedig aufzubrechen. Meine Geschäfte dulden keinen Aufschub; das Schiff, auf dem ich die Passage gebucht habe, kann nicht länger warten als bis nächsten Sonnabendmorgen.«

Sonnabend! Cassandras Herz setzte einen Schlag aus. »So schnell«, krächzte sie. »Aber das …«

»Ich weiß, die Zeit ist knapp, doch Mister Lakeland wendet richtigerweise ein, dass die Trauung noch vor seiner Abreise vollzogen werden soll. Natürlich reicht es nicht für ein angemessenes Fest«, fuhr Sir Rupert fort. »Angesichts der Umstände müssen wir eben mit einer kleinen Feier zufrieden sein. Und man wird sehen – wenn Mister Lakeland von seiner Reise zurückkommt, kann man ja mit einem großen Ball das Versäumte nachholen, nicht wahr?«

Lakeland nickte. »Selbstverständlich.«

»Gut. Dann schlage ich vor, dass die Trauung am Freitag stattfinden soll. So haben wir noch ein paar Tage, um das Nötigste zu veranlassen und wenigstens eine Feier im kleinen Rahmen zu organisieren.«

Cassandra atmete tief ein. Dann zwang sie sich ein Lächeln ins Gesicht. »Ungewöhnliche Umstände erfordern ungewöhnliche Maßnahmen«, meinte sie leichthin. »Mister Lakeland, wenn ich Sie um eine kurze Unterredung bitten dürfte …«

Er wandte ihr fragend das Gesicht zu. »Natürlich. Worum geht es?«

»Ich bräuchte Ihre Unterstützung bei … meinen Reisevorbereitungen.«

Er blinzelte verständnislos. »Wohin gedenken Sie denn zu reisen, meine Liebe?«

Die Frage verunsicherte Cassandra. »Aber – soll ich Sie denn nicht nach Venedig begleiten?«, erkundigte sie sich verdutzt. »Um mit Ihnen dort zu leben?«

Er sah sie an, als traute er seinen Ohren nicht.

»Miss Halcroft, ich glaube, hier liegt ein Missverständnis vor«, sagte er schließlich mit ausdrucksloser Stimme. »Ich reise allein. Sie werden selbstverständlich hierbleiben. Im sicheren Schoß Ihrer Familie, bis ich zurückkehre.«

Cassandra hatte die Klugheit besessen, ihrem Verlobten vor ihrem Vater und Bruder nicht zu widersprechen. Etwas in Mister Lakelands Gesichtsausdruck hatte ihr gesagt, dass dies nicht der geeignete Moment für ein voreheliches Kräftemessen wäre, also hatte sie den Kopf gesenkt und geschwiegen, doch diese harsche Abfuhr hatte sie sehr verletzt.

Sie fühlte sich unerwünscht, und das tat weh.

Und sie hatte niemanden, dem sie diesen traurigen Gedanken anvertrauen konnte.

Auf ihre Mutter konnte sie nicht zählen.

Abgesehen von dem verschlechterten Verhältnis seit Bekanntgabe der Verlobung litt Lady Halcroft als Folge dieser Ereignisse unter anhaltender Migräne.

Sie hatte verkündet, ihr Zimmer in den nächsten Tagen nicht verlassen zu können. Vater und Bruder kamen selbstverständlich in dieser heiklen Angelegenheit gar nicht erst infrage.

Auch ihre Tante wollte Cassandra damit nicht behelligen. Sie war der Schwester ihres Vaters in aufrichtiger Zärtlichkeit zugetan und vertraute ihr weit mehr an, als es ihr der eigenen Mutter gegenüber jemals eingefallen wäre. Doch Zoey Fullerton sah in den letzten Tagen müde aus, war bleich und hatte tiefe Augenringe. Ihre Schwägerin verlangte ihr alles ab, was sie an Kraft und Geduld besaß. Also schwieg Cassandra, als sie sich mit ihr am Nachmittag, wie es ihre Gewohnheit war, im kleinen Salon zur Teestunde an ihre Stickarbeiten setzte.

»Was bedrückt dich, Cassy?«, fragte ihre Tante jedoch mitten in das vertrauliche Schweigen hinein, das sich um sie ausgebreitet hatte.

»Ach … es ist nichts.«

»Und wegen nichts siehst du so unglücklich aus?«

Cassandra ließ den Stickrahmen sinken und hob den Kopf. »Ich weiß, es ist dumm, und … ich möchte dich nicht damit behelligen. Es geht vorbei.«

Nun legte auch Mrs. Fullerton ihre Stickarbeit beiseite.

»Das ist genau das, womit du mich nicht abwimmeln kannst«, meinte sie gutmütig. »Also, wenn du möchtest, erzähle es mir.«

Cassandra atmete tief ein und kämpfte gegen eine Welle aus Selbstmitleid. »Erst lässt mich der eine sitzen, dann lässt mich der andere zurück – ich fühle mich wie ein abgelegtes Kleidungsstück.«

»Wer lässt dich zurück?«

»Mister Lakeland reist nach der Hochzeit nach Venedig und will mich nicht mitnehmen. Ich soll hierbleiben, bis er wiederkommt.«

»Oh. Das … ist wahrhaftig keine schöne Nachricht.«

»Nein.« Cassandra ließ den Kopf hängen. »Ich mag mir gar nicht ausmalen, was ich mir in der nächsten Zeit von meiner lieben Frau Mutter dazu alles werde anhören müssen.«

»Das kann ich mir lebhaft vorstellen.« Mrs. Fullerton seufzte mitfühlend und schwieg dann einen Augenblick. »Allerdings …«

Cassandra sah auf und erkannte einen verschmitzten Ausdruck in den Augen ihrer Tante. »Was meinst du mit *allerdings*?«

»Nun«, setzte diese langsam an. »Ich bin ja der Überzeugung, dass eine Frau an die Seite ihres Mannes gehört. Das sagte auch mein lieber Mister Fullerton immer wieder – Gott hab ihn selig.«

Cassandra war nicht sicher, ob sie die Worte ihrer Tante tatsächlich richtig deutete. »Du willst doch damit nicht etwa sagen …«

»… dass du ihn dennoch begleiten solltest«, ergänzte Zoey ihre Frage. »Doch, genau das will ich damit sagen.«

»Aber …« Cassandra erhob sich und ging unschlüssig im Raum auf und ab. »Es wird ihm nicht gefallen, fürchte ich.«

»Etwa so wenig, wie es dir gefällt, hier bleiben zu müssen?«

»Du hast recht. Diese Aussicht behagt mir wirklich nicht im Geringsten«, gab sie zu. »Ich finde sie immer fürchterlicher, je länger ich darüber nachdenke.«

Auch Zoey erhob sich, trat zu ihr und fasste nach Cassandras Händen. »Dann geh mit ihm. Ich glaube, er ist ein guter Mann. Ich habe seine Augen gesehen, und sie sind voller Freundlichkeit.«

»Auch Vater sprach sehr positiv von ihm.«

»Siehst du? Wir erkennen die Menschen, wenn wir sie sehen.«

Cassandra überlegte kurz. »Du meinst also wirklich, ich soll gehen?«

»Auf jeden Fall. – Ach …« Zoey verdrehte verträumt die Augen. »Venedig! Diese wundersame Stadt wollte ich auch einmal in meinem Leben mit eigenen Augen sehen.«

»Dann komm doch einfach mit, Tante.«

»Oh weh – ja, das wäre wirklich schön. Doch du reist als verheiratete Frau. Du brauchst keine Anstandsdame.«

»Aber vielleicht brauche ich ja Gesellschaft dort. Ein vertrautes Gesicht. Einen lieben Menschen.«

»Aber deine Mutter … Ich kann sie nicht einfach von heute auf morgen alleinlassen.«

»Meine Mutter kommt zurecht und wird jemand anderen finden, den sie durch die Gegend scheuchen kann, glaube mir. Ich denke, Vater hat genug Geld, um jemanden dafür zu bezahlen, der ihre Launen und eingebildeten Krankheiten erträgt. Da musst nicht unbedingt du sein, denke ich.«

»Du meinst also tatsächlich, dass …«

Cassandra erkannte am Blitzen in den Augen ihrer Tante, dass diese sich für die Idee, dem Regiment ihrer Schwägerin zu entrinnen, zu erwärmen begann. »Dann also abgemacht«, meinte sie resolut. »Du reist mit mir. Und nun lass uns beraten, wie wir uns beide reisefertig bekommen, ohne dass es jemand im Hause bemerkt …«

Die Vorbereitungen für die kleine Hochzeitsfeier kamen ihren Plänen aufs Feinste entgegen. Das ganze Haus war in Aufruhr und bebte vor Geschäftigkeit, sodass es niemandem auffiel, dass zwei Koffer, zwei Reisetaschen und zwei Hutschachteln vom Dachboden geholt, entstaubt und gepackt wurden. Sie würden nur das Allernötigste mitnehmen können, hatte Cassandra Zoey gewarnt. Aber dafür würden sie rechtzeitig fertig sein …

Die wenigen Tage, die Cassandra nun noch in ihrem vertrauten Zuhause blieben, versuchte sie mit sinnvollen Tätigkeiten zu füllen. Außerdem wollte sie ein letztes Mal ein paar Besuche machen, insbesondere ihre alte Kinderfrau sehen, die am Rande des Wäldchens hinter dem Familienanwesen in einem kleinen Cottage lebte. Cassandra besuchte sie normalerweise zu Beginn jeder Woche, doch an diesem Montag hatten ihr die Ereignisse einen Strich durch die Rechnung gemacht und so war sie Miss Magdalena Evans ferngeblieben. Der Korb mit Speisen fiel daher umso üppiger aus, als sie sich erst am Mittwoch, zwei Tage vor der geplanten Trauung, zu der alten Dame auf den Weg machte.

Sie überquerte die im strahlenden Sonnenschein liegende Schafweide etwas vom Haus entfernt und schritt rasch voran, den Blick stets zu Boden gerichtet, um nicht in die Hinterlassenschaften der Tiere zu treten, als sich nähernedes Hufgetrappel sie aufsehen ließ.

Mister Lakeland war hoch zu Ross unterwegs und hatte sie offensichtlich entdeckt.

Cassandra war wenig angetan, ihm jetzt und hier zu begegnen. Ein wenig plagte sie das Gewissen, und sie hoffte, er würde nach einem kurzen Gruß seinen Weg fortsetzen. Offenkundig hatte er aber andere Pläne, denn er lenkte sein Pferd in ihre Richtung.

Die letzten beiden Tage seit seiner Rückkehr aus Bristol waren sie einander mit unverbindlicher Höflichkeit begegnet und hatten kaum mehr als oberflächliche Floskeln gewechselt. Cassandra hatte nicht beabsichtigt, dies vor ihrer Abreise zu ändern. Das gesamte Verhalten ihres Verlobten in den letzten beiden Tagen hatte den Eindruck bestätigt, den sie von ihm hatte: Mister Lakeland war einer der ungelenkesten und biedersten Männer, die sie jemals kennengelernt hatte, und sie dachte mitunter voller Grausen an das, was sie an seiner Seite wohl erwarten mochte. Ein Segen, dass sie wenigstens die Gesellschaft ihrer

Tante haben würde, die ihr zur Seite stand und sie davor bewahren würde, an Langeweile zu sterben.

Lakeland zügelte sein Pferd neben ihr.

»Miss Halcroft.«

»Mister Lakeland.«

»Erlauben Sie mir, Sie zu begleiten?«

Was blieb ihr schon anderes übrig, wenn sie nicht unhöflich sein wollte?

»Selbstverständlich.«

Wenn es ihm gefiel, vom hohen Ross auf sie herabzusehen – bitte. Sein Pferd war immerhin erstklassig, wie Hugh erst vor Kurzem anerkennend festgestellt hatte. Als Mister Lakeland jedoch absprang, um neben ihr her zu Fuß zu gehen, sah sie sich angenehm überrascht zu ihm um und begegnete seinem gleichgültig-freundlichen Blick.

»Wohin sind Sie unterwegs, wenn ich fragen darf?«, erkundigte er sich steif.

»Zu meiner früheren Nanny.«

»Ah. – Ist der Korb schwer?«

»Oh, das ist nicht der Rede wert …«

»Ich trage ihn.«

»Das ist absolut nicht nötig.«

»Bitte, Miss Halcroft!« Er griff nach dem Henkel und bedachte sie mit einem Blick, der keinen Widerspruch duldete. So hatte er sie vor zwei Tagen im Arbeitszimmer ihres Vaters angesehen, als er ihr verkündet hatte, dass sie in England zu bleiben hätte.

Wortlos gab sie nach und überließ ihm den Korb.

»Er ist sehr wohl schwer«, bemerkte er tadelnd.

»Bei Miss Evans ist jede Gabe willkommen«, verteidigte sich Cassandra.

»Das bezweifle ich nicht«, entgegnete er kühl. »Ich will damit nur sagen, dass Sie ihn nicht tragen sollen, wenn ich nun schon einmal zufällig zu Ihnen gestoßen bin. Wie weit ist es bis zu Miss Evans' Zuhause?«

Er wollte sie doch nicht etwa bis dorthin begleiten?

Cassandra deutete auf den sich jenseits der Weide abzeichnenden Wald.

»Dort in einer kleinen Senke. Da steht ihr Häuschen. Man kann es von hier aus nicht sehen.«

»Gehen Sie oft dorthin?«, wollte Mister Lakeland offenkundig eine Konversation in Gang halten, während er neben ihr her schritt.

»Ich versuche, Miss Evans jede Woche zu sehen, aber manchmal ist sie auch nicht da.«

»Aha. Und wo ist sie dann?«

Irritiert sah Cassandra zu ihm auf. Er ging in gebührendem Abstand neben ihr her, hatte sich die Zügel seines Pferdes um den Arm geschlungen und hielt den Korb mit beiden Armen vor sich, als sei er zerbrechlich. Seine Miene war ausdruckslos wie immer, und er sah sie nicht an, sondern geradeaus. Er wirkte so, als wäre er lieber ganz woanders als hier in ihrer Gesellschaft. Warum also stellte er ihr all diese Fragen?

»Sie geht hin und wieder der Schullehrerin zur Hand und unterrichtet die Kinder im Dorf, wenn diese sie darum bittet.«

»Aha. Und … was unterrichtet sie da?«

Cassandra blieb unvermittelt stehen und wandte sich zu ihm.

»Mister Lakeland – darf ich erfahren, wozu Sie mir all diese Fragen stellen?«

Er hielt inne und drehte sich nach ihr um. Ein verdutzter Ausdruck lag auf seinem Gesicht.

»Warum ich … Nun, Miss Halcroft, wir werden diesen Freitag heiraten.«

»Ich weiß, Mister Lakeland.«

»Ich gedachte lediglich, die uns verbleibende gemeinsame Zeit noch etwas zu nutzen, um Sie besser kennenzulernen. So etwas geschieht doch normalerweise dadurch, indem man miteinander spricht. Oder sind Sie diesbezüglich etwa anderer Meinung als ich?«

Cassandra blinzelte. Ihr fiel ein sonderbarer Ausdruck in seinen Augen auf – ein waches Blitzen, das nicht zu seinen naiven Worten passen wollte. Doch als sie genauer hinsah, war dort nichts. Sie musste sich getäuscht haben.

»Oh. Ja natürlich. Ich meine, nein, ich bin durchaus nicht anderer Meinung als Sie«, antwortete sie zerstreut und setzte ihren Weg fort.

Was für ein merkwürdiger Mensch.

Ein paar Herzschläge lang fragte sie sich, ob es wirklich eine so gute Idee war, ihn zu begleiten. Vielleicht täte sie besser daran, ihn ziehen zu lassen und hier ihr vertrautes Alltagsleben weiterzuführen, anstatt diesem wildfremden Menschen in eine wildfremde Stadt zu folgen.

Doch dann straffte sie die Schultern und kämpfte ihre Zweifel nieder. Sie würde bei ihrem Entschluss bleiben.

Schließlich näherten sie sich dem Ende der Weide, hinter dem der kleine Mischwald sich erstreckte.

»Da drüben ist es«, sagte Cassandra überflüssigerweise, nachdem Mister Lakeland das Gatter geöffnet hatte und sie beide hindurchgegangen waren. Ein ausgetretener Pfad führte einen flachen, grasbewachsenen Abhang hinunter in eine kleine Senke vor dem Waldrand und dort stand das winzige steinerne Cottage von Miss Evans. Ein kleiner Vorplatz aus gestampfter Erde lag davor und trennte das Häuschen vom Hühnerstall, aus dem Gackern zu vernehmen war. Am anderen Ende des Hofes ging ein weiterer Pfad in die entgegengesetzte Richtung ab und führte ins Dorf.

Es wirkte friedlich.

Vor der Haustür blieb Cassandra stehen und drehte sich um. »Vielen Dank für Ihre Begleitung, Mister Lakeland«, sagte sie unverbindlich und streckte die Hände nach dem Korb in seinen Armen aus. Sie war erleichtert, dass sie den Weg hinter sich gebracht hatten, doch er hatte offensichtlich nicht die Absicht, sie jetzt zu verlassen.

»Denken Sie, es würde Miss Evans sehr ungelegen kommen, wenn ich sie ebenfalls kennenlerne?«

Cassandra öffnete den Mund, um etwas zu erwidern, schloss ihn aber wieder. Dann schüttelte sie den Kopf. »Nein, sicher nicht.«

Sie klopfte an und nach wenigen Augenblicken waren aus dem Inneren des Häuschens Schritte zu hören, die sich der Tür näherten.

Die Frau, die ihnen öffnete, musste in jungen Jahren sehr schön gewesen sein, bemerkte Duke. Noch immer schien etwas von dieser Attraktivität durch ihre Züge, auch wenn sie inzwischen sicher auf die siebzig zugehen mochte. Sie war also schon nicht mehr die Jüngste gewesen, als sie Nanny bei den Halcroft-Kindern gewesen war.

Ihre wachen blauen Augen blitzten und unzählige Fältchen um sie herum zeugten davon, dass sie trotz ihrer offensichtlich angespannten wirtschaftlichen Lage gern und viel lachte.

»Oh, wie schön, dass du heute kommst, meine Liebe. Und auch noch in Begleitung! – Binden Sie das Pferd ruhig an die Wasserpumpe, da kann es nicht davonlaufen. Kommt herein, ich habe gerade Scones gebacken.«

Cassandra und sie begrüßten sich mit inniger Umarmung. Dann wandte sie sich zu ihm um.

»Maddie, darf ich Ihnen meinen Verlobten vorstellen? Mister Marmaduke Lakeland. Mister Lakeland, das ist Miss Magdalena Evans, meine frühere Nanny.«

»So so, dein Verlobter also.« Sie musterte ihn scharf, während sie seine Hand schüttelte und viel zu lange festhielt. Etwas in ihrem Blick riet Duke, auf der Hut zu sein – er hatte das Gefühl, diese Frau sähe ihm geradewegs bis in die Seele hinein. Er räusperte sich unbehaglich und entzog ihr behutsam seine Hand.

»Ich freue mich sehr, Ihre Bekanntschaft zu machen, Miss Evans«, murmelte er.

»Ich mich auch«, entgegnete sie. Dann erst ließen ihre Augen ihn los. »Kommt mit in die Küche, ihr beiden.«

Sie hakte sich bei Cassandra unter und führte sie nach nebenan. Duke folgte, den Korb noch immer im Arm. »Ich habe Ihnen ein paar Kleinigkeiten aus unserer Vorratskammer mitgebracht, Maddie.« Cassandra wies auf den vollen Korb.

»Wie wundervoll!« Miss Evans seufzte. »Du bist immer so großzügig zu mir.«

»Ach was.« Cassandra wehrte ab und er sah sie erröten.

Miss Evans warf einen schnellen Blick zu ihm.

»Stellen Sie den Korb einfach hierhin auf den Tisch, Mister Lakeland.« Sie deutete auf das untere Ende der massiven Holzplatte. »Ich koche inzwischen Tee und dann erzählt ihr beiden mir haarklein, wie es dazu gekommen ist, denn wie es aussieht, lebe ich hier tatsächlich etwas hinter dem Mond. Ich hatte mit einem anderen Mann an deiner Seite gerechnet, Cassandra.«

Die biss sich auf die Lippe und sandte erneut einen schnellen, deutlich verlegenen Blick zu ihm hinüber. Offensichtlich war es ihr peinlich, dass er bei ihrer Erzählung anwesend sein würde, also schlenderte er in das kleine Wohnzimmer und sah sich ein wenig um. Es war bescheiden möbliert, aber gepflegt und blitzsauber. Duke konnte verstehen, warum Cassandra sich hier wohlfühlte. Und das herzliche und offensichtlich immer noch innige Verhältnis zwischen den beiden so ungleichen Frauen beeindruckte ihn.

Hätte er in seiner Kindheit jemals einen Menschen wie Miss Evans an seiner Seite gehabt …

Er verdrängte den Gedanken wieder und griff zu einem Büchlein, das auf dem Tisch neben einem Sessel am Fenster lag: *Gedichte von Unbekannt*.

Offenkundig war hier Miss Evans' Leseplatz.

Er sah sich vorsichtig um, doch die beiden Frauen waren in der Küche beschäftigt und plauderten. Er entnahm seiner Börse ein paar Münzen und legte sie auf den Tisch. Dann drapierte er das Gedichtbändchen so darauf, dass sie darunter verborgen waren, und wandte sich ab.

Gerade rechtzeitig, denn in diesem Augenblick streckte Cassandra den Kopf zur Tür herein. »Der Tee ist fertig.«

Kapitel 9

Den Rückweg vom Cottage und Miss Evans nach Woodland Court legten beide größtenteils schweigend zurück. Duke hatte zwar versucht, eine unverfängliche Konversation in Gang zu bringen, war aber an Miss Halcrofts Einsilbigkeit kläglich gescheitert und hatte es daraufhin bald aufgegeben, sie unterhalten zu wollen.

Er wusste einfach nicht, was er mit ihr reden sollte. Die Themen, bei denen er sich auskannte, waren für eine junge wohlerzogene Dame nicht geeignet. Und das, wobei sie sich vermutlich auskannte, interessierte ihn nicht im Geringsten. Es war also definitiv besser, gemeinsam zu schweigen, als sich mit zähen Versuchen zu quälen.

Fast empfand er es als Segen, dass diese Phase nun bald vorüber sein und er nach Venedig aufbrechen würde. Und vielleicht käme er tatsächlich zurück von dort, wer wusste das schon? Dann konnte er immer noch versuchen, diese fremde Frau besser kennenzulernen, die das Schicksal ihm so unerwartet beschert hatte.

In anderen Zeiten als diesen hätte er sie mitgenommen auf sein Anwesen Compton Magna, er hätte sie gelegentlich nachts aufgesucht und sie hätte ihm vielleicht mit der Zeit Kinder oder gar einen Erben geschenkt, dem er seinen

Besitz und die in jeglicher Hinsicht gut gehenden Geschäfte hinterlassen konnte.

Aber so?

Europa war im Umbruch begriffen, das revolutionäre Frankreich streckte seine Hände unbeirrt immer weiter aus. Der Landweg nach Oberitalien war unsicher geworden und es war ungewiss, ob er auf dem Seeweg unbeschadet dort ankommen würde. Immerhin, er hatte sein Testament gemacht und in Bristol beim Notar der Familie Halcroft hinterlegt. So würde Cassandra im Ernstfall abgesichert sein.

Einen Moment lang überließ er sich der Fantasie, was sie wohl für ein Gesicht machen würde, wenn sie erfuhr …

»Wir sind da. Ich danke Ihnen sehr für Ihre freundliche Begleitung«, schnitt in diesem Moment die Stimme seiner Verlobten den weiteren Verlauf seiner Gedanken ab.

Er verabschiedete sich mit einer knappen Verbeugung und zog sich in die Bibliothek zurück, um bis zum Dinner noch ein wenig zu lesen.

»Wie geht es voran?«, erkundigte sich Cassandra bei Zoey, die es übernommen hatte, von allen unbemerkt für sich und Cassandra Schuhe sowie für jede einen Hut einzupacken.

»Ganz wunderbar«, beruhigte diese ihre Nichte. »Wir müssen nur noch die letzten Kleinigkeiten verstauen, aber das tun wir erst, kurz bevor wir die Kutsche beladen lassen.«

»Und du bist sicher, dass niemand etwas ahnt?«

»Absolut, meine Liebe, absolut. Du brauchst dir keinerlei Sorgen zu machen.«

»Der Kutscher?«

»... wird ebenso dichthalten wie die beiden Stallburschen. Die Kutsche wird pünktlich nach dem Essen fertig beladen und bereit zur Abreise vor der Tür stehen.«

»Oh Gott!« Cassandra rang die Hände. »Ist es wirklich richtig, was ich da tue?«

»Cassandra, sieh mich an«, forderte Tante Zoey und tätschelte ihren Arm. »Findest du es immer noch schlimmer, hierzubleiben?«

»Ja«, antwortete Cassandra spontan.

»Dann ist es richtig, zu fahren.«

»Aber wenn uns nun unterwegs tatsächlich etwas passiert – dann bin ich schuld, weil ich dich mit hineingezogen habe.«

»Ach, Papperlapapp! Ich kann es inzwischen schon gar nicht mehr erwarten, endlich etwas anderes zu sehen als nur das leidende Gesicht deiner Mutter. – Verzeih mir.«

Cassandra lachte auf. »Du hast ja recht.«

»Dann mach deinen Frieden mit deinen Plänen und sei stark. Du wirst auf heftigen Gegenwind stoßen, wenn ich mich nicht täusche.«

»Das fürchte ich auch.«

»Lass dich nicht entmutigen.«

»Nein, das werde ich nicht.« Spontan umarmte sie die ältere Frau. »Oh Tante Zoey – was täte ich nur ohne dich?«

Die lachte. »Dasselbe, was du jetzt *mit* mir tust: dein Leben in die eigene Hand nehmen.«

Die Trauungszeremonie war kurz und schlicht. In der kleinen Kapelle nicht weit vom Herrenhaus hatten problemlos alle geladenen Gäste Platz gefunden, und es blieben sogar noch zwei Bankreihen für den Teil des Personals, der für die Feier abkömmlich war und nichts für das anschließende Festessen vorbereiten musste.

Der Bräutigam würde als frischgebackener Ehemann zusammen mit seinem Schwager gleich nach dem Bankett aufbrechen und nach Bristol reisen, denn in den frühen Morgenstunden sollte sein Schiff auslaufen.

Was das bedeutete, war selbstverständlich allen klar, das wusste Cassandra, und es nagte insgeheim an ihrem fraulichen Stolz, wenn es sie andererseits auch wieder erleichterte: Es würde keine Hochzeitsnacht geben.

Die Sonne schien von einem strahlend blauen Nachmittagshimmel, als Cassandra am Arm ihres Vaters das Kirchlein betrat. Ihre kurzfristigen Zweifel hatten sich in Entschlossenheit gewandelt und als sie die kurze Strecke an den wenigen Bankreihen entlang auf ihren Bräutigam zuging, wurde sie mit jedem Schritt ruhiger.

Marmaduke Lakeland war höchst elegant gekleidet – Cassandra war geneigt zu sagen: königlich.

Dunkelblauer Samt, von silberfarbenen Stickereien durchbrochen, und ein blütenweißes Hemd mit üppigen Spitzen verziert, ließen ihn tatsächlich wie einen Mann von Welt wirken.

Wären nicht seine hängenden Schultern und das Bäuchlein gewesen … Cassandra verbot sich weitere Gedanken in diese frivole Richtung, ließ sich von ihrem Vater an ihren Bräutigam weiterreichen und versuchte, andächtig und konzentriert der Zeremonie zu folgen.

Als Marmaduke Lakeland das Eheversprechen abgelegt hatte und nach dem Ring griff, den Hugh ihm auf einem kleinen roten Samtkissen reichte, spürte Cassandra, wie ihr für einen kurzen Moment schwindelte. Der funkelnde Stein, in schweres rosafarbenes Gold gefasst, war so groß, dass sie mutmaßte, er könnte aus Fensterglas sein. Sie warf einen fassungslosen Blick zu ihrem Bruder, der ihr mit einem breiten Lächeln zuzwinkerte. Als der Ring an ihrem Finger saß und Lakeland ihren Blick suchte, hatte sie sich wieder gefasst und wahrte eine gleichgültige Miene.

Ein leichtes Nagen ihres Gewissens erinnerte sie daran, dass sie gelobt hatte, ihm zu gehorchen – und dennoch plante sie als erste größere Tat in ihrer Ehe den absoluten Ungehorsam. Doch auch das schluckte sie hinunter.

Der Weg zurück zum Ausgang der Kapelle als verheiratete Frau am Arm ihres Mannes fühlte sich auch nicht anders an als bei ihrer Ankunft. Ganz hinten in der Kirche stand Peter, der Kutscher, und nickte ihr mit einem vielsagenden Zwinkern zu. Cassandra brauchte sich das Lächeln, mit dem sie ihm antwortete, nicht zu verbeißen: Ein Strahlen im Gesicht erwartete man immerhin von ihr bei diesem Anlass.

Dann das Essen – sie brachte kaum etwas hinunter von den leckeren Pasteten, dem gebratenen Geflügel, dem butterweichen Rindfleisch. Die Suppe hatte sie genauso ausgelassen wie die Beilagen und danach den Käse. Sie war einfach zu nervös, um essen zu können.

Immer wieder wanderte ihr Blick zu Mrs. Fullerton, die ihr beruhigend zulächelte.

Ihr Ehemann hatte sich wohl bereits innerlich von ihr verabschiedet. Gelegentlich wandte er sich mit einer Belanglosigkeit an sie, schenkte ihr ein freundliches Lächeln und wandte sich dann wieder ab.

Doch etwas lag Cassandra noch auf der Seele: Ihre eigensinnige Mutter hatte die Drohung wahr gemacht und war wegen heftiger Migräne der Feierlichkeit ferngeblieben. Ein Affront gegen den ungeliebten Schwiegersohn.

Als er sich nun erneut zu ihr drehte, legte sie ihm bittend die Hand auf den Arm.

»Ja, Cassandra?«

»Ich möchte Sie für das Fernbleiben meiner Mutter um Vergebung bitten. Das war unverzeihlich und ich zürne ihr zutiefst dafür.«

»Nicht.« Er schüttelte den Kopf. Sein linker Mundwinkel wanderte nach oben. »Grämen Sie sich nicht. Lieber ein fehlender Gast als einer, der auch den anderen die Laune verdirbt.«

»Aber als meine Mutter hätte sie die moralische Pflicht …«

»Nein.« Er legte nun seinerseits die Hand auf ihre. »Wir sind nicht für unsere Mütter verantwortlich. – Sagen Sie nichts!« Er hob die Hand, als er sah, dass sie ihn unterbrechen wollte. »Lady Octavia ist mit mir als Schwiegersohn, mit dieser Verbindung oder der Art ihres Zustandekommens nicht einverstanden. Ich akzeptiere das und es kränkt mich nicht im Geringsten.«

»Wirklich nicht?«

»Nein.« Er griff nach seinem Glas. »Und nun vergessen wir dieses unerquickliche Thema. Ich würde mich sehr freuen, wenn Sie mir die Ehre erweisen würden, auf meine gesunde Reise anzustoßen. Wünschen Sie mir Glück, so wie ich Ihnen alles Glück der Welt wünsche.«

Ja, dachte Cassandra betrübt. Weit voneinander entfernt.

Aber er wusste ja noch nicht, wie sehr er sich da täuschte.

Sie brauchte sich nicht zu verstellen – ihre guten Wünsche waren herzlich und aufrichtig.

Nur wenig später begaben ihr Mann und ihr Bruder sich nach oben, um sich für die Reise umzukleiden. Das war das Zeichen für Zoey, es ihnen gleichzutun. Auch Cassandra zog sich mit einer gemurmelten Entschuldigung zurück. Mit fliegenden Händen tauschte sie das Hochzeitsgewand gegen ein schlichtes Reisekleid, nahm ihr Retikül und ging wieder nach unten. Die Herrschaften verließen gerade die Halle, der Butler hatte bereits die Tür geöffnet.

Cassandra unterdrückte mit aller Kraft die Woge von Abschiedsschmerz, die sie beim Anblick ihres Vaters zu überrollen drohte, und huschte rasch um die Ecke. Sie schlüpfte in die Küche und verließ das Haus durch den Hinterausgang.

Wie vereinbart wartete dort bereits die Kutsche auf sie. Zoey saß bereits darin und sie stieg eilig ein. Als der Schlag geschlossen war, fuhr das Gefährt an und bog um die Hausecke. Der Kies knirschte unter den Rädern, als Peter die Pferde in der Auffahrt stoppte.

Marmaduke Lakeland hielt nach seiner Frau Ausschau. Wenigstens wollte er sich gebührend von ihr verabschieden, wenn er sie schon so überstürzt noch vor der Nacht verließ, doch Cassandra war nirgends zu sehen.

Er warf einen fragenden Blick zu Hugh, aber der hob nur ratlos die Schultern.

Duke gestand sich ein, dass er durchaus eine leichte Enttäuschung verspürte, dass seine Frau offensichtlich nicht die Absicht hatte, ihn noch einmal zu sehen. Nun gut, das konnte er nicht ändern.

Wenn Miss Halcroft – nein, korrigierte er sich, *Mrs. Lakeland* – es vorzog, ihn ohne Abschied ziehen zu lassen, dann sollte es wohl so sein. Er würde sich davon nicht berühren lassen.

Ein weiterer Grund, warum er keine zweite Ehe mehr gesucht hatte, war schließlich der, dass er nicht von Emotionen zu und von einem anderen Menschen beeinflusst werden wollte.

Und mehr noch: Durfte!

Also wandte er sich schließlich mit einem Achselzucken dem Stallburschen zu, der sein Pferd am Zügel hielt, als ihn das Geräusch einer sich nähernden Kutsche innehalten ließ.

»Hast du deine Meinung geändert und die Kutsche anspannen lassen?«, fragte er Hugh entgeistert, doch der sah ebenso fassungslos drein.

»Nein, keineswegs. Ich habe keine Ahnung, warum …«

Als Duke das Gefährt näher in Augenschein nahm, fiel ihm sofort das Gepäck auf, das nicht sein eigenes und wesentlich mehr war, als er jemals für eine Reise gebraucht hatte.

Ein ungutes Gefühl begann an seinen Eingeweiden zu nagen, als er die Zügel seines Reittieres wieder losließ und auf die Kutsche zuging.

Als er den Schlag aufriss, sah er seine üble Vorahnung bestätigt: Im Inneren saßen seine Frau und ihre Tante.

Einen Moment lang verschlug es ihm die Sprache.

»Sie wollen mich sicher nur bis nach Bristol begleiten, um sich in Ruhe von mir zu verabschieden«, mutmaßte er mit rauer Stimme.

Als er Cassandras Blick begegnete, war ihm sofort klar, dass seine Hoffnung trog, denn ihre Augen bestätigten ihm, was bereits die Koffer ihm verraten hatten.

»Durchaus nicht«, widersprach Cassandra Lakeland mit ruhiger Liebenswürdigkeit. »Wir gedenken Sie auf Ihrer gesamten Reise zu begleiten.«

»Ich dachte, ich hätte mich klar und deutlich ausgedrückt: Sie bleiben hier.«

»Nein. Ich begleite Sie. Und meine Tante begleitet mich.«

Himmel noch mal!

Er war kurz davor, aus der Haut zu fahren. Er konnte doch unmöglich die Verantwortung für zwei Frauenzimmer übernehmen!

Aus dem Augenwinkel sah er, dass sich sowohl Sir Rupert als auch Hugh der Kutsche näherten und sich drängten, um hineinzusehen.

»Cassandra«, rief ihr Vater erstaunt.

»Tante Zoey«, kam es von Hugh. »Was tut ihr beide hier?«

Seine Frau hob das Kinn. »Ich tue, was man von einer Ehefrau in der Regel erwartet: Ich stelle mich an die Seite meines Mannes und erlaube mir, eine Gesellschafterin mitzunehmen.«

»Aber die Reise ist gefährlich!«, wandte Sir Rupert ein. »Und ihr wisst nicht, was euch dort erwartet.«

»Cass, du kannst doch nicht im Ernst glauben, Duke würde dich diesem Risiko aussetzen«, argumentierte ihr Bruder.

Sie redeten wild durcheinander. Sowohl Vater als auch Bruder versuchten, Cassandra von der Unmöglichkeit ihres Ansinnens zu überzeugen. Seine Frau selbst indessen saß so ruhig wie der berühmte Fels in der Brandung und erwiderte seinen Blick, ohne etwas zu sagen. Fast nötigte ihm ihr Verhalten Respekt ab. Wäre es nicht unumgänglich gewesen, sich in diesen Punkt durchzusetzen, er hätte ihren Mut sicher bewundert.

Er hob die Hand, um Schwager und Schwiegervater zum Schweigen zu bringen. In die eintretende Stille hinein ergriff er das Wort.

»Nun ist alles gesagt. Ich muss Sie also bitten, Mrs. Lakeland, sich von mir zu verabschieden und die Kutsche zu verlassen.«

»Und sehen Sie, Mister Lakeland, genau das gedenke ich nicht zu tun. Bemühen Sie sich also nicht weiter. Ich werde meinen Entschluss diesbezüglich unter keinen Umständen aufgeben.«

Er hörte wohl nicht richtig!

»Unter keinen Umständen?«

»Genau.«

»Madam, Sie spielen mit Ihrem Leben.«

»Oh«, machte sie und hob belustigt die Brauen. »Wollen Sie mich denn durch Erschießen daran hindern, Sie zu begleiten?«

Die Situation wurde immer absurder.

»Sie wissen sehr gut, dass ich von der Reise spreche. Wir könnten Piraten in die Hände fallen; wir könnten einem französischen Kriegsschiff begegnen; wir könnten … wir könnten sterben!«

Himmel noch eins – er wollte auf keinen Fall, dass ihr Leben in Gefahr geriete.

»Mister Lakeland, ich nehme an, dass Sie selbst an ihrem Leben hängen.«

»Natürlich tue ich das«, grollte er. »Was hat das damit zu tun?«

»Nun«, Mrs. Lakeland strich in einer geradezu herausfordernd gelassenen Geste ihr Reisekostüm glatt. »Dann gehe ich davon aus, dass Sie alle Vorkehrungen getroffen haben, um sicher an Ihren Bestimmungsort zu gelangen.

Darauf vertraue ich vollkommen. Können wir dann bitte aufbrechen? Die Pferde werden unruhig.«

Ein Mann musste wissen, wann er verloren hatte, dachte Duke mit einer Mischung aus Ärger und Bewunderung. Und bevor er jetzt darauf bestand, einen Ehekrieg anzuzetteln und allen Anwesenden, die sich verabschieden wollten, ein absurdes Spektakel zu bieten, beschloss er, gute Miene zum bösen Spiel zu machen und die beiden Damen wenigstens bis nach Bristol mitzunehmen. Dort würde er sie zusammen mit Hugh wieder hierher zurückschicken.

Ja. Das klang nach einem guten Plan.

Wenngleich …

Ein schiefes Lächeln umspielte seinen Mund, als er ein paar Schritte entfernt zusah, wie Tante und Nichte sich vom Rest der Gesellschaft verabschiedeten.

Er runzelte die Stirn, als sich ein aufkeimender Gedanke ungewollt konkretisierte und durch seine Hirnwindungen schlich.

Der Gedanke, wie es wohl sein mochte, in Venedig eine Frau an seiner Seite zu haben …

Kapitel 10

Seerepublik Venedig, ein Palazzo am Campo Santa Marina, August 1796

Etwas blendete sie, obwohl sie die Lider fest geschlossen hatte. Mit einem unwilligen Brummen drehte Cassandra Lakeland den Kopf zur anderen Seite des Kissens.

Das half.

Zumindest für den ersten Augenblick.

Dann aber wurde das Blenden zu einem unangenehmen Gefühl brennender Wärme an ihrem Hinterkopf. Hinzu kam eine geradezu lächerlich anmutende Geräuschkulisse zweier Frauenstimmen, die Töne produzierten, von denen Cassandra nicht zu unterscheiden vermochte, ob sie nun einen Gesang oder einen Streit untermalten. Eine dritte, eindeutig männliche Stimme mischte sich ein, und der Streitgesang, der an Cassandras Ohren drang, nahm an Lautstärke zu.

Dann erklang ein sattes Platschen, so als sei etwas Großes in einen Brunnen oder ein Wasserbassin gefallen. Ein schriller Schrei, dann Stille.

Wasser?

Cassandra richtete sich ruckartig auf.

Wasser!

Und Stimmen in einer ihr unbekannten, singenden Sprache.

Plötzlich war alles wieder da.

Sie war in Venedig. In dieser sonderbaren Stadt hoch oben in der Adria, die nur aus Stein und Wasser zu bestehen schien.

Zumindest war das ihr Eindruck in der vergangenen Nacht gewesen, als sie hier angekommen waren und ihr Mann sie und Tante Zoey, begleitet von einer bewaffneten Eskorte, durch ein undurchschaubares Gewirr von Brücken, Unterführungen und an dunklen Kanälen entlangführenden Gassen hierher gebracht hatte. Cassandra hätte im Stehen schlafen können vor Erschöpfung, und so war sie heilfroh gewesen, dass trotz der späten Stunde und obwohl doch eigentlich niemand mit ihrer Ankunft hatte rechnen können, alles für die müden Reisenden vorbereitet gewesen war. Sie hatte nur noch ins Bett zu fallen brauchen und war schon eingeschlafen, noch ehe ihr Kopf die Laken richtig berührt hatte.

Cassandra ließ sich in die Kissen zurücksinken und wich dem vorwitzigen Sonnenstrahl aus, der sie geweckt hatte und durch einen Spalt im Vorhang fiel. Sie gähnte herzhaft und blickte sich verschlafen um.

Was sie sah, ließ sie staunen. Eine hohe, mit üppigem Stuck verzierte Decke, die mit prächtigen Fresken verziert war, schaute auf sie nieder. Die Wände waren mit glänzendem Stoff bespannt, der sich in den Vorhängen und den Bezügen einer eleganten Sitzgruppe wiederholte. Das Bett hätte auch einer ganzen Familie Platz geboten und sein geschnitztes Kopfteil, an dem sie lehnte, war vergoldet. An der von ihr aus linken Wand befanden sich drei hohe Fenster, von denen eines offenbar geöffnet war, denn von draußen drangen ungewohnte Geräusche an ihre Ohren.

Cassandra betätigte den Klingelzug. Kurz darauf betrat Eve den Raum. Sie war eine junge Frau, die Marmaduke Lakeland erstaunlicherweise noch am Tag ihrer Abreise in Bristol buchstäblich aus dem Ärmel gezaubert und als ihre und Mrs. Fullertons Zofe mit auf die Reise genommen hatte.

»Guten Morgen, Madam. Haben Sie gut geschlafen?«

»Oh – nun ja. Ja, das habe ich, vielen Dank, Eve. Wie spät ist es?«

»Es ist neun Uhr dreißig, und wenn Sie wünschen, dann lasse ich Ihnen jetzt ein Bad bereiten.«

Eve war die Resolutheit in Person. Sie mochte ein wenig älter sein als Cassandra und ihr akzentfreies Englisch verriet nichts darüber, aus welchem Teil Englands sie stammen mochte. Das dunkle Haar hatte sie zu einem schlichten Knoten gefasst und sie bewegte sich, als müsste sie ihre Gesten und Schritte sorgsam einteilen. Nichts war überflüssig – kein Wort und keine Bewegung. Ihre Effizienz riss Cassandra mit, und so verging ihr die Zeit im Bad – das sich in wundersamer Modernität hinter einer der beiden verborgenen Türen befand – wie im Flug.

Die andere Tür verbarg einen Ankleideraum voller Schränke, Truhen und Kommoden, und noch ehe sie sich wirklich den Schlaf aus den Augen gerieben und sich hinter den Ohren abgetrocknet hatte, fand sich Cassandra auch schon gebadet, eingekleidet, frisiert und betörend parfümiert.

Eve geleitete sie hinunter ins Speisezimmer und verabschiedete sich dann von ihr, um, wie sie sagte, nach Mrs. Fullerton zu sehen, die bisher noch nicht aufgestanden war.

Cassandra sah sich fassungslos um, denn sie sah – nichts. Kein Frühstück erwartete sie, nichts deutete darauf hin, dass es in diesem Haus um diese Zeit irgendetwas Essbares gab. Der erste Schluck heißen schwarzen Tees war an jedem Morgen das Köstlichste, was Cassandra sich vorstellen konnte, und so schloss sie sehnsüchtig die Augen, öffnete sie aber erschrocken wieder, da sich hinter ihr jemand hörbar räusperte. Sie fuhr herum.

»Madam.«

Cassandra fühlte sich ertappt, als hätte sie etwas besonders Kindisches getan, indem sie sich Tee herbeiwünschte. Vor ihr stand die personifizierte Würde: ein Butler – groß, schlank, grauhaarig, elegant –, der Debretts Lehrbuch für Etikette entsprungen zu sein schien und mit seiner untadeligen Haltung und den unbewegten Zügen sogar noch Brown, den Butler ihres Vaters, in den Schatten stellte.

»Guten Morgen …«

»Ich bin Bells, der Butler.«

»Oh. Ja. Freut mich sehr.«

Cassandra verkniff sich mit Mühe die Frage, ob sie tatsächlich in Venedig sei. Wie naiv von ihr zu glauben, hier gäbe es keine kultivierte Lebensart! Doch eingedenk der vagen Erwähnung ihres Gatten, er habe in der Lagunenstadt ein altes Haus gekauft, und angesichts der luxuriösen Pracht des Gebäudes, in dem sie sich an diesem Morgen wiedergefunden hatte, drängte sich ihr nun doch unvermeidlich eine Frage auf.

»Sehr erfreut, Bells. Aber bitte – sagen Sie mir doch eins: Wo genau in Venedig befinden wir uns hier?«

»Im Stadtteil Castello am Campo Santa Marina.«

»Ah. Ja. Danke.« Sie hatte nicht die leiseste Ahnung, was diese Ortsangaben bedeuten sollten. Und das hatte sie mit ihrer Frage auch keineswegs in Erfahrung bringen wollen. »Und … wem gehört dieses … Schloss hier?« Sie machte eine ausholende Handbewegung.

Der Butler ließ sich zu einem kaum merklichen, mehr ahn- als sichtbaren Heben der linken Braue hinreißen, als er antwortete.

»Dieses … *Schloss* ist ein venezianisches Patrizierhaus und heißt Ca' Dolfin-Bollani, wobei Ca' die Abkürzung für den italienischen Begriff casa, also Haus darstellt«, dozierte Bells.

»Schön. Und wem gehört dieses Delfinhaus? Falls man das wissen darf …«

Die Haltung der personifizierten Würde schien einen Satz ausdrücken zu wollen: *Was für eine dumme Frage!*

»Der Palazzo Dolfin-Bollani gehört natürlich meinem Herrn.«

Ob Butler Bells das mit Absicht tat? Um sie zu ärgern?

»Soll ich Sie nun fragen, wer Ihr Herr ist, oder ist das ein Staatsgeheimnis, das niemand erfahren darf?«

»Oh – verzeihen Sie, Madam. Ich dachte diese Frage würde sich erübrigen, da Sie mit ihm verheiratet sind. Das Haus und alles, was sich darin befindet, gehört natürlich Mister Marmaduke Lakeland.«

»Oh. Ja. *Natürlich.* Vielen Dank, Bells. Und … bitte sagen Sie – gibt es keine Küche? Isst man denn hier nicht zu Hause?«

Nur ein Blinzeln, das aus dem natürlichen Rhythmus fiel, verriet, dass ihre Frage als merkwürdig empfunden wurde.

»Doch, Madam. Gewiss. Auch hier essen wir. Gelegentlich.« Er räusperte sich. »Die Wirtschaftsräume sind selbstverständlich im Nebentrakt untergebracht. Ich hatte nicht gedacht, dass diese Sie interessieren würden.«

»Sie interessieren mich insofern, als ich Hunger habe und vermutlich auch meine Tante gern etwas frühstücken würde.«

»Natürlich. Ich werde dort Bescheid geben.«

»Wenn Sie nichts dagegen haben, werde ich Sie begleiten.«

»Das wird nicht nötig sein, Madam.«

Cassandra ließ sich ihre Ungeduld nicht anmerken. »Ich denke doch.«

»Ich fürchte, es würde Ihnen nicht viel nützen, Madam.«

»Und warum nicht, wenn ich fragen darf?«

»Niemand in der Küche spricht auch nur ein Wort Englisch.«

Sie hätte es sich denken müssen. Dann eben …

»Und … wo ist mein … wo ist Mister Lakeland?«

»Seit dem frühen Morgen im Uffizium bei seinen Geschäften.«

»Bitte bringen Sie mich zu ihm. Ich möchte ihn sprechen.«

»Sehr wohl, Madam.«

Mit steigender Fassungslosigkeit folgte Cassandra dem Butler durch den überbordenden, ja fast frivol anmutenden Luxus eines riesigen Gebäudes, in dem Woodland Court zweimal Platz gehabt hätte. Sie war fest überzeugt, sich zu verlaufen, sobald sie sich nur einmal um ihre eigene Achse drehen würde.

Vom repräsentativen ersten Stockwerk aus ging es hinunter in eine mit Arbeitstischen vollgestopfte Zwischenetage, in der Buchhalter, Lageristen und Schreiber ihren Tätigkeiten nachgingen. Sie sahen nur kurz von ihren Tätigkeiten auf, um sie respektvoll zu grüßen. Es duftete intensiv nach verschiedenen Gewürzen, die Cassandra jedoch auf Anhieb nicht voneinander unterscheiden konnte.

In einem separaten Nebenzimmer, das klein, aber vollgestellt war mit Regalen, Truhen und einem Schreibtisch aus Mahagoniholz, traf sie hinter diesem sitzend schließlich ihren Ehemann an. Auch in diesem Raum war die Luft von Aromen geschwängert – auf dem Tisch neben einem Wust von Papieren stand eine große Tasse Kaffee und verströmte ihren intensiven Duft.

»Sir, Ihre Frau Gemahlin bittet um eine Unterredung.« Mit diesen Worten verbeugte sich der Butler knapp und verließ den Raum. Cassandra sah ihm nach, wie er von außen leise die Tür ins Schloss zog. Die Geräusche, die von dort eben noch geschäftig zu ihnen hereingedrungen waren, verstummten und hinterließen bedrückende Stille.

Verlegen wandte sie sich ihrem Ehemann zu, der sich von seinem Platz erhoben hatte und sie stirnrunzelnd ansah.

»Guten Morgen, Mrs. Lakeland.«

»Guten Morgen.«

Cassandra versuchte sich an einem zaghaften Lächeln. Der breite Schreibtisch, der zusammen mit der wuchtigen Erscheinung ihres Mannes den gesamten Raum einzunehmen schien, stand wie ein Sinnbild ihrer Fremdheit zwischen ihnen.

»Sie wollten mich sprechen?«

»Nun ja, ich …« Cassandra hatte nicht erwartet, sich so plötzlich mit ihrem Gatten allein in einem engen Raum wiederzufinden. Ihr Anliegen erschien ihr außerdem angesichts der von Papieren überquellenden Arbeitsfläche mit einem Mal nichtig und geradezu albern.

Doch dann ermahnte sie sich, keine solche Gans zu sein. Wenn sie schon am ersten Tag vor den Schwierigkeiten eines neuen Lebensabschnittes kniff, wie sollte es dann mit ihr hier weitergehen?

Sie straffte die Schultern und sah ihm in die Augen. »Ich möchte Sie ersuchen, die Küche anzuweisen, künftig für ein Frühstück für meine Tante und mich zu sorgen«, bat sie frei heraus.

Mister Lakeland blinzelte. »Wie bitte?«

»Ich hätte gerne Frühstück«, wiederholte sie, und seine offensichtliche Begriffsstutzigkeit irritierte sie. »Ich verstehe ja, dass man in einem anderen Land auch andere Gewohnheiten pflegt, aber … es muss doch auch hier möglich sein, morgens etwas zu essen zu bekommen.«

Lakeland ließ sich auf seinen Stuhl zurückfallen. »Nun ja, ich …« Er fuhr sich mit der Hand über das Kinn und wirkte ratlos. »Da ich selbst nur unregelmäßig frühstücke, habe ich daran tatsächlich nicht gedacht.«

»Ich würde Sie ja nicht damit behelligen«, fuhr Cassandra fort, seine Verwirrung ignorierend, »aber ich musste mir sagen lassen, dass in der Küche niemand meine Sprache versteht.«

»Das ist allerdings richtig. Warum wenden Sie sich nicht an Bells?«

Ja. Das war eine gute Frage. Cassandra spürte, wie sich ihre Wangen röteten. Ihr Mann wollte offenkundig mit solchen Lappalien nicht behelligt werden.

»Nun gut«, seufzte er in diesem Augenblick, ohne eine Antwort abzuwarten, lehnte sich zurück und verschränkte die Hände über dem Bauch. »Wonach steht den Damen denn der Sinn? Ist Kaffee morgens akzeptabel? Etwas Käse und Oliven? Brot?«

»Tee bitte, wenn es möglich ist. Toast und Butter.«

Sie sah, wie sich eine scharfe Falte zwischen seinen Brauen bildete.

»Ich werde sehen, was sich machen lässt«, versprach er schließlich. »Doch da sich die hiesigen Essensgewohnheiten erheblich von dem unterscheiden, was Sie gewohnt sind, kann ich Ihnen nicht versprechen, alles Gewünschte in kurzer Zeit zu beschaffen.«

»Ich danke Ihnen.«

»Bitte. – Noch etwas?«

»N-nein. Das … war alles, vielen Dank.«

Aus dem Augenwinkel sah sie, dass sich Mister Lakeland, noch während sie sich umdrehte, um zur Tür zu gehen, bereits wieder in die Dokumente auf seinem Schreibtisch vertiefte.

Mit einem tiefen Gefühl, fehl am Platz zu sein, verließ sie sein Arbeitszimmer.

»Ihr Gatte lässt ausrichten, er habe das Haus bereits früh verlassen und käme nicht vor dem Abendessen zurück«, informierte Bells Cassandra zwei Tage später, nachdem sie ihr Frühstück beendet hatte. »Ihre Tante erwartet Sie im Blauen Salon zusammen mit einem Besucher.«

Tatsächlich warteten Tee, Scones und geröstetes Brot sowie Butter und Marmelade auf sie. Die gewohnten Kleinigkeiten am Morgen hatten etwas Tröstliches inmitten all des Fremden, das ihr hier ständig begegnete.

Als sie besagten Raum betrat, lächelte ihr Tante Zoey bereits entgegen. Sie saß in einem Sessel an einem geöffneten Fenster, und neben ihr stand die sonderbarste Gestalt, die Cassandra je gesehen hatte.

Der hellblonde, langbeinige, dürre Mann, der auf sie wie eine Heuschrecke im roten Anzug wirkte, hatte eine überdimensionale Hakennase und ein Lächeln, das offensichtlich beide Ohrläppchen zugleich streifen wollte.

»Buongiorno, Signora«, säuselte er und machte einen bodentiefen Kratzfuß. »Ick bin Pasquale. Ihr Gatte hat mick engagiert, Sie zu lehre das wunderrvolle Italiänisch …«

Cassandra starrte ihn mit aufgerissenen Augen an. »Guten Morgen.«

Tante Zoey klatschte begeistert in die Hände. »Stell dir nur vor, Cassandra, dein Mister Lakeland hat uns bereits einen Italienischlehrer besorgt – damit wir uns nicht langweilen! Ist das nicht großzügig von ihm?«

»Ja, sehr«, stotterte Cassandra, von dieser Neuigkeit reichlich überrumpelt.

Tante Zoey sah zu ihm auf. »Und Mister Pascal …«

»Pasquale«, korrigierte dieser mit einem so breiten Lächeln, dass Cassandra befürchtete, sein Kopf werde davon in zwei Teile gespalten. »Pascal ista die franzosisch Variante von meine Name unde mir nichte gefällt das.«

»Also, Mister Passqualle …«, versuchte Zoey es erneut, indem sie die Betonungen zu kopieren versuchte, auf die er so viel Wert zu legen schien.

»Signor Pasquale, bitte särr.«

Nun warf ihm aber sogar die grenzenlos geduldige Mrs. Fullerton einen strafenden Blick zu.

»Bitte übertreiben Sie nicht, mein Guter. Derartige Gängeleien dachte ich hinter mir zu haben.«

»Oh – aber naturlisch, Signora Fulerton. Mi scusi.«

Wieder verneigte er sich, und diesmal fragte sich Cassandra, ob er sich je wieder aufrichten oder stattdessen in der Mitte auseinanderbrechen werde.

Wie unglaublich dürr dieser Mensch war! Sie konnte nicht umhin festzustellen, dass sie im Vergleich hierzu einen gewissen Ansatz von Rundung um die Hüften eines Mannes vorzuziehen geneigt wäre.

Wie bei Mister Lakeland etwa?

Sie schüttelte den befremdlichen Gedanken ab und wandte sich der aktuellen Situation zu.

»Du hattest noch etwas anmerken wollen, Tante?«

»Oh ja. Mister Pascal«, sie schleuderte ihm einen warnenden Blick zu, und der Heuschreckenmann presste die Lippen aufeinander, »wird auch so freundlich sein, uns als Stadtführer zu dienen, wenn wir beabsichtigen, uns Venedig anzusehen.«

»Beabsichtigst du?«

»Unbedingt! Und ich gedenke, dich mitzunehmen«, versetzte Zoey resolut.

»Vielleicht.« Cassandra zuckte resigniert die Schultern. Wie es aussah, würde sie ihren Mann wie in den letzten beiden Tagen auch heute nicht zu Gesicht bekommen. Sie konnte sich also die Zeit auch damit vertreiben, eine Sprache zu lernen, die sie vielleicht, wenn Mister Lakeland beabsichtigte, für länger hierzubleiben – und dieses Heim sah durchaus danach aus –, einmal würde brauchen können.

Mister Pascal – oder Signor Passqualle, wie er insistierte – ließ die beiden sich auf das Kanapee an der Wand setzen und baute sich vor ihnen auf.

»Fangen wir an also mit die einfacken Dinge. Wo sitzen die Signore, ist un divano. Gegenuberre wir 'aben una tavola. Da 'inten ista il muro …« So benannte die Heuschrecke einen Gegenstand des Raumes nach dem anderen, ließ beide das Wort wiederholen, korrigierte die Aussprache und begann wieder von vorn.

Als sie die wichtigsten Gegenstände im Raum mehrfach benannt und wiederholt hatten, ging ihr Lehrer dazu über, sie mit Begriffen des häuslichen Alltags zu konfrontieren. Essen, Trinken, Geschirr und dergleichen Vokabeln mehr ließen in Cassandra den Verdacht erwachen, ihr Gemahl wolle sicherstellen, dass sie ihm nicht noch einmal mit solchen Alltagslappalien wie Verständigungsschwierigkeiten mit der Küche gegenübertreten werde.

Ansonsten war sie nicht ganz bei der Sache.

Der Umstand, dass Lakeland häufig außer Haus war und offenbar auch heute nicht zu einem gemeinsamen Mittagessen zurückzukommen gedachte, irritierte sie. Vermutlich war er noch immer verärgert, weil es ihm nicht gelungen war, sie beide in Bristol loszuwerden, wie er es versucht hatte.

Er war fürchterlich wütend gewesen und hatte gedroht, ihr Gepäck ins Wasser werfen zu lassen, wenn sie darauf bestünden, mitzukommen. Doch Cassandra hatte da bereits einen Punkt erreicht, an dem sie keinesfalls mehr zurückstecken konnte. Dafür hatte sie zugestimmt, einen Teil ihrer Habe zurückzulassen.

Auf dem Schiff hatte Lakeland seine Kabine den beiden Damen abgetreten und war selbst beim ersten Offizier untergekommen. Beinahe hatte er Cassandra leidgetan, doch sie wollte auf keinen Fall nachgeben.

Die elftägige Reise nach Süden war ungestört verlaufen. In der Passage von Gibraltar waren alle ein wenig nervös gewesen – die Meerenge war ein neuralgischer Punkt, doch auch hier verlief alles reibungslos. Am Felsen selbst hatte man Vorräte und Wasser nachgefüllt, dann war die Reise weitergegangen, so nahe an Afrika wie nötig, um mögliche Begegnungen mit den Franzosen zu vermeiden. Und tatsächlich – als sie Sizilien und dann die Ferse des Stiefels umrundet hatten, verlief auch der Rest der Fahrt so problemlos wie ihr Beginn, und sie bekamen nicht ein einziges feindliches Schiff zu Gesicht.

Mrs. Lakeland bekam ihren Ehemann kaum öfter zu sehen. Gelegentlich aß er mit ihnen, doch meistens blieb er der Gesellschaft der Damen fern.

Cassandra nahm an, dass er sie absichtlich mied, um sie für ihren Starrsinn zu strafen.

Und offensichtlich gedachte er, diese Posse nun weiterzuführen …

»Signora Lakeland, … il pane, il pane, il pane … das Brrot.«

»Il pane«, wiederholte Cassandra geistesabwesend und erntete dafür einen vergnügten Knuff von Zoey.

»Ich amüsiere mich köstlich«, wisperte diese ihr zu. »Was bin ich froh, dass du darauf bestanden hast, mich mitzunehmen. Und das hier ist erst der Anfang!«

Aus Zoeys Augen sprühte so viel Freude, dass Cassandra sich unwillkürlich anstecken ließ. Sie drückte die Hand ihrer Tante und lächelte. »Das freut mich sehr. Und wie ich höre, bist du weitaus sprachbegabter als ich.«

»Und wissen die Dame das ’ier noc?«

»L’armadio«, antwortete Zoey prompt, als Mister Heuschrecke auf den Schrank in der Zimmerecke deutete.

Cassandra nahm sich vor, es ihrer Tante gleichzutun und sich dem Augenblick zu widmen, anstatt über Dinge nachzugrübeln, die eher unvernünftig waren.

Denn welche Ehefrau interessierte sich schon für ihren Angetrauten, zumal sie ihn gar nicht kannte?

Kapitel 11

Es ging gegen Mitternacht, als Duke Lakeland sich der Gasse näherte, die zum Campo Santa Marina und damit dem Palazzo führte, den er bewohnte.

Nun nicht mehr allein bewohnte, dachte er verstimmt.

Inzwischen hatte sich der Ärger über den Ungehorsam seiner Gattin weitgehend gelegt, und wurde mehr und mehr von widerwilliger Anerkennung überlagert. In einer anderen Situation als dieser hätte es ihm vielleicht gefallen, dass sich Cassandra nicht einfach so hatte abschütteln lassen, sondern darauf bestand, an der Seite ihres Ehemannes zu bleiben.

Eine Geisteshaltung, die er von seiner eigenen Mutter nicht kannte.

Nur leider befand sich Europa in einer angespannten politischen Situation, und es war nicht vorhersehbar, wie die politische Lage sich entwickeln würde. Da hätte er es bei Weitem vorgezogen, Mrs. Lakeland daheim im sicheren England zu wissen, anstatt an seiner Seite in einer diplomatisch hart umkämpften, bis dato noch unabhängigen, winzig kleinen Republik, die aus mehr Wasser als fester Erde bestand.

Doch nun waren beide Ladys schon einmal hier, und er hoffte inständig, dass alles ruhig bleiben möge.

Lakeland betrat den Palazzo durch einen Nebeneingang, der ihn direkt in den Teil des Gebäudes führte, in dem das Warenlager und die Büros zu finden waren. Auf einer marmornen Säule neben einem Wandvorhang prangte eine Statue des heiligen Petrus, der einen schweren, vergoldeten Schlüssel in der nach unten weisenden Hand hielt. Lakeland griff danach und löste das Heiligensymbol mühelos aus den nur locker geschlossenen Fingern der Statue. Dann schob er den Gobelin zur Seite, öffnete das Schloss der dahinterliegenden, verborgenen Tür und trat ein. Sorgfältig schloss er hinter sich wieder ab.

Der Raum enthielt nur ein kleines Schreibpult, einige Regale und eine große Truhe. Aus der inneren Brusttasche seines Jacketts zog er ein schmales Bündel von Dokumenten und legte es in eine der Schubladen des Stehpults. Wieder ein Punkt mehr auf seiner Agenda, den er unter erledigt verbuchen konnte. Morgen allerdings musste er dringend einem bekannten Seidenweber am Rialto einen Besuch abstatten – er brauchte unbedingt noch ein paar Informationen.

Lakeland verließ den Raum auf demselben Weg, auf dem er ihn betreten hatte, und wandte seine Schritte zur entgegengesetzten Seite des Ganges, aus dem er gekommen war.

Auch hier fand sich eine Tür, gut sichtbar jedoch und unverschlossen, und diese brachte ihn nun endlich in den Wohntrakt des Gebäudes. Er eilte die Treppe nach oben, nahm immer zwei Stufen auf einmal, und betrat sein Schlafzimmer. Bells erwartete ihn bereits.

»Nun?«, fragte Lakeland, während der Butler ihm in Personalunion als Kammerdiener beim Auskleiden behilflich war. »Wie sind die ersten Tage der Damen in ihrem neuen Heim vonstattengegangen?«

»Ihre Idee, einen Italienischlehrer anzuheuern, war vorzüglich, Sir«, antwortete Bells und gestattete sich ein amüsiertes Zucken des einen Mundwinkels.

»Sehr schön.« Duke streifte sich stöhnend seine starren Gewänder ab. »Wenn unser Freund Pasquale als Sprachlehrer für die Damen auch nicht meine allererste Wahl gewesen wäre, doch es war keine Zeit, nach jemandem zu suchen, der geeigneter ist.«

»Die Ladys haben sich aber gut unterhalten, wie mir schien.«

»Ich sollte dafür sorgen, dass sie sich auch weiterhin nicht langweilen. Wer weiß, auf welche Gedanken sie sonst kommen.«

»Und vielleicht sollten Sie, wenn ich mir diesen Einwurf erlauben darf, in Erwägung ziehen, Ihrer Gattin hin und wieder Gesellschaft leisten.«

Duke reckte seine Glieder. »Ich weiß. Aber davor graut mir ein wenig. Was soll ich nur mit ihr reden?«

»Was haben Sie denn mit ihr geredet, als Sie noch in England waren?«

Lakeland hielt inne. »Nicht gerade viel. Aber dort war die Situation … anders. Und ich glaube, wir haben keine zehn Sätze gewechselt, als ich auch schon mit ihr verlobt war.« Ohne dass er es gewollt hätte, spürte er, wie ein Lächeln an seinem linken Mundwinkel zupfte. Gedankenverloren schüttelte er den Kopf.

»Sir?«

»Nichts. Ich musste nur gerade daran denken, wie unerwartet schnell ich in den Hafen der Ehe eingelaufen bin.«

»Das könnte man durchaus so sagen.« Der Butler klang verhalten belustigt. »Sie könnten den Marquess einladen. Er ist nie um ein Thema verlegen und ein annehmbar guter Unterhalter.«

Duke löste das Haarband und fuhr sich mit allen zehn Fingern durch die unordentliche Mähne. »Eine gute Idee. Aber nicht gleich morgen. Ich brauche noch einen ruhigen Tag für mich und meine … Geschäfte. Organisieren Sie ein Dinner für die nächsten Tage, Bells.«

»Wie Sie wünschen, Sir.« Der Butler schickte sich an, die abgelegte Kleidung seines Herrn zu versorgen, während sich Duke in Richtung Waschschüssel aufmachte. Einen Moment lang dachte er mit Wehmut an das moderne Badezimmer, das er seiner Gattin überlassen hatte, aber dann schüttelte er den Gedanken ab.

»Ach, Bells …«

»Ja, Sir?«

»Wurde schon veranlasst, dass die Damen neu ausstaffiert werden?«

»Soweit ich weiß, nein, Sir.«

»Oh verflucht.« Duke kniff kurz die Augen zu. »Dann nehmen Sie das bitte in die Hand. Wenn nötig, stellen Sie eine Hausdame ein, die sich in der Stadt auskennt und sich um die Bequemlichkeit der beiden kümmert.«

»Wie Sie wünschen, Sir. Ich befürchte nur, dass ein geeignetes Frauenzimmer in dieser Stadt derzeit schwer zu finden sein dürfte. Außerdem habe ich den Eindruck, dass die junge Frau, die Sie mitgebracht haben …«

»Sie meinen Eve?«

»Ja, genau diese. Ich denke, wir sollten erst sehen, ob nicht vielleicht sie dieser Aufgabe gewachsen ist.«

Duke kratzte sich am Kinn. »Auch gut. Haben Sie also bitte ein Auge darauf.«

»Sehr wohl, Sir.«

Dann war er allein. Er wusch sich ohne warmes Wasser oder wenigstens einen Zuber, trocknete sich nachlässig ab und starrte dann gedankenverloren in den Spiegel.

Das Gesicht, das ihm daraus entgegensah, war ein etwas anderes als jenes, welches er seiner Frau und seiner Umwelt zeigte. Die flackernden Kerzen warfen Schatten auf seine Züge, die hart und schroff wirkten. Das Haar hing wirr herunter, Wassertropfen perlten auf seinen Schultern, liefen nach unten über seine Brust und seinen … Bauch.

Eins stand fest: Cassandra durfte ihn nicht nackt sehen. Auf keinen Fall. Das musste er unbedingt auch weiter verhindern.

Was das bedeutete, und welchen Preis er – oder auch sie – dafür zahlte, wurde ihm mehr und mehr bewusst.

Seine Frau …

Duke ließ das Handtuch sinken.

Er musste wenigstens dafür sorgen, dass ihr und ihrer Tante das Eigentum ersetzt wurde, das in Bristol zurückzulassen er sie gezwungen hatte. An Bord des Schiffes war ohnehin wenig Platz gewesen, und sein Trotz hatte ihn dazu gezwungen, zu dieser Maßnahme zu greifen, da Cassandra einfach nicht hatte nachgeben wollen.

Kopfschüttelnd dachte er an die Tage auf See zurück.

Wie stoisch Cassandra alle Entbehrungen der mehr als zehntägigen Reise ertragen hatte. Er hatte nicht ein einziges Mal wahrgenommen, dass sie sich über etwas beschwert hätte. Oft hatte er sie beobachtet, wenn sie dachte, er sähe sie nicht, wäre unter Deck oder in seiner Kajüte.

Sein Blick wanderte zur zweiten Badezimmertür. Hinter dieser lag ihr Schlafzimmer, doch er hatte den Raum von dort aus versperren lassen, damit sie sich sicher fühlen konnte in ihrer privaten Intimität.

Ob Cassandra schlief?

Er rief sich zur Ordnung.

Was ging es ihn an? Und was sonst sollte eine Frau – eine anständige, wohlgemerkt – um diese nachtschlafende Zeit schon tun?

Mit einem tiefen Atemzug wandte er sich seinem Bett zu. Zeit auch für ihn, ein wenig auszuruhen. Der nächste Tag versprach anstrengend zu werden, mehr noch vielleicht als der heutige. Er war lange fort gewesen aus dieser Stadt und hatte viel nachzuholen. Danach würde er dafür sorgen, dass eine alltägliche Routine eintrat, und dafür eignete sich die Anwesenheit einer Gemahlin samt sie begleitender Tante hervorragend.

Als er die Augen schloss, sah er wieder das strahlende Lächeln vor sich, mit dem sie ihren Bruder begrüßt hatte.

Dieses Lächeln, das sein perfekter erster Eindruck von ihr gewesen war …

Cassandra hatte sich früh wecken lassen, um ihren Gemahl noch anzutreffen, ehe er sich ins Uffizium zurückzog, wo sie ihn nicht stören wollte. Nachdem er sie nun schon tagelang mied, drängte es sie zu erfahren, wie groß der Groll noch war, den Mister Lakeland gegen sie hegte.

Wenn er ihr auch fremd zu bleiben gedachte, so hatte sie doch die Hoffnung, auf lange Sicht wenigstens etwas von dem zu erhalten, was sie in der Bibliothek erwähnt hatte: Freundschaft, Höflichkeit, Respekt. Denn auch, wenn Mister Lakeland der Inbegriff von Langeweile war, so war auch eine solche Gesellschaft beizeiten besser als gar keine.

In Windeseile war sie angezogen – viel Auswahl besaß sie ja nicht – und auf dem Weg nach unten in den Speisesalon.

Zu ihrer Enttäuschung war der Raum leer. Ein Hausdiener war soeben dabei, ein benutztes Gedeck abzutragen, und fragte sie nach ihren Wünschen.

»Tee und Scones«, sagte sie leise. »Mein Gemahl?«

»Hat vor wenigen Minuten das Haus verlassen, Madam.«

»Danke.«

Cassandra ließ sich auf einen Stuhl sinken. Nachdenklich nippte sie an ihrem Tee.

Marmaduke ging ihr tatsächlich aus dem Weg, das stand für sie fest. Sein Groll gegen sie war offenkundig größer, als sie befürchtet hatte. Vielleicht wäre sie doch besser zu Hause in Woodland Court geblieben. Aber was dann? Wäre er je zurückgekommen?

Einen Moment lang überlegte sie, wie sie es schaffen sollte, ihn aus seiner Reserve zu locken, denn sogar ein handfester Streit schien ihr erstrebenswerter als dieser sonderbare Schwebezustand, der sie schon beinahe an seiner Existenz zweifeln ließ.

Bells' Eintreten riss sie aus ihren Grübeleien.

»Guten Morgen, Madam.«

»Guten Morgen Bells. Sagen Sie, hat Mister Lakeland etwas für mich hinterlassen? Eine Nachricht vielleicht?«

»Nein, Madam, bedaure.«

»Und er ist schon wieder fort?«

»Dringende Geschäfte, Madam.«

»Ja, ich hätte es mir denken können. – Er ist wohl erst sehr spät nach Hause gekommen gestern Abend?«

»Sehr spät, Madam«, bestätigte Bells und blieb reglos neben ihrem Tisch stehen.

Cassandra hätte sich am liebsten die Zunge abgebissen. Sie klang wie eine eifersüchtige Ehefrau. Wie absolut unpassend!

»Wenn Sie das Frühstück beendet haben, warten einige Besucher auf Sie, Madam.«

»Besucher?« Schon wieder? »Soll ich jetzt etwa auch noch Latein, Griechisch und Geige spielen lernen?« Und wenn, dann waren diese im Unterweisen hoffentlich fähiger als jener hoffnungslose Fall, von dem ihr Gatte erwartete, dass er ihr eine fremde Sprache beibrächte.

»Nein, Madam. Sie sollen sich neu ausstatten lassen. Es handelt sich unter anderem um eine Schneiderin, eine Putzmacherin und weitere Frauen, die es sich zur Aufgabe gemacht haben, eine Dame von Welt mit den nötigen Dingen zu versorgen. Ein Schuster ist auch darunter, glaube ich.«

»Oh.« Cassandra schämte sich über ihre spöttische Frage und spürte ihre Wangen heiß werden: Sie verunglimpfte ihren Mann, während dieser sie für ihre zurückgelassenen Sachen zu entschädigen gedachte.

»Ich komme, Bells. Und haben Sie die Güte, meine Tante zu informieren. Sie hat ebenso verzichtet wie ich.«

»Sehr wohl, Madam.«

Am Ende dieses Tages schwirrte Cassandra der Kopf. Bis auf eine kurze Pause gegen die Mittagszeit waren sie und Zoey den ganzen Tag auf Trab gewesen.

Ihr schwindelte beim Gedanken an die Summen, die da unweigerlich auf Mister Lakelands Börse zukommen mussten. Schon ihr Vater war großzügig gewesen und hatte gern und viel Geld für die Bedürfnisse seiner Familie, besonders *seiner Frauen*, fließen lassen. Doch ihr Gatte schien das noch bei Weitem zu übertreffen.

Mehrfach hatte Cassandra versucht, den Einkaufsrausch zu unterbrechen, doch jedes Mal hatte Butler Bells zum Weitermachen aufgefordert.

»Mister Lakeland wünscht es so«, hatte er nur immer wieder geäußert, wenn Cassandra Zweifel am Umfang der Bestellungen laut werden ließ.

Überhaupt – der Butler.

Offenkundig herrschten in anderen Ländern auch andere Sitten. Zuhause wäre es keinem Butler auch nur im Traum eingefallen, sich um die Belange der weiblichen Bewohner eines Hauses zu kümmern. Hier war das offenkundig etwas anderes.

Oder war es das, weil Mister Lakeland das so wollte?

Cassandra konnte sich keinen Reim darauf machen und gab es schließlich auf, sparen zu wollen.

Zoey war da etwas hartnäckiger als sie.

»Bei dir mag es ja angehen, die Börse deines Gatten zu strapazieren, aber nicht bei mir«, argumentierte sie, und war auch nicht durch gutes Zureden dazu zu bewegen, mehr als das dringend Nötige zu bestellen. »Ich werde es zurückerstatten, soweit es mir das Erbe meines verstorbenen Mannes erlaubt und sobald das irgendwie möglich ist«, vertraute sie ihrer Nichte am späten Nachmittag an.

»Ich glaube nicht, dass Mister Lakeland das zulassen wird«, widersprach Cassandra müde. Sie hatte nur noch einen Wunsch: auszuruhen. Doch stattdessen stand auch noch eine Italienischlektion beim Heuschreckenmann auf der Agenda.

Die ungewohnten Anstrengungen dieses Tages ließen Cassandra schließlich so früh ins Bett sinken, dass es draußen vor den Fenstern noch nicht einmal vollständig dunkel geworden war.

Dukes späte Nachtstunden sahen nicht anders aus als die des Vortages.

Er ließ sich von Bells über den Tag berichten und versorgte diesen wiederum mit den für ihn notwendigen Informationen.

»Das Dinner, Bells?«

»Ist in Vorbereitung, Sir. Seine Gnaden der Marquess hat sein Kommen zugesichert.«

»Ah, gut. Ich habe auch Messer Contarini dazu gebeten. Eine gute Gelegenheit, unsere Kontakte zu vertiefen.«

»Allerdings. Und ich habe, Ihr Einverständnis vorausgesetzt, Mrs. und Mr. Fondyce geladen.«

»Eine hervorragende Idee.« Duke war nicht zum ersten Mal von den Qualitäten seines Angestellten begeistert. »Das dürfte ausgezeichnet passen. Mrs. Fondyce ist sehr originell und könnte durchaus dafür sorgen, meine Frau zumindest noch eine Weile von mir abzulenken und zu beschäftigen.«

»Aber Sir!« Der Tadel in Bells' Stimme war unüberhörbar.

»Bells – Sie und ich wissen, warum.«

»Ja, Sir, in der Tat.«

»Na also. Ich gestehe allerdings, ich beginne allmählich, es zu bedauern.«

»Ich verstehe. Mrs. Lakeland ist eine äußerst anziehende Frau.«

Duke enthielt sich einer Antwort.

Kapitel 12

Marmaduke Lakeland hatte sich dazu durchgerungen, erstmals seit langer Zeit wieder ein Frühstück einzunehmen. Ihm war klar, dass er seiner Gattin nicht auf Dauer ausweichen konnte.

Tatsächlich stand Cassandra, die kurz nach ihm eintrat, das Erstaunen ins Gesicht geschrieben. Doch sie fasste sich schnell und bedachte ihn mit einem sparsamen Lächeln.

»Guten Morgen, Mister Lakeland.«

»Morgen, Mrs. Lakeland.« Er hatte für einen Moment die Zeitung sinken lassen, nun hob er sie wieder und versteckte sich dahinter.

»Tatsächlich. Sie existieren wirklich. Und wie es aussieht, leben Sie sogar im selben Haus wie wir.«

»Wie meinen?« Wieder ließ er die Gazette sinken und sah sie an.

Cassandra zuckte anscheinend ungerührt die Achseln und ließ sich Tee und Toast servieren, nachdem sie ihm gegenüber Platz genommen hatte. »Ich hatte schon an Ihrer Existenz zu zweifeln begonnen«, sagte sie, hob die Tasse an ihren Mund und den Blick an seine Augen.

In den ihren lag etwas, das ihn in Alarmbereitschaft versetzte. Eigentlich hatte er ihr vorschlagen wollen, zu einer vertrauteren Anrede überzugehen, doch … etwas riet ihm, das nicht zu tun. Je mehr Abstand er zwischen sich und diese alles andere als reizlosen Frau brachte, umso besser.

Duke hatte gelernt, diesbezüglich auf seine Instinkte zu hören, und diese rieten ihm eindringlich zur Vorsicht. Er musste auf Distanz bleiben. Zu viel stand auf dem Spiel. Dennoch fühlte es sich so nicht gut an. Etwas drängte ihn dazu, seiner Gattin entgegenzukommen.

Und wenn es auch nur ein kleiner Schritt war.

»Ich … möchte Sie wissen lassen, dass ich es durchaus bedaure, Ihnen nicht mehr meiner Zeit widmen zu können«, begann er. »Doch ich war lange abwesend und habe ein gewaltiges Pensum nachzuholen.«

Cassandra betrachtete ihn aufmerksam. »Das verstehe ich«, antwortete sie und lächelte zaghaft. »Machen Sie sich um mich keine Sorgen. Ich habe ja meine Tante, die mir Gesellschaft leistet.«

Duke verstand nicht ganz, warum ihn diese Aussage mehr störte als beruhigte, doch er unterließ es, dem Impuls nachzuforschen. »Das Sie sie gerade erwähnen: Ihre Tante lässt ausrichten, sie habe bereits gefrühstückt und erwarte Sie, sobald Sie fertig sind, im Blauen Salon zur Italienischstunde.«

»So früh schon heute?«, entfuhr es Cassandra. »Die Heuschrecke kommt doch sonst erst nachmittags.«

»Wer?«

»Mister Pasquale.« Cassandra errötete auf bezaubernde Weise. »Ich nenne ihn so, weil er mich an eine solche erinnert, so dünn wie er ist.«

Nun konnte er ein schallendes Lachen nicht unterdrücken, warf den Kopf in den Nacken und die Zeitung beiseite. Als er sich wieder beruhigt hatte, sah er, dass auch seine so zurückhaltende Gattin ein äußerst vergnügtes Gesicht machte.

»Cavalletta«, sagte er und räusperte sich, um seine Stimme wieder freizubekommen.

»Wie?«

»Cavalletta – das heißt Heuschrecke auf Italienisch«, erklärte er noch immer grinsend. »Es gibt sie auch als essbaren Meeresbewohner. Seeschrecken sozusagen. Dann heißen sie Cannocchie. Ich werde der Küche ausrichten lassen, sie sollen in den nächsten Tagen welche zubereiten. – Sie essen doch Meeresfrüchte?«

Cassandra hob die Schultern. »Solange sie mir nicht vom Teller springen – warum nicht? Ich kann sie zumindest versuchen.«

»Tun Sie das.«

Das Gespräch drohte in peinliches Schweigen zu münden, und Duke griff erneut nach seinem Rettungsanker, der Zeitung.

»Werden Sie auch heute Abend wieder außer Haus speisen?«, hörte er die Stimme seiner Gattin durch die Druckerschwärze hindurch. Täuschte er sich oder klang sie angespannt? Schuldbewusst faltete er die Zeitung nun endgültig zusammen.

»Das hätte ich beinahe vergessen: Wir haben Gäste zum Dinner heute Abend. Ich werde also zu Hause sein.«

Ihr fassungsloser Blick machte ihm klar, dass seine Eröffnung sie unerwartet traf.

»Es ist an der Zeit, dass ich hier ein gesellschaftliches Leben aufnehme«, fügte er erklärend hinzu, obwohl das als Begründung allein nicht ganz stimmte.

»Natürlich«, gab sie zur Antwort, doch es klang alles andere als begeistert. »Das erinnert mich übrigens daran, mich bei Ihnen für Ihre immense Großzügigkeit zu bedanken. Ich hoffe, unsere gestrigen Einkäufe werden Sie nicht ruinieren.«

»Ich bin sicher, ich werde sie kaum bemerken«, entgegnete er.

Sie war unbestreitbar eine bemerkenswerte Person. Er hatte sich von ihr bei der Aussicht auf neue Kleider und gesellschaftliche Ereignisse wesentlich mehr Enthusiasmus erwartet.

»Es bereitet Ihnen ganz offenkundig nicht besonders viel Freude, Geld auszugeben«, stellte er ein wenig unüberlegt fest und sah, wie sie den Blick senkte.

»Nun ja«, sagte sie vorsichtig und blickte in ihren Tee. »Doch, durchaus. Ich … wollte keineswegs undankbar erscheinen, indem ich …«

»Nicht undankbar. Bescheiden«, stellte er richtig. »Ich kenne das von Frauen üblicherweise ganz anders.«

Sie sah auf, und wieder traf ihn ihr Blick mit voller Wucht.

Himmel noch eins … Was hatte er da gerade gesagt?

Das musste für sie geklungen haben, als unterhielte er einen Harem voll kaufwütiger Mätressen!

»Sie zürnen mir immer noch dafür, dass ich mich Ihnen widersetzt habe«, stellte sie mit Kühle in der Stimme fest, ohne weiter auf seine Taktlosigkeit einzugehen.

Oder war das genau die passende Antwort darauf gewesen?

Glaubte sie, er wolle sie bestrafen?

Duke horchte in sich hinein.

Tatsächlich war da … nichts mehr.

Kein Zorn, kein Ärger, kein Gram.

Er fing an, sich mit der für ihn ungewohnten Situation abzufinden.

Vielleicht war es tatsächlich nicht so übel, wie er befürchtet hatte. Vielleicht brachte es gar Vorteile mit sich. Für seine Tätigkeit als Kaufmann war das durchaus eine gute Sache.

»Nein«, sagte er schließlich, als Cassandra ihre Nase bereits wieder in ihre Teetasse versenkt hatte und so tat, als würde das Gespräch – wenn es denn eines war – sie nicht im Geringsten berühren. »Nein, ich … zürne Ihnen tatsächlich nicht mehr.« Ein Schulterzucken sollte das Gesagte unterstreichen. »Es ist nun einmal so, wie es ist, und ich hoffe, wir werden beide in der Lage sein, das Beste aus der Situation zu machen.«

Wieder ein rascher Blick aus ihren ausdrucksvollen braungrünen Augen.

»Was ich dazu beitragen kann, werde ich gewiss tun«, bekräftigte Cassandra.

Etwas in ihrer Stimme, ihrem Blick, ihrer ganzen Haltung berührte ihn, ohne dass er sich erklären konnte, was das war und warum das so war.

»Gut«, versetzte er leichthin. »Und nun lassen Sie Mister Cavalletta nicht mehr allzu lange schmoren.«

Ohne eine Erwiderung abzuwarten, sprang er auf und verließ den Salon. Heute würde er den gesamten Tag im Haus zubringen. Lager und Büros bedurften einer intensiven Inspektion. Doch immerhin war das Haus groß genug, dass man sich hier tagelang bewegen konnte, ohne sich auch nur einmal zu begegnen.

»Oh, da bist du ja, meine Liebe!« Tante Zoey streckte ihr erfreut die Hand entgegen. »Ich hatte schon befürchtet, ich müsste die gesamte Lektion heute allein bestreiten.«

»Buongiorno, Signora Lakeland«, begrüßte sie der Heuschreckenmann mit seiner üblichen tiefen Verbeugung.

Wundersamerweise knacksten keine Knochen, als er sich wieder aufrichtete. Das strohblonde Haar stand wirr in alle Richtungen, denn der nachlässig gefasste Zopf begann, sich aufzulösen.

»Buongiorno«, ahmte sie die Laute nach und erntete begeisterten Applaus.

Die morgendliche Lektion gipfelte an diesem Tag darin, dass der Maestro, wie er sich nun gern nennen ließ, den beiden durchaus etwas überraschten Damen Begriffe aus der weiblichen Bekleidungssparte beibrachte.

Und das ganz, ohne zu erröten.

Der Kerl war abgebrühter, als sie gedacht hatte, stellte Cassandra mit einer gewissen Belustigung fest. Dennoch weigerte sie sich, den Begriff *mutande* – Unterhosen – zu wiederholen.

»Ich glaube, der Pflicht ist hiermit Genüge getan«, entschied sie.

»Oh ja – eine gute Idee. Ich möchte nun endlich etwas von dieser Stadt sehen, das über den Blick aus meinem Fenster hinausgeht«, stimmte Tante Zoey ihr zu.

Dieser Blick war, wie Cassandra etwas enttäuscht festgestellt hatte, in der Tat nicht allzu aufregend.

Der Palazzo Dolfin-irgendwas stand in einer Reihe anderer, weit weniger großer Bürgerpaläste entlang eines schmalen Kanals. Auf diesen hinaus wies das Fenster ihres Schlafzimmers. Gegenüber, genauso weit entfernt, wie dieser Kanal breit war, stand bereits die nächste Gebäudereihe, die nach demselben Prinzip erbaut war. Ein Palazzo schloss sich unmittelbar an den nächsten an.

»Geht nur«, meinte sie. »Ich komme ein anderes Mal mit. Heute ist es mir zu warm.«

»Ach was, Papperlapapp. Wir sitzen nun schon seit Tagen immer nur drinnen herum, dabei ist draußen der schönste Sommer.«

»Aber Tante Zoey – ich möchte nicht hinaus.«

»Du konntest es doch zuhause immer gar nicht erwarten, ins Freie zu kommen. Was ist nur los mit dir?«

»Ich habe Heimweh«, gestand Cassandra so leise, dass es die Heuschrecke nicht hörte. »Es ist stickig, und wenn man das Fenster aufmacht, dann riecht es nach Fisch.«

Zoey bedachte sie mit einem nachsichtigen Lächeln. »Ich weiß, was du meinst. Aber komm trotzdem mit. Mir zuliebe, ja? Du kannst mich doch nicht mit einem Mann allein durch eine fremde Stadt streifen lassen.«

Noch immer etwas widerwillig gab Cassandra dem sanften Drängen ihrer Tante nach.

Auf der vorderen Gebäudeseite ihres neuen Zuhauses lag ein weiter Platz, auf den sie etwas später zu dritt an diesem warmen Spätvormittag hinaustraten.

Cassandra sah sich um. Rechts der Ca' Dolfin schloss ein auffallend schmales Häuschen an. Die Fensterläden waren fest verschlossen und es wirkte unbewohnt. Die Piazza vor ihnen war annähernd rechteckig mit einem kleinen steinernen Brunnen in der Mitte. Der Boden war aus gestampfter Erde und sehr staubig. Offenkundig hatte es hier schon länger nicht mehr geregnet.

»Wolle die Dame spazieren ein paar Schritte?«

»Gern.« Zoey drehte sich einmal im Kreis. »Ach, ist das schön hier! Wohin wollen wir nun gehen?

»Ick sagen, wir zur Piazza San Marco gehe. Da es gibt viele zu sehe für die Dame.«

Obwohl Cassandra langsam anfing, sich an die merkwürdige Sprechweise der Heuschrecke zu gewöhnen, musste sie dennoch ein Schmunzeln unterdrücken.

»Gut. Also dann, gehen wir«, sagte sie ergeben.

Sie tat es Zoey gleich, spannte ihren Sonnenschirm auf und streifte sich die Seidenhandschuhe über –Errungenschaften des vergangenen Tages. Dann folgten sie beide ihrem Führer quer über den Platz und hinein in eine ge-

genüberliegende Gasse. Er lief mit seinen langen Beinen flott voran und Cassandra beeilte sich, hinterherzukommen.

Nicht auszudenken, wenn sie den Anschluss verlöre! Sie würde sicher nie wieder zurückfinden.

Mrs. Fullerton schritt unverdrossen hinter der Heuschrecke her und interessierte sich für alles, was sie um sich herum entdeckte. Als sie stehen blieben, um eine besonders schöne Häuserfassade zu bewundern, rümpfte Cassandra die Nase und zog ihr parfümiertes Taschentuch hervor.

»Was riecht denn hier so streng?«

»Das Wasser. Wir ‘aben gerade Ebbe«, erklärte Signor Pasquale. »Und da es Sommerrist, wird Wasser in die canali warm und schlecht riecht.«

»Aha. Es sollte also dringend regnen, nehme ich an.«

»Aber no! Das alles macht schmutzigerr nurr. Wenn kommt Fluta, dann alles iste gut. Schauen Sie dort?« Er wies auf eine Stelle des Kanals, den sie soeben über eine kleine Steinbrücke mit Eisengeländer überquerten, wo der schlammige Untergrund zu sehen war.

»Und wann kommt die Flut?«

»Bald. Jetzt weiterr aber!«

Gehorsam eilte sie hinter ihm und Zoey her und hielt sich in Ermangelung der Flut ihr parfümiertes Taschentuch vor die Nase.

Schließlich, nach einigen abenteuerlichen Engstellen, Passagen und Unterführungen, die noch weitaus schlimmer rochen als die trockengefallenen Kanäle, traten sie durch einen breiten Torbogen. Vor ihnen öffnete sich ein weiter Platz, der, soweit Cassandra das erkennen konnte, an drei Seiten von Arkaden gesäumt war. Hier war die Luft etwas frischer und sie ließ erleichtert ihr Taschentuch sinken.

»Piazza San Marco«, verkündete Signor Pasquale voll inbrünstigem Stolz, und Cassandra musste zugeben, dass der Anblick durchaus beeindruckend war.

Nun ließ sich ihr Führer auch mehr Zeit, worüber sie froh war. Das flotte Gehen bei der herrschenden Wärme hatte sie ins Schwitzen gebracht. Sie schlenderten weitaus gemütlicher unter den Arkaden entlang und genossen den Blick in Schaufenster und Cafés.

Cassandra war erstaunt über das bunte Treiben auf der Piazza und in den umliegenden Läden. Das Sprachgewirr, das an ihre Ohren drang, zeigte eindrucksvoll, dass sich in der Stadt Menschen aus aller Herren Länder tummelten, und sie fing an zu begreifen, warum ihr Gemahl trotz der drohenden Kriegsgefahr darauf bestanden hatte, nach Venedig zurückzukehren: Wenn sich irgendwo internationaler Handel treiben ließ, dann hier.

In der Mitte des Laubengangs hielt Signor Pasquale an und nötigte sie, nach Osten zu blicken. Dort, am anderen Ende der Piazza, erhob sich majestätisch eine riesige Kirche mit glänzenden Kuppeln.

»La Basilika di San Marco«, erläuterte er ihnen.

»Wie schön!«, rief Tante Zoey immer wieder aus. »Ach, was bin ich froh, hier zu sein!«

Pasquale strahlte vor Stolz, als habe er die architektonischen Wunder seiner Stadt selbst errichtet.

Er machte sie auf die vier Bronzepferde aufmerksam, die hoch über dem Haupteingang der Kirche prangten und aussahen, als wollten sie jeden Moment über den Platz stürmen.

»Pferde aus Byzanz gekommen », erklärte er. »Beute von den Kreuzzug, vor lange Zeite.«

Schließlich hatten sie den Platz einmal umrundet, folgten der Reihe der Säulen und fanden sich vor einer im strahlenden Sonnenlicht glitzernden Wasserfläche wieder. In der Ferne lag eine prachtvolle Kirche, deren weiße Steinfassade das Licht reflektierte. Es wirkte, als schwimme sie auf einem silbrigen Nebel.

»San Giorgio Maggiore«, referierte Pasquale.

Es sah nahezu unwirklich aus. Selbst Cassandra stand einen Moment und staunte.

»Das ist tatsächlich sehr schön«, murmelte sie schließlich.

Eine zaghafte Freude machte sich in ihrem Herzen breit und sie gestand sich ein, dass Mister Lakelands Zusicherung, er grolle ihr nicht mehr, durchaus zu ihrem Wohlbefinden beitrug. So bestand immerhin die Möglichkeit, eine bescheidene Form häuslicher Harmonie zu erreichen. Kriegszustand auch noch in den eigenen vier Wänden erschien ihr wenig erstrebenswert.

»Ja«, antwortete Zoey neben ihr ebenso leise.

Das Geschrei um sie herum, die geschäftig Dahineilenden und das Klatschen von Rudern auf dem Wasser rissen die beiden schließlich aus ihren bewundernden Betrachtungen.

»Ich denke, es wird langsam Zeit, zurückzukehren«, meinte ihre Tante und wandte sich an die Heuschrecke. »Was meinen Sie, Signor Passqualle, können wir für den Nachhauseweg ein Boot nehmen?«

»Aber sì, naturlick. Nehmen wir Gondola, ist besser fur Fuße von Ladys. Gehen wir dort.«

Er lotste sie noch ein Stück an der Mole entlang, dann bestiegen sie eins der asymmetrisch geformten, schwarzen Gefährte und erreichten auf einem von der Lagune abzweigenden Kanal in erstaunlich kurzer Zeit ihr Ziel. Der Gondoliere, wie sie gelernt hatten, legte an der zum Kanal gelegenen Treppe der Ca' Dolfin an, und die beiden Damen verabschiedeten sich erschöpft und hungrig von ihrer Begleitung, während einer der Angestellten den Gondoliere bezahlte.

Eingedenk des angekündigten Abendessens mit Gästen wollte Cassandra sich noch ein wenig erholen und streckte sich auf dem kleinen Diwan in ihrem Salon aus.

Dass Eve ihr ein Tablett mit kleinen Erfrischungen brachte, nahm sie nur noch am Rande wahr, und sie war schon eingeschlafen, ehe sie auch nur daran denken konnte, etwas zu essen.

Kapitel 13

Marmaduke Lakeland stand reglos vor dem kleinen Ruhemöbel und betrachtete seine schlafende Frau. Der Nachmittag neigte sich bereits und er hatte sie an das Abendessen erinnern wollen, das sie erwartete.

Wie hatte Bells gesagt? *Mrs. Lakeland ist eine sehr anziehende Frau.*

Nun – leider musste er seinem Butler diesbezüglich recht geben, und wären die Umstände nicht gewesen, die ihn daran hinderten, ihr näherzukommen, hätte er auch liebend gern nichts anderes getan als das.

Ihr nahekommen.

Cassandras Züge wirkten entspannt vom Schlummer, die Wangen waren rosig und die Lippen leicht geöffnet. Ihr Knoten war dabei, sich zu lösen, und auf der zarten Haut ihres Dekolletés schimmerte ein dünner Schweißfilm, denn im Zimmer war es warm.

Er hätte nur die Hand auszustrecken und sie zu berühren brauchen, doch er verbot sich den verführerischen Gedanken sofort.

Vorsichtshalber zog er sich einen Schritt zurück. Vorhin war die Schneiderin hier gewesen und hatte ein Abendkleid gebracht – er hatte die Eilanfertigung in Auftrag gegeben, damit sie für das heutige Dinner etwas anzuziehen hätte, ohne sich unbehaglich zu fühlen, weil sie kein dem Anlass angemessenes Gewand besäße.

Ihn beschämte, dass er sie damit schikaniert hatte, mit minimalstem Gepäck reisen zu müssen. Daher auch seine überbordende Großzügigkeit, was die neuen Einkäufe seiner Frau und ihrer Tante anging – er hatte bei der Abreise im Affekt reagiert, nur weil er die Oberhand behalten wollte.

Nun bedauerte er es. Wie er, ohne dass er es verhindern konnte, auch immer mehr andere Dinge bedauerte …

Was sie geweckt hatte, wusste er nicht – vielleicht hatte er sich bewegt und ein Geräusch verursacht, doch Cassandra nahm einen tiefen Atemzug und schlug die Augen auf. Sie rekelte sich und sah sich um.

Dann entdeckte sie ihn und erstarrte.

Es dauerte einen Atemzug, ehe sie sich wieder in der Gewalt hatte und ein unverbindliches Lächeln aufsetzte.

Duke quittierte diesen ernüchternden Vorgang mit einem schiefen Grinsen. Er hatte nichts anderes verdient, und so war es ja auch gut und richtig.

Nicht auszudenken, würde er menschliche Schwächen zu erkennen geben!

»Ich muss eingeschlafen sein«, bemerkte Cassandra mit leicht belegter Stimme und richtete sich auf. »Verzeihen Sie mir – ich hätte nicht gedacht, dass eine kleine Erkundung dieser Stadt so ermüdend werden könnte.«

»Unsere Gäste werden bald kommen«, zog er sich auf gesellschaftliches Parkett und damit gewohntes Territorium zurück. »Ich wollte nur sicherstellen, dass Sie rechtzeitig fertig sind.«

Cassandra verzog das Gesicht. »Ich werde Sie unweigerlich blamieren. Sie hätten mit einer Einladung vielleicht lieber warten sollen, bis auch dieser Teil unserer neuen Garderobe geliefert worden ist.«

»Nun, ich habe mir erlaubt, dem ein wenig vorzugreifen.«

»Wie meinen Sie das?«

Der halb hoffnungsvolle, halb erfreute Ausdruck auf ihrem Gesicht entschädigte ihn in gewisser Hinsicht für den Schatten, der es zuvor verdüstert hatte. »Im Ankleidezimmer wartet etwas darauf, Sie heute Abend zu schmücken.«

»Und Tante Zoey?«

Duke blinzelte. Wie gut, dass er auch daran gedacht hatte.

»Auch für sie ist gesorgt.«

»Ich danke Ihnen. Das wird sie sehr freuen.«

»Ich hoffe, es freut auch Sie.«

Kurz fürchtete er, dass seine unüberlegte Äußerung mehr als Erstaunen hervorrufen könnte, doch Cassandra zeigte keinerlei Regung.

»Das tut es natürlich. Vielen Dank«, wiederholte sie mit dem nun schon vertrauten förmlichen Lächeln.

»Damit überlasse ich Sie wohl lieber Ihren Vorbereitungen. Wir sehen uns später bei Tisch.«

Der Abend kam und die Gäste trafen ein. Ihr Mann hatte Cassandra nicht verraten, was sie erwartete, also war ihr nichts weiter übrig geblieben, als sich überraschen zu lassen. Und überrascht war sie – im positiven Sinne: Ein Ehepaar etwa in ihrem Alter und zwei Herren ohne Begleitung ergänzten ihre Runde für diesen Abend.

Cassandra fühlte sich beobachtet. Sie schloss die Möglichkeit zwar nicht aus, dass sie es sich nur einbildete, doch andererseits …

Vielleicht starrte man ja wirklich auf das über die Maßen extravagante Kleid, das sie trug. Die »Eilanfertigung«, mit der Mister Lakeland ihr eine besondere Freude hatte machen wollen, war unverschämt tief ausgeschnitten und bedeckte mit Mühe den Teil ihrer Brüste, den sie wirklich um keinen Preis fremden menschlichen Blicken ausgesetzt wissen wollte. Auch die Farbe war … das einzige Wort, das ihr dazu einfiel, lautete *sündig*: Es war von einem tiefen Rot, das bisweilen ins Blaue zu wechseln schien.

Angedeutete Ärmelchen hielten das kunstvolle Stoffgebilde gerade so an Ort und Stelle und zu ihrer großen Erleichterung hatte ein hauchdünner Schal der gleichen Farbe das unkeusche Etwas begleitet, auch wenn dieser beinahe mehr der Ent-, als der Verhüllung zu dienen schien.

Gut, ihre Tante hatte nur mit der Zunge geschnalzt und anerkennend mit dem Kopf genickt. So schlimm konnte es also doch nicht sein.

Und ihr Gatte …

Ja, ihr Gatte.

Nicht er war es, der sie mit seinen Blicken auszog. Im Gegenteil. Er schien ihre Anwesenheit kaum wahrzunehmen, nur ein oder zwei Mal begegnete Cassandra seinem ausdruckslosen Blick. Sie fragte sich, warum er ihr ein solches Kleid besorgte, wenn er sie dann nicht einmal zur Kenntnis zu nehmen geruhte. Oder war es gar gerade deshalb? Entging ihm auch der Effekt, den das Kleid eindeutig hatte?

Ein helles Glöckchen bat die Gäste zu Tisch und Cassandra atmete auf.

»Um unseren besonderen Gast des Abends zu ehren …«, der Gastgeber verneigte sich grüßend in Richtung des hochgewachsenen Venezianers, dessen Namen Cassandra schon wieder vergessen hatte, und dieser nickte huldvoll zurück, »und um zugleich meiner lieben Gattin die kulinarischen Vorzüge ihrer neuen Heimatstadt vor Augen zu führen, habe ich mir erlaubt, in der Küche für heute Abend ein venezianisches Dinner zu ordern. – Bitte, nehmen Sie Platz.«

Besagter Venezianer übernahm den Vorsitz am Kopf der Tafel, Cassandra wurde neben ihn platziert. Ihr gegenüber setzte sich Duke, als nächste nahm Gale Fondyce Platz, die sie schon zuvor wegen ihres verwegenen Haarschnitts beinahe ungehörig angestarrt hatte: Die junge Frau trug einen geradezu spektakulären Hedgehog Cut, hatte aber darauf verzichtet, ihn weiß zu pudern. Zwar hatte Cassandra schon davon munkeln gehört und auch in einer von ihres Vaters Zeitungen davon gelesen, doch sie hatte noch nie einen Igelkopf an einer Frau gesehen. Gale hatte sehr dunkles, fast schwarzes Haar und sah überhaupt nicht wie eine Schottin aus, als die man sie mit ihr bekannt gemacht hatte.

Oder zumindest nicht so, wie sie sich eine Schottin vorstellte. Ihr Mann Eddie, dessen Platz an Cassandras rechter Seite war, kam diesem Bild hingegen selbst schon sehr nahe mit seinen unregelmäßigen rot und dunkel gesträhnten Haaren.

Wiederum einen Platz weiter folgte Tante Zoey und dieser gegenüber ein hochrangiger englischer Adliger, der Cassandra als Marquess of Haldane and Burke vorgestellt worden war und offensichtlich schon seit Jahren in dieser Stadt lebte.

Die Vorspeise wurde aufgetragen und Cassandra blickte etwas hilflos auf ihren Teller.

»Was ist das?«, wisperte sie Mister Fondyce zu und hoffte, ihr Gemahl würde ihre Ratlosigkeit nicht bemerken.

Fondyce neigte sich an ihr Ohr. »Sarde in Saor. Eine besondere Spezialität dieser Stadt. Versuchen Sie, das ist wirklich lecker. Mögen Sie Rosinen?«

»Ja, aber … an Fisch?«

Sie fing einen Blick von Fondyces Frau auf, die ihr zuzwinkerte und sie in diesem Moment an einen Kobold erinnerte.

Das Gericht war kalt serviert worden. Gebratene Sardinen mit Zwiebeln, Rosinen und … Pinienkernen? … an einer Marinade, die stark nach Essig roch. Und auch genauso schmeckte.

Nach dem dritten Bissen allerdings gelang es Cassandra, sich mit dem sonderbaren Geschmack zu versöhnen. Es war gewöhnungsbedürftig, doch nichtsdestotrotz durchaus annehmbar.

»Wie lange sind Sie schon in der Stadt, Mrs. Lakeland?«, erkundigte sich Fondyce zwischen zwei Sardinen.

»Erst drei Tage«, gab Cassandra Auskunft.

»Oh – da haben sie ja noch gar nichts gesehen«, warf Gale von der anderen Seite des Tisches ein.

»Nicht viel«, gestand Cassandra. »Tante Zoey und ich waren erst ein Mal unterwegs.«

»Doch nicht etwa allein?« Gale wirkte pikiert.

»Nein. Unser Italienischlehrer hat uns begleitet.«

Gale lachte hellauf. »Haben Sie Ihrer Frau tatsächlich schon einen Cicisbeo verpasst?«, wandte sie sich noch immer lachend an Lakeland und unterbrach dessen Gespräch mit dem venezianischen Gast.

»Einen was?«, wollte Cassandra wissen.

»Einen Cicisbeo«, wiederholte Fondyce. »Einen Hausfreund, einen … Begleiter, der die Dame des Hauses in Abwesenheit ihres Gatten … nun ja, sagen wir, unterhält.«

Cassandra wünschte sich, der frivole Unterton, der diese Erklärung begleitete, wäre ihr nicht aufgefallen. Es fiel ihr schwer, das, was Fondyce da zwischen den Zeilen andeutete, auch nur im Entferntesten mit der Heuschrecke in Verbindung zu bringen.

»Ich möchte nur sicherstellen, dass meine Gattin und ihre Tante sich nicht langweilen«, verteidigte sich Lakeland lahm. »Ich nehme doch nicht an, dass Signor Pasquale die Grenzen der Schicklichkeit zu überschreiten gedenkt.«

Eingedenk der Lektion, die sich bis auf die weibliche Leibwäsche erstreckt hatte, warf Cassandra einen raschen Blick zu ihrer Tante.

Doch Zoey war gerade in die Konversation mit dem Marquess vertieft.

»Signor Pasquale?«, forschte Gale und lachte schon wieder. »Sie haben die beiden Damen doch nicht etwa ihm anvertraut? Der hat es doch faustdick hinter den Ohren!«

Lakeland hob pikiert eine Braue und wandte sich zu Gale.

»Wie meinen Sie das?«

Die Antwort konnte Cassandra nicht verstehen, denn der Venezianer richtete plötzlich, da ihr Gemahl sich anderweitig unterhielt, das Wort an sie.

»Wie gefällt Ihnen unsere Stadt, Signora Lakeland?«

Sein Englisch war beinahe akzentfrei, dennoch wies es dieselbe Eigenart auf wie das von Signor Pasquale: das Anhängen von ausklingenden Vokalen am Wortende. Diese Venezianer schienen nicht damit zurechtzukommen, ein Wort einfach nur auf einen Konsonanten enden zu lassen, dachte Cassandra amüsiert.

Dennoch befand sie sich in einer peinlichen Lage.

»Sie gefällt mir außerordentlich gut, Signore.« Sie beschloss, die Flucht nach vorne anzutreten. »Bitte verzeihen Sie – ich wurde heute so vielen Menschen vorgestellt, dass es mir unmöglich war …«

»Verstehe.« Der strenge Ausdruck wich aus dem Gesicht des Mannes und machte einem schmalen Lächeln Platz. »Ich bin Domenico Contarini.«

»Vielen Dank – sie haben mich vor einer Peinlichkeit bewahrt.« Cassandra bedachte ihn mit einem strahlenden Lächeln.

»Im Gegensatz zu Ihnen lebe ich schon immer in dieser Stadt«, setzte Contarini hinzu.

»Oh, wie interessant. Aber erlauben Sie mir eine Frage.«

»Prego – bitte.«

»Ist es denn nicht schwierig, in so einer Umgebung zu leben? Ich meine – überall ist Wasser, soweit ich sehen konnte, und …«

»Insomma«, begann Contarini, »wir werden hier geboren und wachsen hier auf. Wir kennen es natürlich nicht anders.«

Er griff nach der Weinkaraffe und bot mit einer Geste an, ihr nachzuschenken, doch Cassandra lehnte mit einer Handbewegung ab. Also füllte er nur sein Glas und sprach dann weiter.

»Für uns ist also das Besondere normal. Und historisch betrachtet existiert diese Stadt, diese Republik auch nur deshalb, weil sie eben, wie Sie schon sehr präzise bemerkt haben, von Wasser umgeben ist.«

»Wie ist das zu verstehen?«

»Diese Gegebenheiten haben unser wirtschaftliches Prosperieren erst ermöglicht und auch dazu geführt, dass bis auf den heutigen Tag kein feindlicher Eroberer jemals einen Fuß auf venezianischen Boden gesetzt hat. – Und … se dio vuole – so Gott will, wird das auch künftig nicht geschehen …«

Der nächste Gang wurde gebracht und steigerte Cassandras Ratlosigkeit um ein weiteres Maß. Messer Contarini setzte sein Gespräch auf Italienisch mit ihrem Gatten fort und Cassandra blickte fragend zu Gale, die ebenfalls keine Anstalten machte, sich dem Teller zu widmen.

»Cannocchie«, soufflierte Fondyce von rechts. »Ich liebe sie. Wenn Sie sie nicht mögen, dann treten Sie mir doch bitte die Ihren ab.«

»Aber gerne doch.« Sie warf einen hastigen Blick in die Runde. »Es sieht gerade niemand her – rasch, bedienen Sie sich.«

In Windeseile wanderte das Getier auf Fondyces Teller, was den beiden ein tadelndes Kopfschütteln seitens seiner Ehefrau auf der anderen Tischseite eintrug. Doch dazu ließ sie ihr spitzbübisches Lachen erklingen und strafte somit die Rüge Lügen. »Ich mag sie auch nicht besonders«, ließ sie Cassandra wissen. »Aber hierzulande sind die Leute regelrecht verrückt danach.«

»Oh, ich glaube auch zu wissen, warum man sie uns heute Abend vorgesetzt hat«, bekannte Cassandra sich schuldig und gab die Anekdote über die Heuschrecke zum Besten.

Gale wollte sich ausschütten vor Lachen. »Das ist köstlich. Hast du gehört, Tiger? Cavalletta – der Heuschreckenmann! Wie passend.«

»Sie kennen ihn offensichtlich«, forschte Cassandra nach.

»Flüchtig. Ich kann ihn kaum verstehen, wenn er Englisch spricht. Und er unseren schottischen Akzent auch nicht.«

»Ja, ich habe gehört, dass Sie aus dem Norden kommen«, hakte Cassandra ein.

»Ja, aus der Nähe von Stirling.«

»Ich war nie in Schottland.«

»Das wundert mich nicht. Es verschlägt nur wenige Ihrer Landsleute zu uns in die Wildnis. Und selten kommen sie in rein friedlicher Absicht.«

»Gale – bitte!« Fondyces Stimme hatte einen tadelnden Unterton.

Cassandra sah sich verlegen nach Zoey um, doch deren Unterhaltung mit dem Marquess schien sich noch vertieft zu haben.

Ihr kam es so vor, als säßen die beiden in einer anderen Wirklichkeit, weitab vom Rest der Gesellschaft. Oder hinter einer Glasscheibe.

Prüfend musterte sie den Adligen.

Er mochte die fünfzig bereits überschritten haben und ein offensichtlich gutes Leben hatte seine Spuren um seine Hüften und in seinem Gesicht hinterlassen. Tief liegende Augen blitzten lebhaft und sein voller Mund schien immer zu lächeln. Dennoch hatte er etwas an sich, das Cassandra wenig vertrauenerweckend fand, ohne dass sie jedoch sagen konnte, was genau es war. Sie wusste nicht recht, was sie von ihm halten sollte.

»Verzeihen Sie, Mrs. Lakeland, Sie dürfen meine Frau nicht allzu ernst nehmen.« Fondyce riss sie aus ihren Betrachtungen.

»Oh bitte – kein Grund, sich zu entschuldigen. Ich kann sie durchaus verstehen …«

»Ich kann für mich selbst sprechen, Tiger! – Meine Familie hat einige gute Männer durch die Hand von Engländern sterben sehen«, fügte Gale düster hinzu. »Doch das soll heute Abend wirklich nicht unser Beisammensein trüben. Verzeihen Sie, Cassandra – ich darf Sie doch so nennen?«

»Oh ja – sehr gern.«

»Ich bin Gale.«

Cassandra lächelte sie an. Die Frau gefiel ihr.

»Sie tragen eine außergewöhnliche Frisur, Gale.«

Die fuhr sich erfreut mit den Fingern durch das kurze Haar.

»Es gefällt Ihnen?«, ging sie offensichtlich gern auf die Ablenkung ein.

»Sehr.«

»Das freut mich. Es hat mich eine gehörige Portion Mut gekostet, diesen Schritt zu tun, aber besonders in den venezianischen Sommern bin ich froh über diese Entscheidung.«

»Sie sind wohl selbst schon länger hier?« Mit halbem Ohr hörte Cassandra, dass Lakeland mit seinem venezianischen Tischnachbarn Italienisch sprach. Auch redeten sie sehr leise, sodass es selbst jemandem, der der Sprache mächtig war, schwergefallen sein dürfte, ihnen zu folgen.

»Es sind jetzt knapp drei Jahre«, antwortete Eddie Fondyce anstelle seiner Frau. »Doch wenn ich mir die politische Lage so ansehe, bezweifle ich, dass es noch einmal drei Jahre werden.«

»Aber, aber! Jetzt malen Sie doch nicht den Teufel an die Wand, bitte!«

Erstaunt warf Cassandra einen Blick quer über den Tisch. Es war das erste Mal, seit sie sich gesetzt hatten, dass sie den Marquess etwas zu jemand anderem sagen hörte als zu ihrer Tante.

»Tue ich nicht, werter Freund«, verteidigte sich Fondyce »Aber Sie wissen selbst, dass es für uns hier sehr ungemütlich werden dürfte, wenn die Franzosen immer weiter vorrücken.«

»Das wird ganz sicher nicht passieren, nicht wahr, Messer Contarini?«

Dieser unterbrach seine Unterhaltung mit Lakeland und lächelte schmallippig, doch es war ein Lächeln, das nicht bis zu den Augen vordrang.

Das Eintreten der Diener, die die leeren Teller entfernten und den nächsten Gang servierten, lenkte ihre Aufmerksamkeit ab.

Auf dem goldumrandeten Teller vor ihr fand Cassandra eine kleine Portion maisgelber, cremiger Masse, die mehr zufällig als Klecks auf dem Porzellan gelandet zu sein schien. Darauf in rötlichem Öl gebadet einige hübsch gekrümmte, appetitlich aussehende, winzige Garnelen.

»Gamberetti mit Polenta«, kam Fondyce ihr zu Hilfe.

»Ich danke Ihnen«, wisperte Cassandra ihm zu und

zwinkerte zu seiner Frau hinüber. »Ich wüsste nicht, was ich ohne Sie an meiner Seite heute Abend machen würde.«

»Dann müsste der ehrenwerte Mister Lakeland eben ein wenig mehr Begeisterung dabei zeigen, seine zauberhafte Gemahlin in die sinnlichen Genüsse der Stadt einzuweihen«, gab Gale mit deutlich spöttischem Unterton in der Stimme zum Besten.

Cassandra warf ihrem Gatten einen schnellen Blick zu, doch der hatte nichts gehört. Oder tat zumindest so.

Jedenfalls widmete er sich ebenso wie Contarini mit großer Hingabe der Portion auf seinem Teller.

Ab diesem Moment bis zum Servieren des Hauptgerichts, das aus Leber auf venezianische Art, gefülltem Täubchen und gratinierten Austern bestand, wurden nur noch oberflächliche Themen angeschnitten.

»Das Täubchen ist vorzüglich«, lobte Gale.

»Ich werde das Lob an Bells weiterleiten.« Lakeland nickte dankend zu seiner Tischnachbarin.

»Bells?«, fragte Cassandra verblüfft. »Was hat er denn damit zu tun?«

»Er züchtet unsere Brieftauben. Und manchmal, wenn er in besonderer Spendierlaune ist, opfert er uns ein paar zur Bereicherung der Speisekarte.«

»Unsere Brieftauben? Wo sind sie denn?«

»Oben auf dem Altan«, antwortete der Marquess an Lakelands Stelle. »Ich durfte sie tatsächlich bereits einmal mit eigenen Augen sehen.« Mit diesen Worten legte er das Besteck beiseite, nahm besagtes Vögelchen in beide Hände und biss herzhaft in die saftige Brust.

Zoey kicherte unterdrückt, zuckte mit den Schultern und ergriff ebenfalls mit den Fingern die Knöchelchen ihres Täubchens.

Kapitel 14

Irgendwann wurde die Tafel aufgehoben und die Herren zogen sich, der guten heimischen Tradition folgend, nach nebenan zurück, um sich eine Zigarre und ein Gläschen Brandy zu genehmigen.

Die Damen begaben sich in den Blauen Salon und entschieden sich für Port.

Gale ließ sich auf das Kanapee sinken und drehte genüsslich ihr Glas mit der dunkelroten Flüssigkeit zwischen den Fingern.

»Waren Sie schon im Theater, Cassandra?«, fragte sie und wollte einen Schluck nehmen, unterbrach sich aber dann selbst. »Aber nein – Wann denn? Wie dumm von mir – Sie sind ja praktisch gerade angekommen.« Erst dann trank sie.

Cassandra lächelte und nahm ebenfalls einen Schluck. »Erlauben Sie mir eine Frage, Gale?«

»Jede, die Sie möchten.«

»Warum nennen Sie Ihren Mann Tiger?«

»Ach das.« Gale lachte. »Haben Sie sich seine Haare mal genauer angesehen? Er sieht doch genauso aus wie eines dieser gestreiften Raubtiere.«

»Es war mir tatsächlich aufgefallen«, gab Cassandra zu. »Und Sie haben natürlich recht – im Theater war ich tatsächlich noch nicht.«

»Möchten Sie mich denn einmal begleiten? Das Fenice wurde erst vor ein paar Jahren feierlich eingeweiht. Oder Sie kommen mit uns ins Teatro San Samuele – dort geben sie bald Goldonis *Skandal in Chioggia*. Er ist hierzulande sehr prominent, denn er war ein Sohn dieser Stadt. Leider vor drei Jahren verstorben, wenn ich mich recht erinnere.« Sie seufzte leise. »Er war ein brillanter Kopf.«

»Ich würde wohl kaum etwas verstehen«, meinte Cassandra abwehrend.

»Oh, das macht nichts«, versicherte Gale. »Eine gut aufgeführte Pantomime ist gelegentlich auch interessant.«

»Das kann ich mir vorstellen.« Tante Zoey lächelte spitzbübisch. »Wir könnten aber auch die Dienste unseres Heuschreckenmannes als Dolmetscher in Anspruch nehmen.«

Dieser Plan wurde unter allgemeinem Gelächter verworfen, doch man kam überein, dass die Damen sich an einem der nächsten Abende zu einem Theaterbesuch treffen sollten. Cassandra überließ ihre Tante und Mrs. Fondyce dem gemeinsamen Geplauder und ging ins Nebenzimmer, um ein Fenster zu öffnen. Auf dieser Seite des Hauses sah man hinunter auf den Campo Santa Marina, der um diese Uhrzeit menschenleer war. Nur der helle Brunnen leuchtete schemenhaft im fahlen Schein des Mondes. Als sie meinte, neben sich Stimmen zu hören, wandte sie sich um. Doch da war niemand.

Sie drehte sich wieder zum Fenster und blickte hinaus, aber der Campo war und blieb bar jeder Menschenseele.

Wieder das diffuse Geräusch von gedämpften oder sehr weit entfernten Stimmen.

Cassandra lehnte sich ein wenig vor und beugte sich aus dem Fenster. Sie stand im Eckzimmer der Ca' Dolfin, dort wo seitlich das winzige, eingequetschte Häuschen stand. Auch hier, das erkannte sie gerade noch, als sie den Hals reckte, war alles dunkel.

Merkwürdig.

Dann … nichts mehr.

Kopfschüttelnd zog sie sich zurück. Vielleicht war sie einer schlichten Sinnestäuschung erlegen.

Sie schöpfte noch ein wenig Nachtluft – die bei Weitem nicht so frisch war, wie sie es sich in Erinnerung an zu Hause gewünscht hätte – und schloss sich den beiden Damen wieder an.

Inzwischen hatten sich auch die vier Herren wieder dazugesellt und man unterhielt sich noch ein wenig. Die Gäste brachen schließlich auf und auch ihre Tante verabschiedete sich zur guten Nacht. Cassandra bedauerte dies – sie hätte sich gern noch mit Mrs. Fullerton unterhalten und sie über ihre Meinung zum Marquess befragt. Doch das würde eben warten müssen.

Stille kehrte ein. Cassandra fand sich allein mit ihrem Ehemann im Blauen Salon.

Er sah sie unschlüssig an.

»Nun, meine Liebe«, meinte er schließlich, nachdem er sich mehrmals geräuspert hatte, »ich hoffe, Ihr erster offizieller Abend verlief zu Ihrer Zufriedenheit und die Gäste waren nach Ihrem Geschmack.«

»Oh, durchaus – und mehr als das Essen, muss ich gestehen.«

Lakeland zuckte mit keiner Wimper.

»Wie bedauerlich. Nun, dann war es durchaus von Vorteil, Mister Fondyce neben Ihnen zu wissen, so konnten Sie das, was Sie verschmähten, mit ihm teilen.«

Das hatte er gesehen?

Cassandra sah ihn erstaunt an. »Die Seeschrecken haben mich – abgeschreckt.«

Diesmal ein Zucken der Mundwinkel. Immerhin.

»Sie werden müde sein. Ich wünsche Ihnen eine angenehme Nachtruhe und werde mich nun selbst ebenfalls zurückziehen.«

Cassandra überwand sich und machte einen Schritt auf ihn zu.

»Eigentlich nicht, Sir. Ich …« Sie suchte nach unverfänglichen Worten, um ihn zum Bleiben zu bewegen. »Gestehen Sie mir noch ein Gläschen Portwein zu?«

Sie wusste, sie hatte während des Essens dem Wein bereits mehr zugesprochen, als es ihre Gewohnheit war, und der Port, den sie in Gesellschaft der beiden Damen genossen hatte, war ihr zu Kopf gestiegen, aber etwas anderes fiel ihr in der Eile nicht ein.

»Wie Sie wünschen, Madam«, antwortete ihr Gatte förmlich und begab sich mit gemessenen Schritten zu dem Tischchen an der Wand, auf dem ein paar Karaffen mit verschiedenen Inhalten darauf warteten, verkostet zu werden. Ehe sie der Mut wieder verließ, trat Cassandra neben ihn. Lakeland ignorierte sie und war konzentriert damit beschäftigt, erst ein Glas mit Portwein für sie, dann ein weiteres mit Brandy für sich selbst zu füllen.

Die Bewegungen, die er dabei machte, wehten ihr seinen Duft zu. Dieses Gemisch aus Frische und Hölzern, in das sich nach diesem langen und warmen Abend auch sein eigener Moschusgeruch mischte … Cassandra schloss unwillkürlich die Augen und sog den verführerischen Cocktail tief in ihre Lungen. Wie von selbst neigte sich ihr Kopf in seine Richtung, ohne dass sie den Impuls unterdrücken konnte …

»Madam?«, drang Lakelands alarmierte Stimme an ihr Bewusstsein und holte sie mit aller Härte in die Realität zurück. »Ist Ihnen nicht gut?«

Sie riss die Augen wieder auf und sah zu ihm hoch. Sein pikierter Gesichtsausdruck ließ sie unwillkürlich einen Schritt zurücktreten.

»Nein …«, stammelte sie. »Es ist alles in Ordnung. Bitte verzeihen Sie. Ich bin wohl doch sehr müde. – Gute Nacht!«

Sie knickste hastig zum Abschied und verließ fluchtartig den Raum. In ihrem Schlafzimmer riss sie sich das frivole Kleid vom Leib, warf sich ihr spitzenbesetztes Nachthemd über und sank aufs Bett. Erst da erlaubte sie sich, innezuhalten und Atem zu schöpfen.

Was war nur in sie gefahren?

Hatte sie gerade versucht, sich an ihren Ehemann zu schmiegen?

Sie schloss beschämt die Augen, als ihr ihre eigenen Gefühle zu Bewusstsein kamen. Ja – sie hatte sich gewünscht, sie könnte sich einfach an ihn lehnen und sich von ihm halten lassen. Könnte seine Nähe spüren, ein wenig Wärme und Zuneigung erahnen.

Wenn es auch nicht echt wäre.

Sie erinnerte sich noch gut an ihre eigenen Worte in der Bibliothek auf Woodland Court ...

Ich erwarte keine Liebe, hatte sie gesagt. *Nicht einmal Zuneigung, nur Toleranz und Höflichkeit ...*

Nun war ihre eigene Schwäche offenkundig dabei, ihre Vernunft Lügen zu strafen. Es musste am Wein liegen. Sie war nicht mehr ganz nüchtern, das war die einzige Erklärung dafür.

Sie ließ sich zurücksinken.

Oh Gott – was musste Mister Lakeland nun von ihr denken!

Tränen drängten gegen ihre geschlossenen Lider, doch sie bezwang sie.

Nicht weinen, dummes Schaf. Du allein hast dich in diese Lage gebracht. Und warum? Aus gekränkter Eitelkeit.

Und doch – wenn sie zu sich selbst ehrlich war, dann musste sie sich eingestehen, dass dieser Fremde, der eingewilligt hatte, sie um ihrer Ehre willen zu ehelichen, langsam begann, ihre Sympathie zu erringen und zärtliche Gefühle in ihr zu erwecken.

Leise in sich hineinfluchend stellte Duke das Brandyglas, das er soeben in die Hand genommen hatte, mit einem Knall wieder auf dem silbernen Tablett ab, von dem es stammte.

Was, zur Hölle, war da gerade vor sich gegangen?

War er tatsächlich versucht gewesen, seine unnahbare Ehefrau zu umarmen? Sie hatte schwankend und mit geschlossenen Augen neben ihm gestanden, das Gesicht schon beinahe an seine Schulter gelehnt. Erst im allerletzten Moment war ihm bewusst geworden, dass sie keineswegs eine Annäherung versuchte, wie er einen Atemzug lang geneigt gewesen war zu glauben, sondern dass ihr vielleicht schwindelig oder anderweitig unwohl sein musste nach diesem langen und schwülwarmen Abend.

Der Arm, den er schon ausgestreckt hatte, um ihn um ihre Taille zu legen, hatte sich gerade noch zurückziehen lassen, ehe er sie berühren konnte.

Verfluchtes Kleid!

Was, in drei Teufels Namen, hatte sich diese Schneiderin nur dabei gedacht, ausgerechnet eine Robe wie diese in sein Haus zu schleppen? Er würde seine Vorstellungen dazu künftig wohl etwas konkretisieren, denn den ganzen Abend seiner Frau gegenübersitzen und auf dieses einladende Dekolleté starren zu müssen, hatte ihn zunehmend nervös gemacht.

Duke riss ein Fenster auf und atmete die endlich frischer werdende Nachtluft ein. Er lehnte sich an den Fensterrahmen und sah in die sternenklare Nacht hinaus. Der

Kanal unter ihm gurgelte leise, die Spiegelungen einer entfernten Laterne irgendwo an einer Häuserecke zerrissen zu sanften Wellen aus Licht auf der Wasseroberfläche.

Er lockerte sein Halstuch.

Beinahe wären seine geschäftlichen Belange heute Abend ins Hintertreffen geraten – hätte Contarini nicht dar-auf gedrängt, hätte er sich tadelnswerterweise in der Betrachtung seiner jungen Frau verloren. Die Wirkung, die Cassandra seit Kurzem auf ihn hatte, irritierte ihn.

Das bezaubernde Bild, das sie heute Abend geboten hatte – und nicht nur ihm, wie er mit großem Unmut hatte feststellen müssen –, brachte lange verdrängte Empfindungen und Bedürfnisse an die Oberfläche.

Nur hatten diese in seinem Leben schon seit sehr langer Zeit keinen Platz mehr.

Das musste sofort wieder aufhören. Unbedingt! Es war gänzlich undenkbar, sich hier und jetzt auf derartige Gefühle einzulassen. Und schon gar nicht auf solche, die seine Ehefrau betrafen.

Duke griff nach dem Brandy und stürzte ihn in einem Zug hinunter. Es brannte in seiner Kehle.

Einen Augenblick lang betrachtete er das leere Glas in seiner Hand, dann schleuderte er es mit einem unterdrückten Schrei der Wut und Verzweiflung aus dem Fenster. Es zerschellte an der Wand des gegenüberliegenden Palazzo und die Scherben fielen klatschend ins Wasser. Er schloss die Läden und machte sich auf den Weg in sein einsames Schlafzimmer.

Cassandras Hoffnung, am nächsten Morgen ein Aufeinandertreffen mit ihrem Ehemann vermeiden zu können, wurde erfüllt. An seiner Stelle erwartete Mrs. Fullerton sie am gemeinsamen Frühstückstisch.

Cassandras Appetit hielt sich in Grenzen, und so begnügte sie sich mit etwas Tee.

Auch ihre Tante schien keinen großen Hunger zu haben. Zoey zupfte geistesabwesend in ihrem Croissant und rührte lange in ihrer Tasse.

»Du hast doch gar keinen Zucker hineingetan, Tante Zoey«, bemerkte sie schließlich.

»Wie?« Diese hielt inne mit Rühren und blickte, wie aus einem Traum erwacht, auf ihre Tasse. »Tatsächlich.«

Ohne die verwirrende Gegenwart ihres Gatten etwas entspannter, schmunzelte Cassandra gutmütig.

»Ich frage mich gerade, wo du mit deinen Gedanken wohl sein magst.«

»Oh.« Zoey errötete sichtlich. »Ich … habe nur gerade überlegt, wann Signor Pascal heute wohl zum Sprachunterricht kommen wird, Liebes«, erklärte sie.

»Ja, aber natürlich«, tat Cassandra so, als glaubte sie die Ausrede aufs Wort. »Was hatten wir denn mit ihm vereinbart?«

»Ich glaube, er sollte am frühen Nachmittag kommen.«

»Dann haben wir ja noch etwas Zeit.«

Ehe Cassandra auf Tante Zoeys verträumte Stimmung eingehen konnte, betrat Bells den Salon. Ein Hausdiener folgte ihm auf dem Fuße und hielt ein üppiges, verschwenderisch dekoriertes Blumengebinde in Händen.

»Stellen Sie es dort auf die Anrichte«, ordnete Bells an.

Cassandra sandte ihm einen fragenden Blick zu.

»Dieser Strauß wurde soeben für Sie abgegeben, Madam«, erläuterte der Butler. »Hier ist das Kärtchen dazu.«

Er überreichte Cassandra ein zusammengefaltetes, handgeschöpftes Blatt mit Goldverzierung, die allein schon einem Kunstwerk gleichkam. Sie brach das wächserne Siegel auf und las.

Verehrte Mrs. Lakeland,

oder lieber Carissima Signora Lagoterra, wie wir hier Ihren werten Gatten zu nennen pflegen, es war mir eine unschätzbare Ehre, den gestrigen Abend in ihrem Hause verbringen zu dürfen. Ich werde alles daransetzen, Ihren Gatten dazu zu überreden, mich alsbald wieder mit Ihrer zauberhaften Gesellschaft zu beglücken.

Hochachtungsvoll, Domenico Contarini

Cassandra hob die Brauen. »Wissen Sie, was er mit *Lagoterra* meint?«

Sie reichte das Billett an Zoey weiter.

»Das ist die wörtliche Übersetzung von Lakeland ins Italienische«, erläuterte Bells würdevoll. »Ich stehe aber nicht dafür ein, dass die Bezeichnung auch korrekt übertragen wurde.«

»Und man nennt meinen Gatten hier so?«

Bells rümpfte die Nase.

»Nun … Ich fürchte, gewisse Kreise, in denen Ihr Gatte verkehrt, tun das, ja, Madam.«

Cassandra grinste belustigt. »Dann werde ich wohl versuchen müssen, mich daran zu gewöhnen, Signora Lagoterra zu sein.«

Er sah pikiert drein.

»Das würde Ihr Gemahl sicher nicht für notwendig erachten, Madam.«

Auch Zoey amüsierte sich; besonders gefiel ihr die gestelzte Ausdrucksweise des venezianischen Patriziers.

»Lach nicht über ihn«, mahnte Cassandra, die selbst nur mühsam ernst blieb. »Immerhin schreibt er weitaus besser Englisch, als ich jemals Venezianisch sprechen werde.«

»Du solltest dich bedanken«, riet Zoey, und Cassandra stimmte zu.

»Das werde ich. – Ja, Bells?«

Der Butler hatte das Zimmer inzwischen verlassen, kam aber nun wieder, erneut mit einer Karte auf dem Silbertablett.

»Von Mrs. Fondyce«, erklärte er. »Ihr Bote hat das gerade für Sie abgegeben und wartet auf Antwort.«

Es war der Dank für den vergangenen Abend, tatsächlich verbunden mit der Einladung ins Theater für die nächste Woche.

»Du bist auch eingeladen, Tante«, sagte Cassandra und schenkte sich Tee nach.

»Oh, ich komme gern mit. Was schreibt sie denn, was man aufführen wird?«

»Nichts Konkretes, aber sie hat gestern Abend irgendeine Posse erwähnt – von diesem venezianischen Theaterschriftsteller. Es war ein Name mit … G, wenn ich mich recht erinnere.«

»Goldoni, Madam«, sprang Bells zu Hilfe.

»Genau. Danke, Bells. Ich schreibe sofort zurück.«

Sie setzte rasch ein paar Zeilen auf, auch an Contarini, und übergab sie dem Butler, der sich wortlos verbeugte und den Salon verließ.

Cassandra beobachtete ihre Tante, deren Blick immer wieder zu der silbernen Standuhr auf dem Kaminsims glitt.

»Du erwartest doch nicht etwa Besuch?«, erkundigte sie sich neckend.

Zoey lehnte sich zurück.

»Ich könnte dir jetzt erzählen, dass ich nur die ausgesucht exquisite Einrichtung dieses Salons bewundert habe, aber …«

»… aber ich würde dich ja doch durchschauen.«

Zoey lachte. »Natürlich würdest du das. Was nicht heißen soll, dass die Einrichtung nicht tatsächlich außergewöhnlich luxuriös ist.«

»Ich weiß, das ist sie. Aber nun sag schon.«

»Ja, ich erwarte Besuch. Seine Gnaden, der Marquess of Haldane, hat angedeutet, er werde heute hier vorsprechen, und … ich muss gestehen, dass mich das sehr freuen würde.«

Cassandra antwortete nicht sofort.

»Was? Du magst ihn wohl nicht? Ich kann es deinem Gesicht ansehen, Liebes. Was hast du gegen ihn?«

»Nichts. Aufrichtig nichts, Tante Zoey. Er ist mir nur etwas … suspekt, das ist alles. Aber da ich deinem Urteilsvermögen vertraue«, sie lächelte aufmunternd, »soll es mir recht sein, wenn du dich von ihm unterhalten lassen möchtest.«

»Du hast gestern kein Wort mit ihm gewechselt.«

»Nein, dazu kam es leider nicht. Deshalb gestehe ich ein, dass ich mir kein Urteil über ihn erlauben darf.«

»Das klingt dennoch nicht sehr ermutigend«, seufzte Zoey.

»Tante, bitte! Nimm mein Urteil nicht als Maßstab. Du weißt – in letzter Zeit ist meine Menschenkenntnis nicht sehr zuverlässig gewesen.«

»Ach, Kind!« Zoey legte ihr eine Hand auf den Arm. »Irren ist das Vorrecht der Jugend, glaub mir. Das hat nichts mit gesundem Menschenverstand zu tun.«

Cassandra drückte ihre Hand. »Danke, das beruhigt mich etwas. Aber lass dich von mir nicht von deinen Plänen abbringen. Er scheint ein Freund meines Gatten zu sein, damit steht seine Reputation wohl außer Zweifel.«

Und tatsächlich, als hätte er nur auf sein Stichwort gewartet, hörte Cassandra die Stimme des Marquess vor der Tür.

»Danke Bells, ich kenne den Weg.«

Dann war er auch schon eingetreten und verbeugte sich mit einem breiten und sehr erfreuten Lächeln vor den Damen.

»Mrs. Lakeland, meine Verehrung.« Diese nickte dankend. »Was für ein wunderschöner Morgen! – Liebe Zocy, ich hoffe, Sie haben gut geruht und sind bereit, mir zu einem kleinen Ausflug zu folgen.«

So vertraut waren die beiden bereits? Doch als sie das strahlende Gesicht ihrer Tante sah, schluckte Cassandra eine ermahnende Bemerkung hinunter.

»Wohin werden Sie meine Tante entführen, Euer Gnaden?«, erkundigte sie sich nur mit ehrlichem Interesse.

»Oh – ich denke, wir werden zuerst eine kleine Gondelfahrt machen und dann ein bisschen durch die königlichen Gärten spazieren«, gab der Marquess freimütig Auskunft. »Und danach … wir werden sehen. – Sind Sie bereit, meine Teuerste?«

»Oh ja, sehr bereit!« Zoey erhob sich und griff nach ihrem Schultertuch, das sie schon – wie Cassandra erst jetzt bemerkte – bereitgehalten hatte. »Liebes, verzeih mir, dass ich dich allein den Fängen der Heuschrecke überlasse. Aber du siehst, ich habe es eilig.«

Cassandra wehrte lachend ab, erhob sich ebenfalls und drängte ihre Tante liebevoll zur Tür.

»Geh nur. Er wird mich schon nicht gleich auffressen, wenn du nicht da bist.«

»Auf Wiedersehen, Mrs. Lakeland. Ich verspreche Ihnen, ich bringe Mrs. Fullerton unbeschadet wieder zurück.«

»Ich hoffe es«, murmelte sie.

»Heuschrecke? Meine Liebe, Sie müssen mich unbedingt darüber aufklären, was das zu bedeuten hat«, hörte sie den Marquess gerade noch sagen, ehe die beiden im Flur verschwanden.

Kapitel 15

Cassandra war allein zurückgeblieben und zum ersten Mal, seit sie hier angekommen war, spürte sie so etwas wie Langeweile auf sich zukommen.

Zuhause in Woodland Court hätte sie vielerlei Dinge zu tun gehabt, doch hier … Das Haus war ihr fremd, das Personal ebenfalls, außerdem hatte sie bereits festgestellt, dass alles wie am Schnürchen klappte. Eine Einmischung ihrerseits hätte höchstens für Verwirrung gesorgt, was sie tunlichst vermeiden wollte. So saß sie eine Weile noch müßig am Esstisch und blätterte in der Tageszeitung, die ihr Gemahl wie jeden Morgen neben seinem Gedeck hatte liegenlassen, und vergaß darüber die Zeit.

Ein Blick auf die Wanduhr ließ sie erstaunt den Kopf schütteln: Es war bereits nach zwei Uhr nachmittags.

Einer Eingebung folgend stieg sie die Treppe nach oben ins Dachgeschoss, suchte und fand den Ausstieg zum Altan und stand mit dem nächsten Schritt hoch über dem Dach des Hauses. An drei Seiten offen, nur von einer Brüstung umgeben und von einem hellen Segeltuch überspannt, war es hier trotz des hohen Sonnenstandes angenehm luftig.

Um sie herum gurrte und flatterte es. An der geschlossenen Seite erkannte sie die Schläge, die wie in einem kleinen Häuschen untergebracht waren. Eine Tür führte hinein, die nur angelehnt war.

Von drinnen hörte sie Schritte, der Spalt verbreiterte sich und Bells Gesicht erschien in der Öffnung.

»Oh, Madam. Habe ich mich also tatsächlich nicht getäuscht, als ich meinte, jemanden ankommen zu hören.«

»Störe ich Sie, Bells?«, erkundigte sich Cassandra vorsichtig.

»Aber nein, auf keinen Fall, Madam.«

»Darf ich Ihre Tauben sehen?«

»Selbstverständlich. Kommen Sie.«

Sie folgte seiner Einladung und betrat hinter ihm das enge Geviert des Taubenhauses.

Hier drinnen war kaum Raum genug, um sich bequem umzudrehen, doch das war es nicht, was Cassandra Beklemmung verursachte. Sondern vielmehr der Umstand, dass auch ihr Gatte anwesend war.

Lakeland warf ihr nur einen flüchtigen Blick zu. »Madam.«

»Sir.«

Ein wenig befangen dachte Cassandra an die Szene des vergangenen Abends zurück und hoffte, dass weder Bells noch ihr Ehemann sah, wie ihre Wangen vor Verlegenheit glühten.

»Ich bin ohnehin hier oben fertig, Sir«, hörte sie den Butler sagen. Er wischte seine Hände, die sonst immer in untadelig weißen Seidenhandschuhen steckten, an einem

Leintuch ab und legte es ordentlich gefaltet über ein schmales Holzbrett. »Ich denke, wir können sie dann getrost auf die Reise schicken.«

»Das denke ich auch, danke, Bells.«

»Ich werde später selbst noch einmal nach dem Rechten sehen. Ich empfehle mich.«

Mit einer knappen, aber höflichen Verbeugung zog sich der Butler zurück und Cassandra stellte erleichtert fest, dass er die Tür zum Schlag weit offen stehen ließ.

Auf so engem Raum zusammen mit ihrem Ehemann fiel ihr unweigerlich das Atmen schwerer. Da half es auch nicht, dass sie sich selbst ein dummes Huhn schalt.

»Nun, Madam? Wie war die Lektion mit dem Heuschreckenmann?«

»Oh – das hatte ich ganz vergessen.« Erst jetzt wurde Cassandra bewusst, dass sie über ihrer Zeitungslektüre nicht mehr daran gedacht hatte.

»Haben Sie Mrs. Fullerton mit dem langen Elend alleingelassen?«

»Er ist heute Morgen gar nicht erst erschienen.« Sie zögerte einen Moment, fragte sich, ob es geschickt wäre, das Thema ausgerechnet heute mit ihrem Gatten anzuschneiden, doch andererseits … vielleicht konnte sie so auf harmlose Art ihr distanziertes Verhältnis zueinander ein wenig … aufweichen. »Was hat es eigentlich wirklich mit diesem sonderbaren Cicisbeo auf sich«, wagte sie dann doch einen Vorstoß.

Lakeland, der neben einem der Käfige stand und gerade eine dunkelgraue Taube herausholte, warf ihr einen flüchtigen Blick zu. »Wie kommen Sie ausgerechnet darauf?«

Sie zuckte die Achseln und wünschte sich, sie hätte sich die Frage lieber verboten. »Nur so. Mrs. Fondyce erwähnte das doch gestern im Zusammenhang mit Signor Pasquale.«

Er untersuchte den Vogel vorsichtig nach eventuellen Verletzungen, indem er die Flügel und die Beinchen abtastete. »Ein Cicisbeo – nun ja, dahinter steckt nichts weiter als die Langeweile alleingelassener Ehefrauen, die ja schließlich irgendwie beschäftigt sein müssen. Diese Männer dienen als harmlose Begleiter in verschiedenen Lebenslagen. Enge Freunde, sozusagen, mehr nicht. Kein anderes Volk als die frivolen Italiener konnte auf so ein sonderbares Konstrukt kommen.«

Er klang missbilligend und vermied es, sie anzusehen, stattdessen widmete er seine ganze Aufmerksamkeit dem Tierchen, das mucksmäuschenstill hielt. Fasziniert starrte Cassandra auf seine Finger. Der Vogel wirkte beängstigend zerbrechlich in seinen großen Händen und er ging so vorsichtig mit ihm um, als wäre er aus Glas.

Gelangweilte, alleingelassene Ehefrauen?

Merkte er denn tatsächlich nicht, dass er präzise von ihr selbst zu sprechen schien?

»Und … Signor Pasquale würde sich als solcher eignen?«, bohrte sie weiter, von einem seltsamen Übermut getrieben.

Ob er jemals sie auf diese behutsame Weise berühren würde, wie er es mit diesem Vogel tat?

Hitze durchströmte sie bei diesem Gedanken und ihr wurde bewusst, dass sie ihren Ehemann mit angehaltenem Atem und offenem Mund beobachtete.

»Ganz gewiss nicht. Ich glaube nicht einmal, dass er sich aus Frauen besonders viel macht«, entgegnete Lakeland.

»Dann wäre er aber doch umso geeigneter als … harmloser Begleiter, meinen Sie nicht?« Oh Gott – wohin sollte dieses Gespräch denn nur führen?

»Ich muss schon sagen, dass Ihre Interessen heute etwas sonderbar anmuten, Madam«, stellte ihr Ehemann denn auch tatsächlich fest.

Sie riss den Blick von Lakelands Händen los und sah ihm ins Gesicht. Zum Glück hatte er nichts bemerkt, sondern widmete sich konzentriert dem gefiederten Boten. Man hatte dem Tier ein kleines Röhrchen an einem Bein befestigt, und Lakeland schob soeben eine winzige Papierrolle dort hinein.

»Was ist das?«, erkundigte sie sich eilig, um dem Gespräch so schnell wie nur irgend möglich, eine unschuldigere Wendung zu geben.

Lakeland sah auf und schenkte ihr ein flüchtiges Lächeln, das urplötzlich die Sonne in den schattigen Schlag dringen ließ. Zugleich wusste sie, dass er ihre Absicht, das Thema zu wechseln, durchschaut hatte und billigte.

»Eine geheime Botschaft natürlich«, antwortete er. »So geheim wie beispielsweise Informationen über Wetter und Gezeiten und die aktuellen Preise der Austern auf dem Fischmarkt.«

Sein Lächeln vertiefte sich, als er sich aufrichtete und mit dem Kopf zur Tür deutete.

»Nach Ihnen.«

Aus seiner Stimme war deutliche Belustigung zu hören. Offensichtlich hatte er ihre ungehörigen Fragen nicht übel genommen. Cassandra fiel auf, dass einer seiner Mundwinkel etwas weiter nach oben wanderte als der andere. Dann begriff sie, was er meinte: Er wollte den Schlag verlassen und ins Freie treten.

»Oh. Natürlich.« Sie riss sich aus ihrer Reglosigkeit und trat hinaus auf die hölzerne Plattform hoch oben über den Dächern der Stadt. Lakeland kam ihr hinterher, die Taube noch immer fest und doch behutsam zwischen beiden Händen. Trotz seines Körperumfangs bewegte er sich leichtfüßig, als er an die Brüstung trat und mit einer raschen, fließenden Bewegung den Vogel aus seinen Händen in den Himmel entließ.

Sie sahen ihm beide hinterher, wie er seine Kreise über der Stadt zog, sich langsam immer weiter entfernte und dann irgendwann vollkommen aus ihrem Blickfeld entschwand.

Sie wandten sich beinahe gleichzeitig vom nun leeren Himmel ab und ihre Blicke trafen sich. Für einen Moment schimmerte etwas wie Wärme durch Lakelands Augen, doch der Eindruck verschwamm so schnell, wie er gekommen war.

»Es ist … sehr beeindruckend hier oben«, bemühte Cassandra sich um ein Mindestmaß an Konversation. Noch hatte sie, das wurde ihr immer schmerzlicher bewusst, keine Gemeinsamkeiten mit ihrem Ehemann gefunden, über die sie zwanglos hätten plaudern können. So war das Schweigen zwischen ihnen immer wieder bedrückend, weil sie noch keinerlei Vertrautheit miteinander besaßen.

»Ja, das ist es«, nickte er und sah zu Boden.

Offenkundig erging es ihm mit ihr ebenso. Cassandra sah sich verlegen um.

Das Dach der Ca' Dolfin war nicht das einzige, das einen Altan besaß. Sie erkannte weitere derartige Konstruktionen in der näheren und ferneren Umgebung, die unterschiedliche Ausmaße hatten, aber alle nach demselben Prinzip erbaut waren; eine hölzerne Plattform, auf Stelzen über dem eigentlichen Dach des Hauses errichtet und durch eine Gaube oder sonstige Türe zugänglich.

»Sie versenden also die Preise für frische Austern?«, bemühte sie sich um eine Fortsetzung der zähen Unterhaltung. »Und erhalten Sie denn auch Antwort?«

»Hin und wieder, ja.«

»Geht es nur um Austern?«

Oh Himmel – für besonders geistreich konnte Lakeland sie aber auch nicht halten!

»Nicht immer sind es Austern. Gelegentlich parlieren wir auch über die Vorzüge von Krebsen oder Seehechten.«

»Wie überaus interessant.« Sie sollte diese Peinlichkeit nun beenden, schoss es ihr durch den Sinn. Offensichtlich war ihm ihre merkwürdige Anwandlung von gestern Abend doch aufgefallen – und er schätzte sie nicht, war deshalb besonders einsilbig.

»Ja«, nickte er. »Sehr interessant.«

»Aber bitte – sagen Sie mir doch: Aus welchem Grund und zu welchem Zweck hält man sich Brieftauben, wenn man dann mit ihnen nur die Preise von Speisefisch austauscht? Und vor allem – wen interessiert so etwas?«

Schritte hinter ihr ließen sie umschauen. Soeben betrat Seine Gnaden, der Marquess of Haldane die Plattform.

Er hatte offenbar ihre Frage noch verstanden und grinste breit. »Oh, ich bin überzeugt, Lakeland hält sich seine Tauben, um mit General Bonaparte über die geschickteste Strategie von Truppenbewegungen auf dem italienischen Festland beraten zu können, ohne den Österreichern in die Hände zu laufen.«

Cassandra riss entgeistert die Augen auf und sah ratlos zwischen den beiden Männern hin und her. Lakelands Miene zeigte milde Missbilligung.

»Mein lieber Freund, das würde ich gewiss nicht von Venedig aus tun.«

»Ach nein? Ich allerdings schon. – Aber wie Sie sicher bemerkt haben, meine liebe Mrs. Lakeland, war das nur ein harmloser Scherz. Natürlich hält sich unser geschätzter Duke die Vögel nur zu einem einzigen Zweck: seinen Freunden immer wieder unnachahmliche Gaumenfreuden zu bescheren.«

Duke schnaubte. »Seine Gnaden sind heute sehr übermütig. Außerdem sind das nicht meine Vögel, sondern die von Bells. Es ist ein Ritterschlag, sie gelegentlich berühren zu dürfen.«

Cassandra hatte, wenn sie ehrlich war, vorhin einen anderen Eindruck gehabt. Lakeland ging dermaßen sicher und vertraut mit den Tieren um, als bekäme er sie durchaus öfter zu Gesicht, als er den Marquess offenbar wissen lassen wollte.

»Ich habe gerade einige unvergessliche Stunden in der Gesellschaft einer zauberhaften Dame zugebracht«, sagte dieser und deutete eine Verneigung in Cassandras Richtung an. »Ihre Tante ist ein besonderer Mensch, liebe Mrs. Lakeland.«

»Ja, das ist sie.« Ganz konnte Cassandra ihre unbestimmte Aversion gegen diesen undurchschaubaren Mann nicht unterdrücken. Dennoch nahmen seine Ernsthaftigkeit und seine offensichtliche Begeisterung für Mrs. Fullerton sie für ihn ein.

»Ich hoffe«, fuhr er fort, »die Gesellschaft Ihrer geschätzten Frau Tante noch sehr oft und sehr lange genießen zu dürfen.«

»Ich wüsste nicht, was dagegen sprechen sollte«, antwortete Duke förmlich, »nicht wahr, meine Liebe?«, wandte er sich nun wieder sonderbar steif an Cassandra, so als ob es ihm nicht recht wäre, dass sie und der Marquess hier oben aufeinandertrafen.

»Richtig«, bestätigte diese sofort und lächelte verbindlich. »Demnach ist also auch meine Tante wieder zu Hause?«, setzte Cassandra, an den Marquess gewandt, hinzu.

»Ja, ich habe sie wohlbehalten abgeliefert.« Seine Gnaden schmunzelte Cassandra an. »Sie brauchen sich keine Sorgen zu machen – wir haben uns sehr gut unterhalten.«

»Dann werde ich nun gehen und sie begrüßen. Sicher hat sie viel zu erzählen.«

»Das vermute ich auch.«

Ohne auf die Anspielung in den Worten Seiner Gnaden zu achten, verließ Cassandra den Altan und kehrte zurück ins Haus.

Wie erwartet fand sie ihre Tante bei einer Tasse Tee im Blauen Salon. Irgendwie war es für Cassandra beruhigend, dass sich die lieb gewordene Gewohnheit der Teestunde bis in die nördliche Adria gerettet hatte.

»Einen wunderschönen guten Nachmittag, Liebes«, begrüßte Zoey sie mit einem so zufriedenen Ausdruck auf dem Gesicht, dass es Cassandra ganz warm wurde ums Herz und sie beschloss, ihre Vorbehalte gegenüber dem neuen Verehrer ihrer Tante hintanzustellen.

»Deiner Miene entnehme ich, dass du tatsächlich einen ebensolchen hattest«, sagte sie lächelnd.

»Oh ja, durchaus.« Zoey nahm einen Schluck Tee und verbarg dahinter einen so verträumten Blick, wie Cassandra ihn lange an keiner Frau mehr gesehen hatte.

Sie selbst eingeschlossen.

Sie erschrak, als Zoey mit einem Klirren die Tasse absetzte und aufsprang.

»Oh Gott – das hätte ich beinahe vergessen!«

»Was denn? Tante, muss ich mir Sorgen machen?«

Sie trat zu Cassandra, fasste nach ihren Händen und sah ihr eindringlich in die Augen. »Cassandra, ich … Als Seine Gnaden Maurice und ich aus der Gondel stiegen und über die Piazzetta schlenderten, da habe ich … Also, ich bin überzeugt, er war es. Solch eine Ähnlichkeit kann es nicht geben, das glaube ich nicht …«

»Aber von wem sprichst du nur? Wer sah wem ähnlich?«

Cassandra hatte Mühe, Geduld zu bewahren.

»Ich bin ganz sicher – er war es! – Cassandra, ich sah Mister Ironside!«

Kapitel 16

Cassandra war wie vor den Kopf gestoßen. Das konnte unmöglich den Tatsachen entsprechen, doch auch als sie in Mrs. Fullerton drang, sich alles noch einmal genau zu vergegenwärtigen, blieb diese dabei.

Dennoch – Cassandra war überzeugt, dass sie sich getäuscht haben musste.

Es war undenkbar, dass sich Nathan Ironside ebenfalls in der Lagunenstadt aufhielt. Sicher hatte Zoey einen anderen Gentleman, den sie zugegebenermaßen nur aus der Ferne gesehen hatte, mit ihm verwechselt. Es war eine Weile her, dass Mrs. Fullerton ihn in Woodland Court zuletzt gesehen hatte, und in dem Gewirr aus Gesichtern auf der bevölkerten Piazza waren Verwechslungen jeglicher Art sicher an der Tagesordnung.

Die beiden Damen hatten dann das Thema gewechselt und ihre Tante hatte die Nachricht, dass Signor Pasquale nicht erschienen war, mit einiger Erleichterung aufgenommen.

»Oh, wie froh ich bin! So musstest du wenigstens nicht allein die vielen neuen Wörter wiederholen, die er dir sicherlich aufgebrummt hätte.«

Überflüssig zu sagen, dass Mister Lakeland auch an diesem Abend auswärts speiste. Er hatte mit einem kurzen Gruß zusammen mit Seiner Gnaden, dem Marquess, das Haus verlassen und verkündet, es könne spät werden.

Mitten in der Nacht erwachte Cassandra.

Etwas hatte sie geweckt, war in ihren Traum gedrungen, so als wollte es erreichen, dass sie daraus aufwache und ihre Aufmerksamkeit nach außen richte.

Sie lag im Dunkel ihres Schlafzimmers und lauschte in die Stille hinein, die sie umgab.

Cassandra fuhr zusammen.

Ein Geräusch unten im Haus. Das Fallen eines Möbelstücks, eines Stuhls oder eines ähnlich schweren Gegenstands.

Ihre Haare richteten sich an den Armen auf, sie meinte ein Knistern in ihrem Nacken zu spüren.

Sie lauschte wieder.

Sie glaubte schon, sich getäuscht zu haben, da hörte sie erneut etwas. Es klang so, als schleife jemand etwas Schweres über einen Holzboden, dessen Planken knarrten. Im Geschoss über ihr gab es zwar Holzdielen, doch das Geräusch, das sie gehört hatte, war nicht von dort gekommen, sondern von unten oder eher von der Seite.

Ihr Schlafzimmer, so erinnerte sie sich, schloss mit seiner Außenwand an das schmale Gemäuer an, wenn man vom Campo aus auf die Fassade blickte. Doch – es war verlassen und verschlossen, woher also kamen die sonderbaren Geräusche? Cassandra horchte mit angehaltenem Atem.

Nichts mehr.

Sie ließ sich bereits wieder in die Kissen zurücksinken, als da erneut diese Stimmen waren, so wie neulich. Wieder waren sie gedämpft, schienen von weither zu kommen. Das Wispern dauerte eine Weile an und wirkte wie ein stetes Rauschen von Wasser geradezu einschläfernd auf sie.

Als ihr die Augen zuzufallen drohten, beschloss sie, dass sie einfach zu müde wäre, um aufzustehen und nach dem Rechten zu sehen, es schließlich auch nicht ihr oblag, sondern eher ihrem Gatten. Sie würde morgen Mister Lakeland danach fragen. Vielleicht hatte er ja eine Erklärung dafür.

Am nächsten Morgen nach dem Frühstück begab sie sich auf die Suche nach ihrem Ehemann. Auf ihre Nachfrage hin hatte sie von Bells erfahren, dass er bereits seit den frühen Morgenstunden in seinem Arbeitszimmer im *Mezzanin* sei.

»*Wo?*«

»Verzeihung, Madam. Ich habe mir wohl schon zu sehr den Gebrauch venezianischer Begriffe zur Gewohnheit gemacht. Ich meine die Zwischenetage über den Lagerräumen.«

»Danke, Bells.«

»Keine Ursache, Madam.«

Nicht zum ersten Mal fragte sich Cassandra, wann Mister Lakeland eigentlich schlief. Oder – ob er überhaupt jemals zu Hause schlief. Als ihr bewusst wurde, dass dieser bittere Gedanke ihre Laune zu vergiften drohte, versuchte sie gewissenhaft, sich seiner zu entledigen. Sie hatte für verbitterte Frauen nur wenig Sympathie übrig.

Frauen wie ihre eigene Mutter, dachte sie.

Sie fand ihren Ehemann, wo Bells gesagt hatte, klopfte der Form halber an und trat nach seiner halblauten Aufforderung ein.

»Guten Morgen.«

Marmaduke Lakeland kämpfte sich aus einem Wust von Papieren empor und sah seine Frau erstaunt an. »Mrs. Lakeland – guten Morgen. Was führt Sie zu mir?«

»Ich … habe eine Frage zu unserem Nachbarhaus.«

»Ich verstehe nicht – welches meinen Sie? Gefällt Ihnen dieses hier denn nicht?«

»Doch, doch, aber … darum geht es nicht. Ich meine das geduckte Häuschen, das so aussieht, als könnte es jeden Moment von den beiden großen ins Wasser des Kanals geschubst werden.«

Sichtlich belustigt von ihrer launigen Ausführung legte er den Federhalter beiseite, den er in der Hand gehabt hatte. Offenbar war er gerade dabei gewesen, irgendwelche Dokumente zu unterzeichnen, als sie seine Tätigkeit unterbrochen hatte.

»Was ist damit? Bisher hat es allen Bemühungen, es zu ertränken, erfolgreich widerstanden und steht noch immer aufrecht.«

»Aber … ist es tatsächlich unbewohnt? Ich meine, es ist zwar offensichtlich verschlossen, aber …«

Die Belustigung von soeben wich aus Lakelands Gesicht und er wurde sehr ernst.

»Natürlich ist es unbewohnt. Wie sollte sich dort auch jemand aufhalten wollen – es ist praktisch eine Ruine. Warum fragen Sie überhaupt?«

»Ich …« Cassandra kam sich mit einem Mal unendlich dumm und kindisch vor. Aber jetzt war sie schon einmal hier und hatte ihren Gatten bei der Arbeit gestört. Und er sah sie aufmerksam an, als interessiere ihn tatsächlich, was sie ihm zu sagen hätte. Also fuhr sie tapfer fort. »Nun ja, ich habe bereits mehrmals nachts Geräusche gehört, die ich mir nicht erklären kann und die von dort zu kommen scheinen.«

»Was für Geräusche?«

Sie zuckte etwas unbeholfen mit den Schultern. »Geräusche eben. Einmal, als würde dort irgendetwas umfallen. Und Stimmen, ganz undeutlich, aber dennoch hörbar.«

»Sie werden sich geirrt haben, Madam. Oder es waren unsere eigenen Dienstboten, die Sie aus dem Dachgeschoss gestört haben. Ich werde sie ermahnen, des Nachts leiser zu sein und mehr Rücksicht auf Ihr Ruhebedürfnis zu nehmen.«

»Das, was ich hörte, kam zweifelsfrei nicht von oben«, beharrte Cassandra. »Es kam von jener Seite, auf der diese Ruine steht.«

Lakeland verschränkte die Hände ineinander, stützte die Ellbogen auf den Tisch, sodass die Papiere darunter raschelten, und sah sie von unten her prüfend an, als wollte er herausfinden, in welchem Geisteszustand sie wäre. »Madam, ich versichere Ihnen, es ist gänzlich unmöglich, dass aus diesem Haus andere Geräusche an Ihr Ohr dringen als das Fiepen von Ratten oder das Flattern von Fledermäusen. In diesen Räumen lebt seit Jahren keine Menschenseele mehr, und wenn Sie nicht an Gespenster glauben, wovon ich auszugehen geneigt bin, kann es sich nur um eine Sinnestäuschung handeln.«

»Aber ich bin mir ziemlich sicher, die Richtung, aus der die Laute kamen, genau ausgemacht zu haben.«

»In diesen engen Gassen, die Kanäle entlang zumal, trägt der Schall aus großer Entfernung erstaunlich weit, und man hört Dinge, die sich ganz woanders abspielen, als man annehmen möchte. Ich werde aber dennoch das Personal gern zu erhöhter Aufmerksamkeit anhalten, falls Sie das zu beruhigen vermag, aber ich denke …«

Er wandte den Kopf zur Tür, da es erneut geklopft hatte. »Ja?«

Ein Bote traf ein und übergab Lakeland ein versiegeltes Schreiben, ehe er wieder verschwand. Während er es öffnete und las, blickte Cassandra unschlüssig aus dem Fenster. Sie hatte sich stets auf ihre Sinne verlassen können, doch da sie keine Erfahrung damit hatte, wie sich Geräusche innerhalb einer so merkwürdig erbauten Stadt verhalten mochten, konnte sie auch nicht ausschließen, dass ihr Gatte mit seiner Vermutung recht und sie sich getäuscht hatte.

»Verdammt«, entfuhr es ihm mit scharfer Stimme und sie wandte sich erschrocken zu ihm um.

Zwischen Lakelands Brauen stand eine steile Falte und er starrte auf das Blatt in seiner Hand.

»Was ist passiert?«, erkundigte sich Cassandra beunruhigt.

Sie hatte Lakeland noch nie so besorgt erlebt. Und tatsächlich dauerte es etwas, ehe er von der Notiz aufsah und mit zusammengepressten Lippen ihrem Blick begegnete.

»Man hat Signor Pasquale gefunden«, ließ er sie schließlich mit düsterer Miene wissen.

»Gefunden? Aber – wie meinen Sie das? Ist er denn verloren gegangen?«, versuchte sie unbeholfen, da sie Schlimmes ahnte, die Stimmung aufzulockern.

»Er kam doch gestern nicht zur Unterrichtsstunde, oder?«

»Nein. Auch für heute hat er sein Kommen nicht angekündigt. Ich hatte erwartet, dass er zumindest ein Billett …«

»Er ist tot«, unterbrach Lakeland sie knapp.

»Was?«

»Man fand ihn in einem abgelegenen Kanal in Dorsoduro.«

Cassandra war überzeugt, nicht richtig gehört zu haben.

»Aber … Nein, das ist doch nicht möglich! Das …« Sie konnte nicht weitersprechen. Was sie gar noch mehr bestürzte als die grausame Nachricht selbst, war die Tatsache, dass sich Mister Lakeland, den sie stets nur beherrscht und ruhig, ja geradezu lethargisch kennengelernt hatte, von dieser Todesnachricht überaus erschüttert zeigte. »Oh Gott – ist das Wasser dort denn so tief? Konnte Signor Pasquale etwa nicht schwimmen?«

»Man fand eine Stichwunde an seinem Körper. Es war also kein Unfall und möglicherweise war er bereits tot, als er ins Wasser fiel.«

Cassandra versuchte zu begreifen, was diese Information bedeuten mochte. »Aber – das würde ja heißen … Hatte er vielleicht Streit?«

Lakeland zuckte die Achseln. »Falls ja, werden wir wohl kaum erfahren, mit wem.«

»Weshalb hat man ausgerechnet Sie über seinen Tod informiert?«

»Mich? – Nun … ich denke … er hatte wohl meine Karte in der Tasche. Schließlich hatte ich ihn ja mit dem Unterricht beauftragt. So wusste man, an wen sich zu wenden wäre.«

»Ah.« Das leuchtete ihr ein. Es war aber dennoch keine Erklärung für das … »Warum?«, wiederholte sie ihre ratlose Frage. »Wer hatte etwas gegen ihn?« Und in Erinnerung an Gales etwas frivole Andeutung gab sie sich auch gleich selbst eine Antwort. »Ein eifersüchtiger Ehemann?«

»Vielleicht ist die Antwort tatsächlich so einfach.«

»Es ist erschütternd, zu erfahren, dass ein Mensch aus dem eigenen Umfeld gewaltsam zu Tode kam.«

Er nickte. »Ich werde mich über die Untersuchungen informieren. Vielleicht hat man ihm ja auch nur die Börse abzunehmen beabsichtigt, und er hat nicht damit herausrücken wollen. Das wäre auch möglich.«

»Ja, so wird es wohl gewesen sein«, stimmte sie ihm zu. »Er hatte wohl nicht damit gerechnet, dass die Diebe ebenfalls nicht aufgeben und stattdessen ein Messer zücken würden.«

»So ist es«, bestätigte er ihr. »Aber nun möchte ich, dass Sie sich nicht mehr weiter mit diesen hässlichen Dingen beschäftigen.«

Cassandra hob fragend die Hände. »Was schlagen Sie an schönen Dingen vor?«, fragte sie gespielt munter. »Eine gemeinsame Gondelfahrt vielleicht? Wir könnten es Mrs. Fullerton und Seiner Gnaden nachtun und ein paar gemeinsame Augenblicke genießen.«

Marmaduke Lakeland sah sie an, als hätte sie ihm vorgeschlagen, Frauenkleider zu tragen. »Eine Gondelfahrt?«, spuckte er aus. »Nun, ich …«

Offensichtlich fehlten ihm die Worte.

Cassandra spürte, wie kalte Enttäuschung von ihr Besitz ergriff. Sie zwang ein gequältes Lächeln auf ihr Gesicht. »Das war ein Scherz.« Sie lachte gekünstelt. »Ich würde doch so etwas Banales nie von Ihnen verlangen.«

»Oh«, sagte er perplex. »Ich hatte tatsächlich gedacht, Sie hätten das ernst gemeint.«

»Oh nein, keine Bange. Ich gestehe allerdings, dass mein Scherz etwas … plump geraten ist.«

Etwas Heißes kratzte sie in der Kehle und sie wandte sich eilig ab, um ihm nicht zu zeigen, wie tief sie von seiner Reaktion getroffen war.

»Das macht nichts«, murmelte er geistesabwesend. »Ich denke, wir sollten nun aber tatsächlich wieder zu unserem Alltag zurückkehren. Versuchen Sie, sich trotzdem einen angenehmen Tag zu machen.«

»Das versuche ich, vielen Dank. Ich werde an Mrs. Fondyce schreiben und sie an unseren geplanten Theaterbesuch nächste Woche erinnern. – Werden Sie mitkommen?«, erkundigte sie sich in der bereits geöffneten Tür.

»Wohin, sagten Sie?«

»Ach – nicht so wichtig.«

Mit gesenktem Kopf verließ Cassandra das Arbeitszimmer ihres Ehemannes.

Die folgenden Tage verbrachte Cassandra in einem ruhigen, gleichmäßigen Rhythmus, der sich nur wenig änderte.

Anstelle von Signor Pasquale übernahm überraschenderweise ihre und Zoeys Zofe Eve den täglichen Unterricht in der fremden Sprache ihrer neuen Heimatstadt.

Immerhin verstanden die beiden Damen sie, da sie ja ebenfalls Engländerin war; und nach den ersten beiden Tagen, die ein wenig im Schatten der traurigen Nachricht standen, hatten die drei Damen viel Vergnügen bei der Sache und gingen auch mehrmals aus dem Haus, um auf der Suche nach neuen Wörtern und Begriffen durch die Stadt zu streifen. Eve erwies sich als launige Erzählerin und so gab es etliches zu schmunzeln und sogar zu lachen.

Gelegentlich wurde Mrs. Fullerton dann von ihrem Verehrer, Seiner Gnaden Marquess Maurice of Haldane, aus der Damenrunde entführt und zu vielerlei Vergnügungen überredet. Cassandra freute sich aufrichtig über das überraschende, späte Glück, das ihrer geliebten Tante offensichtlich winkte. Dennoch verspürte sie jedes Mal einen schmerzhaften Stich in der Herzgegend, wenn sie die verliebten Blicke sah, die sie sich zuwarfen. Es war nicht so, dass sie den beiden ihre Gefühle missgönnt hätte. Nein. Sie hätte sie nur allzu gern auch selbst einmal erfahren. Die verbindlich-höfliche Unnahbarkeit ihres Ehemannes, die sich von Tag zu Tag zu festigen schien, machte ihr immer mehr zu schaffen. Sie musste sich eingestehen, dass sie sich, ohne es zu wollen, zu Mister Lakeland hingezogen fühlte. Wenn er – was selten vorkam – so etwas wie Wärme oder Entgegenkommen durchscheinen ließ, empfand sie ihn als äußerst charmant und gewinnend. Wenn ein Lächeln sein Gesicht überraschend strahlen ließ – was selten genug vorkam –, berührte dies auf direktem Weg Cassandras Inneres und sie wähnte sich nahe daran, seinen Panzer aus Freundlichkeit und Zurückhaltung zu durchbrechen.

Und doch – es gelang ihr nicht.

Mehrmals luden Zoey und Maurice, wie nun auch sie ihn nennen durfte, Cassandra ein, mit ihnen den Nachmittag zu verbringen, doch nachdem sie einmal zu einem Museumsbesuch mitgekommen war und sich wie das fünfte Rad am Wagen gefühlt hatte, lehnte sie die weiteren Aufforderungen des Paares freundlich, aber bestimmt ab.

Sie zog es vor, ihren Sprachunterricht mit Eve, die sie mehr und mehr zu schätzen lernte, zu vertiefen. Ihr blieb nichts anderes übrig, als sich in ihrer Situation einzurichten und das Beste daraus zu machen. Und da sie nicht dazu neigte, aus Trotz das Vermögen ihres Mannes mit vollen Händen zu verschwenden, blieb ihr nur, ihren Geist zu beschäftigen, zu lesen und zu lernen.

Kapitel 17

Als der Tag des Theaterbesuchs gekommen war, versuchte Cassandra erneut, ihren Gemahl aus seiner freundlichen Reserve zu locken.

»Die Fondyces haben die Einladung in ihre Loge ausdrücklich auch auf Sie ausgedehnt«, betonte sie, nachdem sie Mister Lakeland zu ihrer großen Überraschung relativ spät bei einer Tasse Tee angetroffen hatte.

»Heute Abend?«

Sie nickte. »Ich erzählte Ihnen bereits davon, Sie erinnern sich?«

»Offen gestanden – nein.«

»Oh.« Wie hätte es auch anders sein können!

»Aber ob ich mich erinnere oder nicht, ändert gewiss nichts an der Tatsache, dass ich heute Abend bereits anderweitige Verpflichtungen habe«, fuhr er fort. Dann verschanzte er sich wieder hinter seiner Zeitung, die er bei Cassandras Eintreten hatte sinken lassen.

Diese bemühte sich, hinter einem scheinbar gleichgültigen Schulterzucken zu verbergen, wie enttäuscht sie erneut war. »Nun«, erwiderte sie dennoch etwas spitz, »ich gestehe durchaus, dass ich mir das Eheleben zumindest in *dieser* Hinsicht«, sie betonte *dieser* ganz besonders in dem Versuch, ihn zu einer Aussage zu verleiten, »etwas anders vorgestellt habe. Sogar meine Eltern haben in jüngeren Jahren gelegentlich gemeinsam das Haus verlassen und Veranstaltungen besucht.«

Und irgendwie, setzte sie im Stillen hinzu, haben sie es sogar geschafft, zwei Kinder in die Welt zu setzen. Aber ihr fehlte der Mut, es laut auszusprechen. Außerdem war es zweifelsohne ungehörig, ein solches Thema außerhalb des ehelichen Schlafzimmers anzusprechen.

Doch wenn man gar keines hatte?

»Sie sind aber nicht Ihre Mutter und ich bin nicht Ihr Vater.«

»Nein, gewiss nicht«, antwortete sie bitter. Ihr Unterton musste so offenkundig gewesen sein, dass er tatsächlich darauf reagierte.

»Ich bin bereits seit Tagen mit Messer Contarini einig, mit ihm und einigen anderen einflussreichen Herren des Rates über die politische und wirtschaftliche Lage in diesen gefährlichen Zeiten zu diskutieren. Es geht um Handelsabkommen und ebensolche Beziehungen und wie wir sie angesichts der Bedrohung durch Napoleons Truppen zwischen der Löwenrepublik und unserem Königreich auch weiterhin aufrechterhalten können.«

Cassandra erinnerte sich nicht, je eine so erschöpfende Auskunft von ihm erhalten zu haben. Ein Zeichen, dass ihm das Thema am Herzen lag.

Falls er denn eines besaß, dachte sie resigniert. »Oh, ich danke für Ihre Ausführungen«, sagte sie laut. »So entbieten Sie bitte dem Signore Contarini meine herzlichen Grüße und mein aufrichtiges Bedauern, ihn nicht treffen zu können, was er seinen eigenen Worten nach begrüßen würde, Sie aber geschickt zu verhindern wissen.«

»Ich werde es ihm ausrichten«, versprach ihr Mann, ohne mit einer Wimper zu zucken oder auf ihre offenkundige Spitze einzugehen. »Und nun muss ich Sie leider Ihrem Tagwerk überlassen, da ich zu tun habe. Madam.«

Er hatte, während er redete, die Gazette zusammengefaltet und auf den Tisch gelegt, erhob sich, verbeugte sich grüßend und ging.

Das Theater füllte sich zusehends und Cassandra ließ ihr Opernglas über den Zuschauerraum und die Logen gleiten.

Da!

Das Glas kehrte zurück. Noch etwas, dann noch ein Stück.

Ihr Puls stockte zuerst, ging dann schneller, galoppierte davon. Unmöglich!

Tante Zoey hatte tatsächlich recht gehabt. Mit schweißfeuchten Händen umklammerte Cassandra das Opernglas und starrte auf das Gesicht des Mannes, das am anderen Ende des Theaters vor ihr aufgetaucht und dank der Vergrößerung so nah vor ihren Augen war, als bräuchte sie nur die Hand auszustrecken, um ihn zu berühren.

Kein Zweifel möglich. Der Mann in der Loge schräg gegenüber war Nathan Ironside.

Und er hatte sie ebenfalls gesehen.

Er erwiderte ihren Blick und sah geradeaus zu ihr herüber. Mit einem leisen Keuchen ließ Cassandra das Glas sinken und presste eine Hand auf ihr wild pochendes Herz.

Wie kam er hierher? Was tat er hier? War es Zufall, dass er unter all den großen Städten Europas, die sich dem Handel und besonders dem mit Wolle und Tuch verschrieben hatten, ausgerechnet in Venedig auftauchte?

Sie warf einen verstohlenen Blick in die Runde, doch anscheinend hatten weder die Fondyces noch ihre Tante ihre Verwirrung bemerkt. Das Verlöschen der Lichter hüllte das Theater und auch Cassandra in ein gnädiges Dunkel und entzog sie so seinen Blicken.

Dem Stück folgte sie nur mit halber Aufmerksamkeit. Zu sehr lenkte der Gedanke sie ab, ausgerechnet hier dem Mann wieder zu begegnen, der bei genauerem Hinsehen ursächlich Anteil daran hatte, dass ihr Leben nun so war, wie es war.

Ihn hatte sie zu lieben geglaubt, doch er hatte sie verschmäht und damit indirekt in diese Ehe getrieben, in der sie nun vergeblich versuchte, die Aufmerksamkeit eines Mannes zu erringen, dem ebenfalls nichts an ihr lag.

Kurz vor der Pause stand ihr Entschluss fest: Sie würde ihre Begleiter unter einem Vorwand alleinlassen und nach Hause gehen.

Nach Hause *flüchten.*

Dort wartete zwar niemand auf sie – ihr Ehemann war ja wieder in irgendwelchen wichtigen Geschäften unterwegs –, doch sie hatte ihre Ruhe und lief nicht Gefahr, mit ihrem treulosen Verehrer konfrontiert zu werden.

Als der Vorhang sich schloss und die Lichter wieder entzündet wurden, erhob sich Cassandra, kaum dass der Applaus verklungen war, und wollte soeben das Wort an ihre Gesellschaft richten, als es an der Logentür klopfte.

Eddie wandte erstaunt den Kopf. »Herein?«

Die Tür öffnete sich und Cassandra sah ihre Befürchtung bestätigt: Es war Mister Ironside, der eintrat und sich formvollendet verbeugte.

Er musste bereits vor der Loge auf dem Gang gewartet haben, bis das Zeichen zur Pause gegeben wurde. »Guten Abend, meine Herrschaften.«

'Tiger' Fondyce richtete sich zu voller Größe auf und sah den Fremden kühl an. »Sie wünschen?«

»Gestatten Sie, dass ich Ihnen meine Aufwartung mache«, sagte er mit dem sanftesten Schmelz in der Stimme, den Cassandra je von ihm gehört hatte.

»Oh, Mister Ironside. Welche Überraschung!« Tante Zoey fing sich schneller als Cassandra. »Mr. und Mrs. Fondyce, erlauben Sie, dass ich Ihnen einen Bekannten aus unserer Heimat vorstelle? Mister Nathan Ironside«, übernahm Zoey geistesgegenwärtig die Führung der Situation. »Mister Ironside, das sind Mister und Mrs. Eddie und Gale Fondyce, die Besitzer dieser Loge. Wir sind heute Abend freundlicherweise ihre Gäste.«

Man begrüßte sich mit wohlgesetzten Worten, nur Cassandra fühlte sich außerstande, einen vernünftigen Satz herauszubringen.

»Wie geht es Ihnen, Miss Halcroft?«, wandte Ironside sich schließlich an sie.

»Mrs. Lakeland, bitte«, verbesserte sie ihn, ohne darüber nachzudenken.

»Oh ja, ich – meine, etwas dergleichen vernommen zu haben. Gewiss. Vergeben Sie mir. Gestatten Sie, Ihnen noch nachträglich meine aufrichtigen Glückwünsche zu ihrer Vermählung auszusprechen.«

»Die nun auch bereits einige Wochen hinter mir liegt«, stellte Cassandra richtig. »Aber danke.«

»Wie gefällt es Ihnen in Venedig, Mrs. Lakeland?«

Irrte sie sich, oder betonte er ihren neuen Namen ganz besonders?

»Danke, sehr gut.«

Cassandra kam sich steif und ungelenk vor. Warum beschäftigte es sie noch immer, dass sie einmal geglaubt hatte, etwas für diesen Mann zu empfinden? Er war ihr inzwischen überaus gleichgültig, doch diese Begegnung machte sie nervös, ohne dass sie eine vernünftige Begründung dafür gehabt hätte.

»Ich komme um vor Durst und muss mir unbedingt die Beine vertreten«, verkündete Gale und klopfte Zoey mit dem Fächer auf den Arm. »Kommen Sie, Mrs. Fullerton, Eddie wird sicher gern für uns nachsehen, ob wir etwas zu trinken auftreiben können, nicht wahr, Tiger? Dann können sich unsere beiden jungen Freunde hier in Ruhe noch ein wenig unterhalten.«

»Oh nein, bitte …«, wollte Cassandra sie aufhalten, doch da waren die drei schon aus der Loge hinaus.

Ironside sah ihnen hinterher und scharrte mit den Füßen. Er wirkte so, als sei auch ihm die Situation nicht geheuer. Als er sich wieder zu Cassandra wandte, fiel ihr auf, dass er es kaum wagte, ihr in die Augen zu sehen.

»Sie sind unversöhnlich, nicht wahr?«, fragte er schließlich und warf ihr einen raschen Blick zu.

»Nun, Mister Ironside, dies ist ein Gesprächsgegenstand, den ich nicht mit Ihnen zu erörtern wünsche. Ich bitte Sie, das zu respektieren.«

»Ich kann Sie verstehen, auch wenn es mir schwerfällt.« Er griff nach ihrer Hand und führte sie an seinen Mund, presste inbrünstig seine Lippen darauf, ehe er sich wieder aufrichtete. »Miss Halcroft, sie sind noch schöner, als ich Sie in Erinnerung hatte«, sagte er halblaut und wagte es erneut nicht, ihr in die Augen zu sehen.

»Mrs. Lakeland«, korrigierte Cassandra ungeduldig und entzog ihm ihre Hand. »Außerdem steht mein Aussehen nicht zur Debatte.«

»Gewiss. Vergeben Sie mir.« Er schwieg eine Weile. Dann räusperte er sich. »Warum?«, fragte er schließlich und klang sonderbar heiser.

»Warum *was*?«

»Warum haben Sie sich so schnell verheiratet, Mrs. Lakeland?«

»Wie bitte?« Cassandra glaubte, nicht richtig gehört zu haben. »Ich hatte Ihnen doch gerade gesagt, dass ich darüber nicht mit Ihnen sprechen möchte.«

»Es fällt mir schwer, das zu akzeptieren«, gab er zu und sah ihr nun zum ersten Mal direkt in die Augen so wie vorhin, als sie das Opernglas auf ihn gerichtet hatte.

Cassandra räusperte sich.

»Sie haben sich davongemacht, wenn ich Sie daran erinnern darf«, gab sie nüchtern zu bedenken und ärgerte sich zugleich, dass sie sich nun doch mit ihm auf dieses Thema einließ.

»Ich weiß, und ich kann Ihnen versichern, es gibt nichts in meinem Leben, was ich mehr bedaure.«

»Mister Ironside, nun haben Sie mir Ihren Standpunkt diesbezüglich mitgeteilt und ich muss Sie bitten, diese Loge zu verlassen und mich nicht weiter zu belästigen.«

»Würden Sie mir denn erlauben, in den nächsten Tagen bei Ihnen vorzusprechen?«

»Sie haben die Worte meiner Frau gehört«, ertönte hinter ihr eine grollende, gefährlich leise Stimme. »Also schlage ich vor, Sie tun, worum Mrs. Lakeland Sie soeben ersucht hat.«

Cassandra fuhr herum.

In der weit geöffneten Tür der Loge stand ihr Ehemann, seine Augen sprühten Funken des Zorns. Hinter ihm erkannte sie Domenico Contarini, der mit hochgezogenen Brauen und missbilligendem Blick auf ihren Besucher starrte.

»Duke«, entfuhr es ihr, ehe sie ihren erstaunten Ausruf unterdrücken konnte.

Dieser trat vor und baute sich vor seinem Kontrahenten auf. Trotz oder gerade wegen seiner fülligen Gestalt wirkte er einschüchternd, wenn er – so wie jetzt – die Schultern zurücknahm und sich gerade aufrichtete.

Ironside hob entschuldigend die Hände, verbeugte sich mit betretenem Gesicht und trat einen Schritt zurück.

»Ich bitte um Verzeihung – das war taktlos von mir. Ich hatte keineswegs die Absicht, irgendjemandem zu nahe zu treten. Ich wünsche noch einen schönen Abend. Mrs. Lakeland. Mister Lakeland. Sir.«

Wortlos trat ihr Gatte beiseite und ließ den ungebetenen Besucher vorbei. Cassandra atmete auf.

Dennoch – wo kam ihr Ehemann so plötzlich her? Er hatte doch behauptet, an diesem Abend eine unaufschiebbare Verpflichtung zu haben. Was allerdings offensichtlich auch der Wahrheit entsprach, denn nun wurde Cassandra wieder bewusst, dass Messer Contarini noch immer vor der Loge stand und mit unbewegtem Gesicht zu ihnen hereinsah.

»Signori«, ergriff er nun in genau diesem Moment das Wort, »ich empfehle mich. Lagoterra, da Sie ja nun Ihre Frau Gemahlin ausfindig gemacht haben, überlasse ich Sie beide einer sicherlich anregenden zweiten Hälfte der Posse.«

Obwohl er eine Geste machte, die auf die Bühne hinwies, war es Cassandra unzweifelhaft klar, dass er in Wahrheit auf das anspielte, was sich nun – oder später – unweigerlich zwischen ihr und ihrem Mann abspielen musste. Doch ehe sie aus ihrer Sprachlosigkeit erwachen und eine Antwort geben konnte, hatte der Venezianer sich schon verbeugt und war gegangen. Der letzte Blick, den er ihr noch zuwarf, schien ihr wie eine Mischung aus Anerkennung und Aufmunterung zu sein. Doch sie konnte sich auch getäuscht haben, und es war vielleicht nur pure Verachtung für ihr unschickliches Verhalten gewesen.

»Was tun Sie überhaupt hier?«, entfuhr es ihr spontan an ihren Ehemann gewandt.

»Messer Contarini hat darauf bestanden, Sie kurz zu begrüßen. Nur um jetzt zu erfahren, dass Sie es vorgezogen haben, die Pause allein mit einem fremden Mann in der Loge zu verbringen.«

»Aber so war es doch gar nicht! Man hat mich ungeachtet meines Protestes einfach hier mit ihm zurückgelassen.«

Lakeland sah sie zunehmend finster an. »War das nicht ein gewisser Gentleman aus Ihrer Heimat?«, erkundigte er sich schroff.

»Sie wollten doch gar nicht herkommen«, wich sie der Frage aus, da er die Antwort ja offensichtlich schon kannte.

»Und das nehmen Sie zum Anlass, in meiner Abwesenheit ihrem ehemaligen Verehrer schöne Augen zu machen?«

»Das habe ich nicht!«, entrüstete sich Cassandra, doch er hörte anscheinend gar nicht zu.

»Ich schlage vor, Sie begleiten mich jetzt nach Hause.« Lakelands Miene war eisern: Er erwartete Gehorsam.

Sie hob trotzig das Kinn. »Ich ziehe es vor, zu bleiben. Das Stück gefällt mir und ich will noch nicht nach Hause.«

Sie sah seine Nasenflügel beben. »Wie Sie wünschen. Doch bedenken Sie: Ich werde Ihnen für den Rest des Abends Gesellschaft leisten.«

Cassandra zuckte tapfer die Achseln, so als wäre ihr das einerlei. Sie konnte ihm schließlich nicht verwehren, sich die zweite Hälfte des Stücks ebenfalls anzusehen. Und das tat er.

Als die Fondyces mit Zoey wiederkamen, zeigten sie sich nur mäßig überrascht über seine Anwesenheit. Gale lächelte entzückt und Eddie klopfte ihm jovial auf die Schulter.

»Sieh an, haben Sie es ja doch noch einrichten können, zu uns zu stoßen.«

Lakeland nickte, ohne eine Miene zu verziehen.

Mrs. Fullerton näherte ihren Mund Cassandras Ohr.

»Ich hatte dir doch gesagt, dass ich Ironside in der Stadt gesehen habe, Liebes. Du wolltest es mir nur nicht glauben.«

»Ja, bedauerlicherweise«, wisperte Cassandra zurück. »Aber das hätte mir die Begegnung gewiss auch nicht erspart.«

»Wohl kaum. Was ist passiert?«

»Mr. Lakeland hat ihn der Loge verwiesen.«

»Oh – das tut mir leid.«

»Muss es nicht.«

»Dann ist dein Gatte offensichtlich nicht erfreut.«

»Nein. Gar nicht.«

Die Lichter erloschen und Mister Lakeland nahm in dem freien Sessel schräg hinter seiner Gattin Platz. Cassandra war sich während der restlichen Aufführung seiner grimmigen Präsenz in ihrem Rücken bewusst. Obwohl es dunkel und sie sicher war, dass er kaum etwas erkennen konnte außer ihrer Silhouette, die sich gegen die

Bühnenbeleuchtung abhob, glaubte sie, die bohrenden Blicke ihres Mannes körperlich in ihrem Nacken zu spüren.

Er trug eine Aura des Zorns um sich, die beinahe mit Händen greifbar war, und Cassandra wunderte sich, dass dieser Umstand den anderen entgangen zu sein schien.

Die Anspannung wurde immer unerträglicher und Cassandra wünschte sich, sie hätte sich nicht wieder von ihrem Trotz beherrschen lassen, sondern sich stattdessen tatsächlich lieber für den Heimweg entschieden.

Kapitel 18

Cassandra fand sich schließlich allein mit ihrem Mann zu Hause im Blauen Salon wieder. Tante Zoey hatte sich sofort mit der Begründung, sie sei sehr schläfrig, zurückgezogen.

Um sich abzulenken, ging sie zu dem Tischchen mit den Karaffen und goss Brandy in zwei Gläser. Sie hatte zwar noch nie welchen probiert, aber irgendwann gab es bekanntlich für alles ein erstes Mal.

»Möchten Sie auch einen Schluck?«

Sie bereute sofort, ihm den Blick zugewandt zu haben, denn seine Miene war finster wie die Nacht und sie sah seine Kiefermuskeln mahlen.

»Was fiel Ihnen ein, mit diesem … Subjekt so schamlos zu flirten? Wie konnten Sie es wagen?«

Cassandra ließ das Glas sinken, das sie ihm entgegengestreckt hatte. Ihr war klar gewesen, dass sein Ärger nicht geringer geworden war, seitdem sie das Theater verlassen hatten, aber das Ausmaß seines Grolls irritierte sie umso mehr, als sie keine plausible Erklärung dafür fand.

»Liegt Ihnen daran, mich zum Gespött der Leute zu machen?«

»Ach – ist das die einzige Sorge, die Sie diesbezüglich haben?«, erkundigte sie sich mit bitterem Spott.

»Jedenfalls die einzige, die ich mit Ihnen teilen werde«, gab er barsch zurück.

»Das haben Sie nun getan.« Cassandra stellte das Glas, das sie ihm zugedacht hatte, zurück auf das Tablett, behielt ihr eigenes in der Hand und wandte sich ab. »Wenn Sie mir sonst nichts mehr weiter mitzuteilen haben, wünsche ich Ihnen eine angenehme Nachtruhe.«

Noch ehe sie die Tür erreicht hatte, hielt seine scharfe Stimme sie auf. »Unser Gespräch ist noch nicht beendet, Madam.«

»Ich bin müde, Sir.«

»Auf einmal? Das waren sie nicht, als dieser … Nichtsnutz Sie vorhin mit den Augen ausgezogen hat!«

»Sie vergessen sich, Mister Lakeland!«

»Und Sie, Madam, vergessen ebenfalls etwas: *Sie sind meine Frau!*«

Cassandra schnappte nach Luft. Das war es also: Jemand hatte es gewagt, seinen Besitzanspruch infrage zu stellen und sich seinem Eigentum zu nähern.

Und das, wo er doch meistens nicht einmal von ihrer Existenz Kenntnis nahm! Er drehte es sich also gerade so, wie er es gebrauchen konnte.

»Ach!« Sie reckte das Kinn.

»Ja – ach! Also erinnern Sie sich künftig daran. Ich missbillige ein solches Verhalten wie das Ihre am heutigen Abend aufs Äußerste.«

Das war genug.

Nein – es war zu viel!

»Tun Sie das?«

»Und wie ich das tue!«

Cassandra spürte heillosen Zorn in sich aufflammen. Sie schleuderte ihr Brandyglas, das sie mit in ihre privaten Räume hatte nehmen wollen, gegen die Wand. Ohne auf den Regen aus Tropfen und Splittern zu achten, stemmte sie die Hände in die Hüften und wandte sich zu ihm.

»Sie missbilligen? Dann hören Sie gut zu: Ich missbillige ebenfalls! Nämlich dass Sie auf den Gehorsam einer Ehe pochen, die nur auf dem Papier existiert und an die nur ich mich halten soll, während Sie weiterhin das Leben eines Junggesellen führen.«

Sie sah ihn schlucken. Als das Glas geflogen war, hatte er mit keiner Wimper gezuckt, jetzt verengten sich seine Augen zu schmalen Schlitzen.

»Das gibt Ihnen noch lange kein Recht, sich aufzuführen wie eine …« Er verstummte.

»Wie eine *was*? Cassandra erhob nun ebenfalls die Stimme. »Da scheinen Sie sich ja gut auszukennen!«

Er presste die Lippen aufeinander und schwieg, also fuhr sie ungebremst fort.

»Ich sehe und höre kaum etwas von Ihnen. Sie sind nie da. Und wenn Sie da sind, richten Sie kaum jemals das Wort an mich. Also was eigentlich wollen Sie von mir?«

War sie zu weit gegangen? In Lakelands Augen flackerte etwas auf, erlosch jedoch sofort wieder.

»Mäßigen Sie bitte Ihren Ton, Madam«, sagte er heiser. »Ich werde dasselbe tun.«

Cassandras Ärger fiel in sich zusammen. Es hatte keinen Zweck – diesen Mann konnte nichts aus seiner Lethargie reißen. Was war nur los mit ihm? Stets kontrolliert und in jeder Hinsicht … öde!

»Ja«, sagte sie müde und resigniert. »Mäßigung ist offensichtlich das Einzige, was Sie – im Gegensatz zu mir – wirklich gut beherrschen.«

Sie warf einen Blick auf den Schaden, den sie angerichtet hatte: Die Wandbespannung hatte dort, wo das schwere Glas aufgetroffen und zerborsten war, einen Riss davongetragen. Sie hörte, wie er sich räusperte, und senkte den Kopf.

»Verzeihen Sie. Ich wollte Sie nicht beleidigen. Es ist nur so, dass ich …« Sie brach ab und sah zu ihm hinüber.

Lakeland stand mit gesenktem Kopf und hängenden Armen keine zwei Schritte von ihr entfernt und schien um irgendetwas mit sich zu ringen. Seine Schultern waren noch weiter eingesunken.

»Sie haben mich vorhin Duke genannt«, sagte er so leise, dass sie ihn fast nicht verstand.

»Was?«

»In der Loge. Vorhin.«

»Ich … weiß nicht mehr. Habe ich das?« Verwirrt von dem plötzlichen Wechsel des Themas verschränkte sie die Hände ineinander. »Das muss ein Versehen gewesen sein. Ich wollte Ihnen sicher nicht zu nahetreten.«

Er sah so … verwirrt und unglücklich aus. Geradezu verloren. Eine Welle der Zuneigung ließ Cassandra einen Schritt auf ihn zu machen. Irgendetwas bedrückte diesen

Mann, da war sie überzeugt, doch er war offensichtlich zu stolz oder auch zu eigensinnig, seinen Kummer mit ihr zu teilen. Und zu unbeholfen, sich auf direkte Weise zu äußern. Aber nun war er es, der einen Schritt in ihre Richtung tat.

»Es … würde mich nicht stören, wollten Sie mich künftig so nennen.«

»Nein?« Cassandras Puls ging schneller.

»Nein. Durchaus nicht.«

»Nun gut«, meinte sie zögernd und ein wenig atemlos, da sich der Abstand zwischen ihnen wieder kaum merklich verringert hatte. »Ich könnte mich meinerseits mit dem Gedanken anfreunden, wenn Sie mich Cassandra nennen möchten.«

»Das … würde ich gern tun.«

Es war kaum noch Raum zwischen ihnen. Cassandras Herz galoppierte in einem wilden Rhythmus davon und nahm ihre Selbstbeherrschung mit sich. Wie von allein legten sich ihre Hände zaghaft auf seine Brust. Sie spürte, wie er zuerst zurückzuckte, doch dann fuhr er sachte mit der Rückseite seiner Finger über ihre Wange und legte seine andere Hand auf ihre Rechte.

»Cassandra also«, murmelte er.

»Ja, Duke.« Sie ließ den Kopf nach vorne sinken und lehnte die Stirn an seine Wange.

Wieder war da dieser überwältigende Duft, den sie nun schon so gut kannte und der untrennbar zu ihm zu gehören schien. Und der ihr auf eine magische Weise die Knie weich werden ließ.

Sie musste sich an ihn lehnen, um nicht zu schwanken. Seine Lippen streiften ihre Schläfe, sehr langsam und hauchzart – kaum spürbar, und doch taten sie es. Sein Atem ging jetzt ebenfalls schneller, als sein Mund über ihre Wange strich wie ein Windhauch und sich dem ihren näherte.

Die aufwallende Hitze in ihrem Innersten ließ Cassandra erstaunt keuchen, und ohne dass sie es verhindern konnte, zwang ihr Instinkt sie dazu, sich an ihn zu drängen.

Er antwortete mit einem heiseren Laut, der sie die Finger in den Stoff seiner Jacke krallen ließ. Seine Leibesfülle fühlte sich nicht unangenehm an, sondern gab ihr das Gefühl vertrauter Sicherheit. Immer enger drängte es sie zu ihm hin. Sie hob ihm das Gesicht entgegen, begegnete seinen zaghaft suchenden Lippen, die sich zögernd auf ihre legten. Ihre Hände glitten weiter nach oben, legten sich um seinen Nacken, ihre Brüste pressten sich gegen seine Weste. Die Knöpfe drückten sich durch den dünnen Stoff ihres Kleides und rieben fast schmerzhaft an ihrer zarten Haut, doch sie achtete nicht darauf, sondern verstärkte den Druck gegen seinen Körper, bis sie seine Härte an ihrem Bauch spürte.

Duke löste seine Lippen von ihren und stöhnte gequält auf. Das Gefühl der Kälte auf ihrem Mund schickte eine Welle der Enttäuschung durch Cassandras Sinne, so als hätte sie seine folgende Reaktion vorhergeahnt.

Er hob beide Hände an seinen Nacken, umfasste ihre Handgelenke, zog sie nach unten und hielt sie mit ausgestreckten Armen von sich. Dann ließ er sie los und trat mit einem knurrenden Laut einen großen Schritt zurück.

Cassandra sah ihn fassungslos an. »Was …?«

»Nein«, grollte er mühsam. »Nein. Das ist weder die Zeit noch der Ort dafür, dass wir uns dergestalt vergessen dürften.«

Sie musste ein aufsteigendes Schluchzen der Ernüchterung mit der Hand unterdrücken. Unter ihren Fingerspitzen meinte sie noch immer, das zarte Prickeln seines Kusses auf der Haut ihrer Lippen zu spüren.

»Aber warum …«

»Es geht nicht.« Er räusperte sich. »Ich bitte um Vergebung, Madam. Das hier hätte nicht geschehen dürfen.«

»Hätte es nicht«, wiederholte Cassandra tonlos. Dann endlich erwachte sie aus ihrer Erstarrung, wandte sich um, lief wie von Furien gehetzt aus dem Salon und die Treppe nach oben in ihr Schlafzimmer.

Duke sah ihr schwer atmend hinterher.

Warum in drei Teufels Namen hatte er sich nur erlaubt, sich so gehenzulassen? Wie hatte er nur so die Kontrolle verlieren können?

Wenn er überhaupt noch etwas, irgendetwas an dieser gesamten Situation, die sich immer weiter zu verfahren drohte, retten wollte, dann musste er sich eingestehen, dass es pure Eifersucht war, die ihn zu beherrschen begann. Als er seine Frau, die ihm mit jedem Tag schöner und begehrenswerter erschien, in der Loge mit diesem anderen Mann vorgefunden hatte, hätte er diesen am liebsten über die

Brüstung gestoßen. Ihm war schnell klar gewesen, wen er vor sich hatte, und das hatte alles noch schlimmer gemacht.

Die Vorstellung, wie Cassandra in diesen Armen liegen könnte, wie der andere sie küsste, wie sie lachten – am Ende auch über ihn? – und miteinander schäkerten, hatte ihm die Laune gründlich verdorben.

Im schwachen Schimmer der Bühnenbeleuchtung hatten ihre Schultern und ihr Dekolleté verführerisch geschimmert, und er hatte Mühe gehabt, seine begierigen Finger bei sich zu behalten. Mühe, nicht seine Lippen auf diese zarte Haut zu pressen, mit beiden Händen darüberzustreichen und in Besitz zu nehmen, was eigentlich ohnehin ihm gehörte.

Was er aber unmöglich tun konnte.

Nicht tun durfte!

Und doch – das sollte auch kein anderer.

Auf keinen Fall.

Duke atmete tief ein.

Verflucht – er begehrte seine Frau!

Das veränderte alles. Und es durfte nicht sein.

Noch immer kämpfte er mit der Erregung, die ihr Körper so nah an dem seinen in ihm ausgelöst hatte. Verflucht, verflucht, verflucht!

Er war nahe daran gewesen, sie sich zu nehmen, jetzt, hier, in diesem Raum, seinetwegen auch auf dem kleinen Kanapee …

Nein, das ging zu weit. Sie war – das stand zumindest zu vermuten – noch immer unberührt, und er … Nein!

Er zog mit einer entschiedenen Bewegung seine Weste zurecht. Der Stoff spannte unangenehm über dem üppigen Bauch. Entweder hatte sich der Schneider bei dem neuen Anzug mit den Maßen getäuscht, oder … Ihm wurde schmerzlich bewusst, dass Cassandra mehr und mehr zu einem Risiko für ihn und seine Geschäfte wurde.

Er musste eine Entscheidung treffen, und zwar bald.

Am besten noch heute Nacht. Doch dazu musste er seine Gedanken klären, und das fiel ihm zunehmend schwer bei der Erinnerung an ihren anschmiegsamen, willigen Körper. Nur mit klarem Kopf würde er fähig sein, eine der Situation angemessene Entscheidung zu treffen.

Entschlossen verließ er den Salon. Wenig später fiel das Eingangsportal der Ca' Dolfin hinter ihm ins Schloss. Er wandte sich zur Seite, ging durch die schmale Gasse neben dem Nachbarhaus und überquerte die Brücke über den Kanal.

Einem Impuls folgend blieb er am Ende der Brücke stehen und wandte sich um. Er sah an der Fassade seines Hauses empor, und tatsächlich – dort oben, in einem Fenster im zweiten Stock bewegte sich etwas. Ein Schemen nur, doch er wusste, das war sie.

Einen Moment lang kreuzte er den Blick mit der verschwommenen Gestalt hoch oben, dann drehte er sich um und setzte eilig seinen Weg fort.

Seine Aktivitäten durften auf keinen Fall unter dem Einfluss leiden, den diese Frau so überraschend auf ihn auszuüben begann. Kurz darauf klopfte er mit einem bestimmten Rhythmus an die hölzerne Pforte des unauffälligen Hauses. Die Tür öffnete sich. Helles Licht, Stimmengewirr schlugen ihm entgegen.

»Ach, unser englischer Freund«, sagte eine joviale Männerstimme lachend. »Wir haben lange nichts mehr von Ihnen gesehen. Kommen Sie herein – ich kenne da ein oder zwei Mädchen, die Sie bestimmt schon sehnlichst vermissen …«

Cassandra zögerte das Aufstehen so lange hinaus, dass Eve besorgt zu ihr kam und ihr eine kühle Hand auf die Stirn legte, um zu prüfen, ob sie etwa Fieber hätte.

»Nein Madam, Ihre Temperatur fühlt sich durchaus normal an«, urteilte sie erleichtert. »Fühlen Sie sich nicht wohl? Haben Sie Schmerzen? Tut Ihnen irgendetwas weh?«

Nichts Wichtiges. Nur mein Stolz. Aber natürlich sagte sie das nicht. »Nein, es ist alles in Ordnung«, wich sie mit schwacher Stimme aus. »Ich war nur furchtbar müde nach dem langen gestrigen Abend.«

»Oh, das kann ich verstehen«, plauderte Eve weiter, die nun weit ruhiger wirkte als zuvor. »Mister Lakeland sah auch nicht gerade erfrischt aus, als er zum Frühstück erschien.«

Cassandra verbiss sich mit einiger Mühe die Frage, wann ihr Gemahl denn nach Hause gekommen sei.

»Ist Mister Lakeland noch im Salon?«, erkundigte sie sich stattdessen wie nebenbei.

Denn falls ja, würde sie heute lieber auf ihren geliebten Tee verzichten.

Oder ihn sich mit Kopfschmerzen als Ausrede ans Bett bringen lassen.

»Nein, er ist bereits in geschäftlichen Angelegenheiten unterwegs«, ließ Eve sie arglos wissen.

»Gut.« Ihre Erleichterung war wohl zu hörbar gewesen, denn Eve warf ihr einen befremdeten Blick zu. »Ich meine, gut, dass es mit seinen Geschäften offenbar trotz des Krieges auf dem Festland weitergeht«, setzte sie hastig hinzu.

Eve nickte, und wenn sie die Finte bemerkt haben sollte, so tat sie zumindest so, als hätte sie das nicht.

Cassandra ließ sich bei der Morgentoilette helfen und ging dann – im Bewusstsein der Abwesenheit ihres Gemahls schon etwas unbefangener – nach unten in den Speisesalon. Wie sie erwartet hatte, war sie um diese Uhrzeit allein, immerhin war es fast Mittag. Wieder lockte sie nur Tee, nicht einmal zu Toast konnte sie sich durchringen.

So war sie in trübe Gedanken versunken, als Mrs. Fullerton eintrat, die offensichtlich auf der Suche nach ihr gewesen war. »Da bist du ja, mein Liebes! Ich wollte nicht ausgehen, ohne dich zuvor kurz gesprochen zu haben.«

Sie küsste ihre Nichte auf beide Wangen und setzte sich dann auf einen Stuhl ihr gegenüber.

»Was gibt es denn, Tante Zoey?«, erkundigte sich Cassandra, während sie vorsichtig an ihrem heißen Tee nippte.

»Nun ja, weißt du … es ist so: Maurice und ich, also ich meine natürlich Seine Gnaden, der Marquess, wir haben festgestellt, dass wir sehr gut harmonieren.«

Cassandras Sinn für Humor kehrte zurück. »Ach, tatsächlich?«, erkundigte sie sich gespielt überrascht. »Darauf wäre ich in hundert kalten Wintern nicht gekommen.«

»Ja doch, tatsächlich«, bestätigte Zoey mit einem vergnügten Funkeln in den Augen. »Ich hätte ja selbst niemals gedacht, dass es jemals wieder einen Mann in meinem Leben geben würde, nachdem mein lieber Mister Fullerton – Gott hab ihn selig – damals so früh verstorben ist. Aber nun ist es wohl dennoch geschehen …«

Cassandra beugte sich über den Tisch und legte ihrer Tante kurz eine Hand auf den Arm.

»Weißt du, es ist wirklich berührend, euch zuzusehen. Und ich freue mich von Herzen und aufrichtig für euch beide.«

»Danke, Liebes. Was ich damit sagen will«, fuhr Mrs. Fullerton fort, »ist, dass ich künftig noch mehr Zeit außerhalb dieses Hauses weilen werde. Der Marquess wird mich morgens abholen und erst abends wieder zurückbegleiten, weil wir möglichst viel Zeit miteinander verbringen wollen.«

»Ich verstehe«, sagte Cassandra und unterdrückte ein Gefühl der Verlorenheit.

»Wir sind beide nicht mehr die Jüngsten, weißt du? Daher haben wir uns entschlossen, einfach dieses späte Glück, das uns beiden so unerwartet in den Schoß gefallen ist, beim Schopf zu packen und es nicht mehr loszulassen.«

»Das finde ich nur vernünftig«, zwang sich Cassandra zu antworten.

Ein erleichtertes Lächeln erhellte das Gesicht ihrer Tante, und sie schämte sich dafür, dass sie tief in ihrem Innersten über diese Nachricht enttäuscht war. So zwang sie sich zu einer freundlichen Miene, als ihre Tante sich erhob, um sich von ihr zu verabschieden.

»Heute will Maurice mit mir hinüberfahren auf den Lido«, sagte sie. »Dort soll es einen wunderbar feinen Sandstrand geben, an dem man herrlich spazieren gehen kann.«

»Ich wünsche euch viel Vergnügen, liebe Tante. Und pass auf dich auf.«

»Das werde ich, mein Kind, das werde ich.«

So schwungvoll, wie Cassandra sie in all den Jahren noch nie erlebt hatte, wehte Zoey Fullerton aus dem Raum und sie hörte sie ein Lied trällern, als sie die Treppe hinunterlief.

Mit Entsetzen stellte Cassandra fest, dass ihre Wangen feucht wurden. Sie liebte ihre Tante aufrichtig, und hatte ihre Gesellschaft weit mehr genossen, als es ihr selbst bewusst gewesen war. Sich nun allein in diesem riesengroßen Haus wiederzufinden – und das wäre sie, wenn ihre Tante nur noch die Nächte hier verbrächte –, versetzte sie in einen Zustand irrationaler Panik.

Cassandra Lakeland wurde klar, dass ihr graue Zeiten bevorstanden. Mitten hinein in ihre triste Stimmung platzte Bells, der ihr ein Kärtchen überreichte.

»Mrs. Fondyces Bote wartet auf Antwort.«

Sie faltete das Kärtchen auseinander und las:

Meine liebe Freundin,

wir hatten gestern keine Zeit mehr, uns gebührend voneinander zu verabschieden. Was denken Sie: Wollen wir das heute nachholen? Haben Sie Lust, etwas zu unternehmen? Wollen wir eine Ausfahrt machen und ich schicke Ihnen meinen Gondoliere? In der Hoffnung, keine abschlägige Antwort von Ihnen zu erhalten, verbleibe ich

mit den allerherzlichsten Grüßen

Ihre Gale Fondyce.

Cassandra brauchte nicht eine Sekunde lang zu überlegen. Schon jetzt hörte sie die Einsamkeit mit großer Eindringlichkeit an ihre Tür pochen. Zumindest für diesen Nachmittag würde sie dem unliebsamen Gast entgehen können. Sie sprang auf und wandte sich noch im Gehen an den Butler.

»Richten Sie dem Boten aus, dass ich ihn sofort zu Mrs. Fondyce begleiten werde, Bells. Er soll auf mich warten, ich bin in einer Minute ausgehbereit.«

Der Butler nickte würdevoll und wandte sich zur Tür, um ihre Mitteilung zu bestellen, während Cassandra in ihr Schlafzimmer hinaufrannte, um Hut, Schirm und Handschuhe zu holen.

Eve war gerade dabei, ihr Theaterkleid auf einen Bügel zu hängen, und riet ihr, nachdem sie von Cassandras Plänen erfahren hatte, für alle Fälle auch noch ein feines Halstuch mitzunehmen, um sich vor der Sonne zu schützen.

Nur wenige Atemzüge später war Cassandra auf dem Weg zu ihrer neuen Freundin.

Kapitel 19

Es war Cassandra von vornherein klar gewesen, dass Gale nur einen flüchtigen Blick auf ihr Gesicht zu werfen brauchte, um mehr als nur zu erahnen, dass es mit ihrem seelischen Gleichgewicht an diesem Tag nicht zum allerbesten stand. Als hätte sie es erwartet, zeigte sie sich nicht im Mindesten überrascht, dass Cassandra gleich persönlich gekommen war.

»Oh weh, liebe Freundin«, meinte sie mitfühlend, »ich glaube, heute brauchen wir tatsächlich ein wenig Abwechslung.«

»Sie sagen es«, murmelte Cassandra noch immer unter dem Eindruck von Zoeys Eröffnung und der harschen Zurückweisung durch ihren Ehemann. »Was also schlagen Sie vor?«

»Eine Gondelfahrt auf dem Canal Grande«, antwortete Gale spontan und mit so viel Verve, dass Cassandra gar nicht auf die Idee kam, zu widersprechen.

Sie ließ sich widerstandslos in Gales schon bereitstehende Gondel verfrachten und die beiden Damen brachen unverzüglich auf. Ihr Weg zum Canal Grande führte sie durch ein Gewirr schmaler Kanäle, die teilweise gerade genug Wasser führten, dass das Gefährt passieren konnte.

Einzelne trockengefallene Stellen riefen Cassandra wieder in Erinnerung, was neben all den anderen teils störenden, teils deprimierenden Vorgängen in ihrem Leben noch geschehen war.

»Haben Sie es schon gehört? Man hat Signor Pasquale tot aufgefunden.«

»Ihren Cicisbeo?«, fragte Gale mit einem entsetzten Unterton in der Stimme.

»Sie wissen, dass er das nicht war.«

»Ich weiß, verzeihen Sie. Tot, sagen Sie? Aber – wie ist das denn passiert?«

»Mister Lakeland sagt, er sei mit einer Stichwunde in einem Kanal gefunden worden, aber das war vor etwa einer Woche und seitdem habe ich nichts Neues mehr gehört.«

»Wie schrecklich! Der arme Kerl.«

»Ja«, seufzte Cassandra. »Auch wenn ich mich ihm nicht sonderlich nah fühlte, so war er doch recht … originell.«

Gale warf ihr einen raschen Blick zu, während sie den Griff ihres Schirms zwischen den Fingern drehte.

»Ich nehme aber trotzdem an, dass das nicht der Grund ist, weshalb Sie heute aussehen, als wäre Ihr Lieblingsäffchen gestorben.«

Cassandra runzelte die Stirn. Sie gehörte nicht zu jenen extravaganten Damen der Gesellschaft, die sich wilde Kreaturen als Haustiere hielten – die sollten ihrer Meinung nach da bleiben, wohin sie gehörten: in Freiheit.

Gale hatte aber natürlich recht.

Nur konnte sie ihr unmöglich den wahren Grund dafür nennen.

»Mrs. Fullerton hat mir heute eröffnet, dass ich künftig noch viel öfter als ohnehin schon auf ihre Gesellschaft werde verzichten müssen«, sagte sie düster. »Ich freue mich für sie und den Marquess, aber … für mich bedeutet das, dass ich noch mehr allein sein werde, als dies bisher schon der Fall ist.«

»Etablieren Sie einen Salon.«

Cassandra starrte sie fassungslos an. »Wie darf ich das verstehen?«

»Laden Sie jeden Freitag ab der Mittagsstunde Künstler, Philosophen, Dichter und Denker in Ihr Haus ein. Möglichst solche, die sich gegenseitig nicht besonders grün sind. So haben Sie Aussicht auf treffliche Streitgespräche und viel Kurzweil.«

Cassandra runzelte zweifelnd die Stirn. »Die Idee gefällt mir zwar«, befand sie. »Aber trotzdem – wo finde ich diese Herrschaften?«

»Ich kann Ihnen ein paar Kontakte verschaffen, wenn Sie das möchten. Oder noch viel einfacher: Sie fragen Mister Lakeland. Er kennt unendlich viele Menschen hier in Venedig.«

»Ich würde es vorziehen, wenn Sie mir diese Kontakte herstellen könnten«, wich Cassandra aus und fand sich wieder einem prüfenden Blick ausgesetzt.

Gale Fondyce schien zu ahnen, dass nicht – oder zumindest nicht nur – die Neuigkeit ihrer Tante für die trübe Stimmung gesorgt hatte. Allerdings war nach dem gestrigen Abend auch keine Glaskugel nötig, um zu erraten, dass in der Ca' Dolfin der Haussegen schief hing. Die Luft in der Loge war zum Schneiden dick gewesen, und das keineswegs nur wegen der sommerlichen Temperaturen.

Cassandra tat für den Moment so, als hätte sie Gales fragenden Blick nicht bemerkt, lehnte sich in der bequemen, gepolsterten Samtbank der Gondel zurück und korrigierte die Position ihres Sonnenschirmes, um ihr Gesicht vor den Strahlen zu schützen. Sie hatten soeben den schmalen Rio verlassen und waren in den Canal Grande eingebogen. Schlagartig empfing sie lebhaftes Treiben.

Die Wasserfläche war voller Boote, Kähne und Gondeln. Waren wurden hin und her transportiert, an den Kais be- oder entladen; Händler hetzten von Termin zu Termin; Handwerker fuhren ihre Werkzeuge und Materialien zu den Baustellen, die ihrer harrten; und entlang der Wasserlinie reihten sich an beiden Ufern die reich verzierten, luxuriösen Paläste der wohlhabendsten Familien der Republik aneinander.

»Der Schein trügt«, bemerkte Gale, die Cassandras Blicken gefolgt war. »Ich weiß, dass etliche der ehemals reichsten Familien dieser Stadt am Hungertuch nagen und ihre Festtagsroben nur samstags für den Kirchgang am Tag des Herrn aus der Pfandleihe auslösen können. So es dafür noch reicht. Viele Paläste stehen auch leer – sehen Sie?«

Sie wies mit der Hand auf einen der Palazzi, dessen Fensterläden allesamt verrammelt waren.

Ein deprimierendes Bild.

»Aber warum?«

»Sie verdienen nicht mehr genug. Die goldenen Zeiten der Serenissima sind längst Geschichte. Andere Handelswege, mehr Konkurrenz. Wer seinen teuren Wohnsitz nicht rechtzeitig veräußern konnte oder wollte, kann es sich nicht mehr leisten, ihn angemessen zu unterhalten. Vom Personal mal ganz abgesehen. Sie dürften ja selbst bemerkt haben, was für ein Heer von Dienern nötig ist, um einen Haushalt wie den Ihren am Laufen zu halten.«

»Allerdings habe ich das bemerkt.« Cassandra gestand sich einen kurzen Moment zu, über die offensichtlich glänzenden Vermögensverhältnisse ihres Gatten erleichtert zu sein.

Gale neigte sich zu ihr und senkte die Stimme. »Man erzählt sich sogar, dass nicht nur ein Ratsherr seine Stimme im Parlament an irgendeinen reichen Kohle- oder Ölhändler verkauft habe, um wieder etwas flüssiger zu werden.«

»Ein trauriger Gedanke.«

Und durchaus passend zu ihrer Stimmung, stellte Cassandra insgeheim fest.

»Allerdings. Dabei sind sie immer noch so stolz wie eh und je und wollen um jeden Preis den Schein wahren. So geht mancher Ehemann Woche für Woche ins Ridotto, um zu spielen und sich … anderweitig zu vergnügen, dabei sitzt seine Frau zu Hause bei Wasser und Brot und in Leinen statt in Seide und Brokat, weil er es seinem Ruf schuldig ist, sein Geld zu den Huren zu tragen, um als reicher Mann zu gelten.

»Ins Ridotto?«, erkundigte sich Cassandra, der unwillkürlich wieder zu Bewusstsein gekommen war, zu welch später Stunde Lakeland das Haus verlassen hatte.

»Ein Freudenhaus«, gab Gale unverblümt Auskunft, und Cassandra spürte, wie ihre Wangen zu glühen begannen und ein dunkler Klumpen kalter Eifersucht sich in ihrem Magen zusammenballte. »Aber denken Sie jetzt nicht, dass ich darüber genauer Bescheid wüsste. Ich habe noch nie eins von innen gesehen. Aber ein Ridotto ist nicht nur ein Freudenhaus. Es ist auf venezianische Weise wohl etwas Ähnliches wie die Londoner Herrenclubs. Sie vergnügen sich bei allerlei Glücksspielen, trinken und rauchen und lästern über andere. Nur dass dort keine Frauen Zutritt haben, hier allerdings sehr wohl.«

»Offensichtlich«, murmelte Cassandra.

Gale ließ eine Hand über den Rand der Gondel baumeln und tauchte ihre Finger ins Wasser.

»Hmm«, machte sie verträumt. »Es ist wohltuend kühl. Versuchen Sie mal.«

Cassandra tat, wie ihr geheißen, zog einen Handschuh aus und tauchte mit den Fingerspitzen ins Wasser. Es war, wie Gale gesagt hatte, ein angenehmes Gefühl. Als sie gegen etwas stieß, zog sie mit einem Schreckenslaut die Hand wieder heraus und sah sich nach dem Hindernis um. Ein halber Kohlkopf torkelte in ihrem Kielwasser und wurde rasch kleiner.

»Ja, das kann natürlich passieren«, gab Gale zu und hielt ihre Hand in den Fahrtwind, um sie zu trocknen. »Und jetzt sagen Sie mir mal ganz ehrlich, warum Sie so unglücklich sind. Ist es wegen gestern Abend? Oder gibt es noch einen anderen Grund?«

»Wie … Warum … Aber wie kommen Sie nur darauf?«, stotterte Cassandra verdattert, ohne nachzudenken.

Gale legte ihr eine Hand auf den Arm. »Meine liebe Freundin, für wie dumm oder wahlweise blind halten Sie mich eigentlich?« Trotz der scharfen Worte klang ihr Tonfall gutmütig, eher mitfühlend. »Die ganze Atmosphäre war nach dem Erscheinen ihres Gatten so aufgeladen, dass ein Funke genügt hätte, um das gesamte Theater in Brand zu stecken.«

Cassandra spürte, wie bei der Erinnerung an den vergangenen Abend wieder brennender Druck hinter ihren Augäpfeln entstand. Die Tränen, die sie sich als Schwäche verbot, drängten gnadenlos ans Tageslicht.

»Nun ja«, murmelte sie, als sie wieder sprechen konnte. »Das Erscheinen unseres Bekannten hat Mister Lakeland nicht amüsiert.«

Gale richtete sich abrupt auf und drehte sich frontal zu ihr. »Er ist doch nicht etwa … handgreiflich geworden?«, fragte sie, ganz personifizierte Entrüstung.

»Aber nein!«, wehrte Cassandra ab und ehe sie sich mäßigen konnte, schob sie noch etwas hinterher, das einen tiefen Einblick in ihre Gemütsverfassung zu geben geeignet war. »Fast möchte ich, er würde es. Das würde zumindest bedeuten, dass er mich zur Kenntnis nimmt.«

»Ich rate Ihnen zur Vorsicht mit dem, was Sie sich da wünschen«, ermahnte Gale sie ernst. »Sie würden es im Ernstfall gewiss besser finden, er ignorierte Sie stattdessen. – Nein, ich spreche nicht aus eigener Erfahrung«, klärte sie auf, als sie Cassandras entsetzten Blick sah.

»Verzeihen Sie. Es war tatsächlich sehr dumm von mir, das zu sagen.«

Gale schien zu überlegen.

»Mister Lakeland ist also unaufmerksam, nicht gewalttätig«, resümierte sie schließlich und richtete den Blick wieder auf Cassandra.

Diese konnte sich zu keiner Antwort durchringen. Obwohl sie es sich unsäglich wünschte, sich ihren Kummer von der Seele zu reden, kam es ihr wie Verrat an ihrem Ehemann vor, intime Details aus ihrem Zusammenleben auszuplaudern. Wobei – welche gab es da überhaupt? Oder war bereits deren komplettes Fehlen eines von ihnen?

»Sie sind in ihn verliebt, nicht wahr?«, platzte Gales Stimme scharf in ihre Grübelei.

»Ich … Nein, natürlich …« … *nicht*, hatte sie sagen wollen, doch ihre Stimme versagte.

»Dachte ich es mir doch«, entgegnete Gale halblaut und klang ziemlich zufrieden.

Cassandra war wie vor den Kopf geschlagen und suchte hilflos Gales Blick, doch die betrachtete konzentriert die beiden Säulen auf der Piazzetta San Marco, die seitlich von ihnen auftauchte.

So versuchte sie für sich, ihre Gedanken – und mehr noch: ihre Gefühle – zu ordnen.

War sie verliebt?

Möglich.

Sie wollte in seiner Gesellschaft sein; wünschte sich, dass er ihr seine Aufmerksamkeit schenkte, sie ansah, mit ihr sprach. Sie berührte. Sie umarmte.

Sie küsste!

»Nun?« Gale fand wohl, sie habe ihr genug Zeit gelassen. »Wie lautet Ihre Antwort?«

»Aber er ist … langweilig. Und fürchterlich wortkarg und unbeholfen. Und oft abwesend – geistig wie körperlich. Und körperlich … nun ja, Sie kennen ihn ja selbst … Er ist … etwas stämmig.«

»Ja, ich kenne ihn. Er ist ein wenig füllig und er hat faszinierend schöne Augen und einen Mund zum Niederknien und ein Lächeln, das die Sonne aufgehen lässt, wenn er es denn einmal zeigt! Gott – was ein Mann mit diesem Mund alles anstellen könnte!«

»Gale!«

»Ach was.« Sie machte eine wegwerfende Handbewegung. »Wir sind doch zwei erwachsene Frauen.«

»Wie wahr«, murmelte Cassandra.

»Sehen Sie! Außerdem kann es durchaus angenehm sein, sich an einen großen Bären anzulehnen, denke ich. Mein Eddie ist da ja eher ein Leichtgewicht.« Sie schmunzelte verliebt in sich hinein.

Cassandra seufzte. »Ja«, gestand sie dann zuerst sich, dann Gale ein. »Ja, ich habe mich in ihn verliebt. Wenn er lächelt, dann geht mir das Herz auf, und wenn er leise mit mir spricht …«

Die Erinnerung an geflüsterte Worte stieg in ihr empor, ließ einen Schauer über ihren Rücken, ihre Arme wandern.

Unwillkürlich berührte sie ihre Lippen mit den Fingerspitzen. Hitze drängte sich zwischen ihre Schenkel und sie gab ein winziges Keuchen von sich.

»Ich weiß, was Sie meinen, meine Teure«, wisperte Gale, ließ den Kopf zurücksinken und schloss die Augen. »Ich brauche auch nur an Tiger zu denken, und schon …«

Ein Rumpeln, verbunden mit einem heftigen Ruck. Der Gondoliere feuerte ein Stakkato von Silben ab, so dass Cassandra die Worte sofort als Flüche erkannte. Sie wurden von ebensolchen aus geringer Entfernung beantwortet und die beiden Frauen unsanft aus ihren frivolen Gedanken gerissen.

Sie hatten einen Lastkahn gestreift und dabei Glück gehabt, dass ihr Bootsführer ein Kentern hatte vermeiden können.

Als sie wieder in ruhigeres Fahrwasser gelangt waren, setzte sich Gale bequem zurecht.

»Wenn ich Sie also richtig verstehe, dann zeigt sich Mister Lakeland Ihren Reizen gegenüber … immun.«

»So ist es«, würgte Cassandra hervor und spürte, wie ihr die Schamesröte die Wangen färbte.

»Hmm … Darüber muss ich nachdenken – es ist inakzeptabel. Ganz grässlich. Geradezu infam. – Ich werde mit Eddie sprechen …«

»Nein, aber um Himmels willen! Bitte, Gale, Sie stürzen mich in die größte Peinlichkeit!«

»Keine Sorge, ich stelle es geschickt an. Eddie kennt Marmaduke gut und weiß vielleicht Rat, wo das Problem liegen könnte.«

»Bestimmt hat er eine Geliebte, die viel schöner ist als ich«, spekulierte Cassandra bitter.

»Aber nein.« Gale fächelte sich eifrig Luft zu. »Abgesehen davon, dass es schwierig sein dürfte, Sie hierin zu übertreffen, glaube ich das wirklich nicht. Und zum anderen lässt ein Mann doch niemals freiwillig eine Gelegenheit zum Beischlaf aus, wenn er sie denn schon frei Haus geboten bekommt. Und jeder von ihnen wünscht sich dringend einen Erben, wissen Sie? So ein kleines Abbild seiner selbst, in dem er seine Eitelkeit spiegeln kann.«

Cassandra musste lachen. Der Gedanke an einen Marmaduke Lakeland in reduzierten Ausmaßen war zu grotesk.

»Oh Gale – meine Laune hat sich schon bei weitem gebessert!«

Das bescherte ihr ein erfreutes Lächeln. »Wie schön.«

Ein Windstoß lenkte Cassandras Aufmerksamkeit auf Gales unbedecktes Haupt. Die kurzen Strähnen ihres Igelschnitts glänzten in der Sonne.

»Ich möchte auch so kurze Haare haben«, rief sie spontan aus und erkannte, dass dieser Wunsch tatsächlich in ihr gereift war.

»Oh ja – fantastisch!« Gale klatschte begeistert in die Hände und ließ beinahe das Schirmchen ins Wasser fallen. »Bei Ihrem wunderschönen Haar und diesen feinen Gesichtszügen – unwiderstehlich würde ich sagen.«

»Dann ist es also entschieden«, gab sie leichthin von sich.

»Gut. Sehr gut. – Wann?«

»So schnell wie nur irgend möglich. Am liebsten sofort.«

Gales Lächeln geriet zu einem breiten Grinsen. »Dann lassen Sie es uns tun, meine Liebe, ehe Sie es sich gar noch anders überlegen könnten. Ich bringe Sie auf der Stelle mit meinem Coiffeur zusammen.«

Kapitel 20

Marmaduke Lakeland saß in seinem Arbeitszimmer im Zwischengeschoss und hatte Mühe, sich zu konzentrieren.

Er fühlte sich entsetzlich elend und verfluchte den Umstand, der ihn im Verlauf der Nacht zu tief in verschiedenste Gläser hatte schauen lassen.

Sein überstürzter Besuch im Ridotto hatte ihm in keinerlei Hinsicht das bieten können, was er sich erhofft hatte. Dabei hatte er es in den letzten Jahren regelmäßig und auch gern zu allerlei Zwecken aufgesucht, die es für einen alleinstehenden Mann seines Alters und Standes bereithielt. Besagte Mädchen hatten ihn erwartet und mit der ihnen eigenen Freizügigkeit begrüßt.

Auch seine Besonderheit, sich niemals, auch nicht bei den intimsten Aktivitäten, seiner Kleidung zu entledigen, und sich nicht anfassen zu lassen, war ihnen natürlich erinnerlich gewesen. Sie hatten alles versucht, ihn zu den zwischen ihnen üblichen Spielen zu bewegen, doch nichts hatte gefruchtet.

Er hatte sich nicht überwinden können, mit den Frauen intim zu werden. So hatte er sich stattdessen ein paar Gläser Wein und auch Stärkeres gegönnt und irgendwann beinahe fluchtartig das Etablissement verlassen.

Wie der Teufel es gefügt hatte, war auch keiner seiner üblichen Gesprächspartner anwesend gewesen, sodass kein Fachsimpeln, kein Zusammentragen von Informationen und auch kein Analysieren der aktuellen politischen und wirtschaftlichen Situation möglich gewesen waren.

Nichts.

Nur Langeweile, unterschwellige Erregung, die sich nicht mehr an diesem Ort ausleben wollte, und eine nagende Unruhe, wenn er an seine Frau und ihren wie aus dem Nichts aufgetauchten Verehrer dachte.

Verflucht – was war er eifersüchtig gewesen!

Wieder kam ihm dieser Umstand schmerzlich zu Bewusstsein und er schüttelte über sich selbst den Kopf.

Das hätte er besser unterlassen sollen, denn dieser verübelte es ihm bedauerlicherweise hartnäckig, dass er seine Enttäuschung über den Verlauf des Abends zu ertränken versucht hatte.

Und noch etwas nagte an ihm.

Seine Gattin war laut Bells' Aussage bereits seit dem frühen Nachmittag mit Mrs. Fondyce unterwegs. Er schätzte die junge Schottin ebenso sehr wie ihren Mann, aber er kannte sie auch als einfallsreiche und nicht immer ernsthafte Person. Außerdem führte sie mit ihrem Mann eine reichlich unkonventionelle Ehe. Was, wenn Cassandra sich in dieser … heiklen Situation, dieser angespannten Gemütslage zu irgendeiner leichtsinnigen Handlung inspirieren ließ?

Er machte sich keinerlei Illusionen darüber, dass seine Frau in ihrer momentanen Verwundbarkeit leichte Beute eines jeden Raubtiers, ob männlich oder weiblich, werden konnte, das ihren Weg kreuzte, und er wünschte sich inständig, anders handeln zu können, als es ihm seine Vernunft und sein Verstand eingaben. Doch er sah keine Möglichkeit – er durfte um Himmels willen in dieser Situation nichts riskieren!

Und gerade jetzt waren die beiden Fondyces seiner Meinung nach nicht die geeignete Gesellschaft für Mrs. Lakeland.

Eben als er dabei war, sich in die wildesten Spekulationen zu verstricken, was man seiner wohlanständigen, stets ruhigen und vernünftigen, aber dennoch zugegebenermaßen gelangweilten und von ihm enttäuschten Ehefrau für frivole und gefährliche Flausen in den Kopf setzen konnte, hörte er das Anlegen einer Gondel auf der Wasserseite des Hauses.

Er trat ans Fenster und spähte vorsichtig hinaus – zu spät, um noch mehr als einen hellen Sonnenschirm zu erkennen, der im Eingang verschwand.

Endlich!

In ihm rangen Erleichterung über Cassandras Rückkehr und Ärger über ihr langes Ausbleiben gegeneinander und ließen seine Stimme scharf werden, als er die Tür aufriss und einen Befehl ins Kontor bellte.

»Man möge meiner Frau Gemahlin ausrichten, dass ich sie hier zu sprechen wünsche.«

Ohne zu überprüfen, ob man seiner Anweisung Folge leistete, warf er die Tür wieder zu und stellte sich mit auf dem Rücken verschränkten Händen ans Fenster.

Nur Augenblicke später klopfte es.

»Ja.«

Die Tür öffnete sich und eine Frau trat ein, die zwar das Kleid seiner Gattin trug, die er aber erst auf den zweiten Blick als ebendiese erkannte.

»Sie wollten mich sprechen?«

Auch die Stimme – eindeutig seine Frau.

Als ihm bewusst wurde, dass er die Erscheinung fassungslos beäugte, klappte er den Mund zu und räusperte sich. »Schließen Sie die Tür«, brachte er erstickt heraus.

Cassandra folgte seiner Aufforderung und blieb dann in der Mitte des Raumes stehen. Da dieser als Arbeitsraum seiner Natur nach reichlich klein war, stand sie nur wenige Schritte von ihm entfernt.

»Was zum Teufel haben Sie gemacht?«, würgte er hervor und starrte sie an, als wäre ihr ein zweiter Kopf gewachsen.

Cassandra hob trotzig das Kinn.

»Ich habe die Dienste von Mrs. Fondyces Friseur in Anspruch genommen«, antwortete sie mit einer derartigen Ruhe, dass er geradezu spüren konnte, wie sein eigener Ärger proportional dazu anstieg.

»Das sehe ich.«

Marmaduke Lakeland hatte Mühe, seinen Atem zu beherrschen und verständlich zu sprechen.

»Gefällt es Ihnen denn nicht? Ich selbst bin davon ganz angetan.«

Sie drehte geradezu kokett den Kopf und fuhr sich mit der freien Hand – in der anderen hielt sie noch immer das zusammengeklappte Schirmchen – durch ihre nur noch kinnlangen Locken.

Er schluckte und schloss für einen Moment die Augen. Der pochende Schmerz hinter seinen Schläfen verstärkte sich.

Das mit den Haaren ginge ja noch an, außerdem … »Daran ist ja nun wohl nichts mehr zu ändern, nicht wahr?«, schnappte er. »Aber Sie gehen sich jetzt sofort das Gesicht waschen. Wer hat Ihnen gestattet, sich zu schminken?«

Bleiweiß gebleichter Teint mit röschenroten Bäckchen, blutrote Lippen und schwarz umrandete Augen – sie sah fürchterlich aus.

Um sich selbst daran zu hindern, sie zu packen, zu schütteln und zur nächsten Waschschüssel zu schleifen, verschanzte er sich vorsichtshalber hinter seinem Schreibtisch.

»Sie sind nicht mein Vater, Mister Lakeland.«

Er sah sie an und hoffte inständig, er hätte sich verhört.

»Aber Ihr Ehemann«, brüllte es laut und ungehemmt aus ihm heraus und seine flache Hand fuhr auf die Tischplatte nieder, dass Tintenfass, Federhalter und Papiere klirrten und raschelten.

Und in seinem Kopf rumorte es unangenehm.

Cassandra machte nicht den leisesten Mucks, der angezeigt hätte, dass seine Reaktion sie beeindruckte. Er selbst hingegen stand schwer atmend da, über seinen Schreibtisch gebeugt, beide Hände aufgestützt, und erdolchte sie mit seinem Blick. Das einzige jedoch, was er damit erreichte, war ein erneutes trotziges Heben ihres Kinns.

»Oh nein, Sir. Sie sind nicht einmal das.«

Kluge Frau – mit einem einzigen Satz hatte sie ihn mundtot gemacht. Der Boden unter seinen Füßen schwankte.

Duke hatte, sie betreffend, in der vergangenen Nacht voller Unruhe und Qualen eine Entscheidung getroffen, mit der er bis zu diesem Augenblick gehadert hatte. Nun war er sicher: Es war die einzige Möglichkeit, die ihm blieb. Diese Frau war gefährlich, und zwar in vielerlei Hinsicht, ganz besonders aber für seine seelische Ausgeglichenheit.

Und damit auch für alles andere.

Er richtete sich auf, noch immer um Fassung ringend, um ihr nun endlich mitzuteilen, was er beschlossen hatte, als sie ihm zuvorkam.

»Ich wünsche, Sir, dass Sie mir einen Cicisbeo zugestehen.«

»Was?«

»Sie wissen schon – einen Begleiter, der mich unterhält, mir die Zeit vertreibt und mir die Stadt zeigt. Der mit mir Spazierfahrten unternimmt und mich …«

»Ich weiß, was das ist«, unterbrach er sie grollend, und erneut schlug eine Welle der Eifersucht über ihm zusammen, als er sich all das, was sie soeben aufgezählt hatte, lebhaft vorstellte. »Und verdammt will ich sein, wenn ich auch nur im Traum daran denke, Ihrer absurden Forderung nachzukommen«, fauchte er.

Wenn nur sein verfluchter Schädel nicht so schmerzen würde!

»Dann gestatten Sie mir, Mister Ironside zum Tee zu bitten«, fuhr sie ungerührt fort. »Das erscheint mir nur billig. Ich langweile mich und das empfinde ich als eine unhaltbare Zumutung.«

Duke schluckte.

In diesem Augenblick wusste er nicht, was für ihn schlimmer wäre, doch glücklicherweise erübrigten sich sowohl die eine als auch die andere Forderung seiner eindeutig von einem Sonnenstich getroffenen Frau.

»Wäre es nicht vollkommen müßig, darüber auch nur im Entferntesten nachzudenken, würde ich glauben, dass Sie den Verstand verloren haben, Madam. Doch da ich beschlossen habe, Sie und ihre Tante mit dem nächsten Schiff, das Richtung England ausläuft, nach Hause zu schicken, erübrigen sich derartige Ansinnen ganz von selbst.«

Er sah, wie sie erstarrte, konnte wegen der schrecklichen Farbe in ihrem Gesicht nicht erkennen, ob sie erbleichte oder errötete, aber nun war eindeutig sie es, die um Fassung rang.

»Das können Sie nicht«, presste Cassandra schließlich mühsam hervor.

»Ich kann und ich werde. Und darüber lasse ich nicht mit mir reden.«

Sie gab ein gänzlich ungebührliches Schnauben von sich und öffnete den Mund, doch er kam ihr zuvor.

»Keine. Widerrede.«

Er bemühte sich, so viel Härte und Kälte in diese beiden Worte zu legen wie nur irgend möglich, und fror selbst dabei.

In diesem Moment wurde ihm in aller Eindringlichkeit klar, wie grauenvoll einsam sein Leben ohne sie künftig wieder sein würde. Auch wenn er sich nicht gestattet hatte, sich ihr zu nähern oder mehr Zeit als nötig mit ihr zu verbringen, so hatte er doch die letzten Wochen im Bewusstsein ihrer tröstenden, warmherzigen Präsenz in seinem Haus und seinem Leben verbracht.

In seinem Magen ballte sich ein kalter Knoten zusammen und er verfluchte die Umstände, die ihm ein Verhalten diktierten, das ihm selbst gnadenlos gegen den Strich ging. Wenn er nur gekonnt hätte, wie er gern wollte.

»Ich glaube nicht«, unterbrach Cassandras Stimme seine deprimierenden Gedanken, »dass Mrs. Fullerton geneigt sein wird, diesbezüglich auf Sie zu hören.« Ihre Stimme zitterte unmerklich.

»Mrs. Fullerton ist im Gegensatz zu Ihnen eine mit Vernunft begabte Dame, der die Notwendigkeit eines solchen Schrittes sehr wohl klar sein dürfte.«

»Dann machen Sie die Rechnung gewiss ohne den Marquess of Haldane«, mutmaßte Cassandra mit unübersehbarer Hochnäsigkeit in ihrer Haltung.

»Das lassen Sie nur meine Sorge sein, ich werde auch mit Seiner Gnaden ein ernstes Wort reden.«

Ehe er begriff, was sie tat, hatte Cassandra voller Wut ihren Schirm an die Wand geworfen, wo er klatschend abprallte und dann zu Boden fiel.

»Wagen Sie es nicht, sich in das Leben meiner Tante einzumischen«, fauchte sie. »Und für das meine verbitte ich es mir ebenfalls, hören Sie?«

Was für ein Temperament. Nichts erinnerte mehr an diesen kurzen Moment der Sanftheit von heute Nacht, als sie beide zaghaft begonnen hatten, sich einander anzunähern. Wie schade es doch darum war. Und dennoch lag ihm im Moment nichts ferner, als sie zärtlich bei ihrem Vornamen zu nennen.

Äußerlich scheinbar ungerührt, gestattete er sich lediglich, missbilligend eine Braue zu heben.

»Da ich leider erkennen muss, dass Sie nicht willens oder fähig sind, die gegebenen Umstände angemessen zu würdigen, schlage ich vor, wir beenden das Gespräch an dieser Stelle. Meinen Standpunkt kennen Sie nun. Ich rate Ihnen also dringend, zu packen. Mit Mrs. Fullerton und dem Marquess werde ich mich gesondert unterhalten. Guten Abend, Mrs. Lakeland.«

Er sah sie wie erstarrt dastehen und ihn anschauen. Dann erkannte sie offenkundig, dass es im Augenblick besser war, nichts weiter zu versuchen, und wandte sich steif zur Tür.

»Guten Abend, Mister Lakeland.«

»Ach – und vergessen Sie nicht, sich das Gesicht zu waschen«, erinnerte er sie noch einmal und hoffte inständig, sie nie wieder so sehen zu müssen.

Cassandra hielt einen kurzen Moment in ihrer Bewegung inne, schöpfte tief Atem, sagte dann aber doch nichts, sondern setzte wortlos ihren Weg zur Tür fort.

Sie verließ den Raum, ohne ihren Schirm mitzunehmen oder die Tür zu schließen …

Cassandra fühlte sich innerlich wie versteinert, als sie gemessenen Schrittes zu ihren Privaträumen emporstieg.

Lakelands Worte hatten sie bis ins Mark getroffen, und die Tatsache, dass er sie aus dem Weg haben wollte, bestätigte nur den Verdacht, den sie hegte: Ihr Mann hatte eine Geliebte und für sie selbst nur Desinteresse und Verachtung übrig.

Sie legte ihr Tageskleid ab und ließ sich, nur mit Negligé und Morgenrock begleitet, an ihrem Frisiertisch nieder. Starrte das fremde Gesicht an, das ihr daraus entgegenblickte, und wusste nicht, ob sie lachen oder weinen sollte. Wie hatte sie es auch nur einen Atemzug lang für möglich halten können, dass ihrem Gatten ihr geschminktes Antlitz eher gefallen könnte als ihr nacktes? Sie hätte es doch besser wissen müssen – er hatte nicht das Geringste für sie übrig, egal wie sie aussehen mochte.

Mit eckigen Bewegungen befeuchtete sie ein Taschentuch und versuchte vergeblich, sich die Farbe aus dem Gesicht zu reiben, als Eve eintrat und die Bescherung sah.

»Lassen Sie mich das machen, Madam«, sagte sie nur, ohne sich einen Kommentar zu Cassandras Aussehen zu erlauben.

Erleichtert schloss sie die Augen und ließ die erfahrenen Hände ihrer Zofe gewähren, die der Maskerade mit angewärmtem Lavendelöl, einer Kräutertinktur und einem feuchten Leintuch zu Leibe rückte.

»Sie sollten das nicht allzu oft versuchen, Madam«, riet sie ihr mit leidenschaftsloser Stimme. »Ich gebe zu, ich kann es nicht beweisen, aber ich habe eine unüberwindliche Abneigung gegen dieses Bleiweiß. Ich finde, bei häufigem Gebrauch macht es eine hässliche Haut.«

»Es wird gewiss nicht wieder vorkommen«, murmelte Cassandra, als sie gerade den Mund öffnen konnte.

»Wenn ich mir die Bemerkung erlauben darf: Ihr Haar sieht sehr hübsch aus«, ließ Eve wenig später verlauten.

»Danke, Eve.« Cassandras seufzte tief. »Und selbst, wenn nicht – der Schaden ist nun einmal schon angerichtet.«

»Ich kann keinen Schaden entdecken«, beruhigte Eve sie. »Was man so hört, ist dieser Haarschnitt in den großen Metropolen gerade sehr in Mode und er schmeichelt Ihrem Gesicht außerordentlich.«

Cassandra schwieg.

Mode oder nicht, auch damit hatte sie nichts anderes erreicht als Mister Lakelands Missbilligung.

»Ich werde heute hier zu Abend essen«, sagte sie kurz entschlossen, als Eve schließlich mit der Pflege ihres Gesichts fertig war, ihr die Haare gebürstet hatte und sich verabschieden wollte. »Sagen Sie bitte in der Küche Bescheid, dass man mir eine Kleinigkeit heraufschickt.«

»Das werde ich, Madam. Haben Sie sonst noch einen Wunsch?«

Ein anderes Leben wäre mir jetzt recht, dachte Cassandra bitter, doch sie zwang sich zu einem Lächeln und schüttelte den Kopf.

»Nein, danke, Eve. Nehmen Sie sich ruhig den Abend frei, ich brauche Sie heute nicht mehr.«

Ihre Zofe dankte ihr und verließ das Zimmer. Erneut begegnete Cassandra ihrem Spiegelbild. Jetzt, mit ihrem wieder völlig natürlichen Gesicht, wirkte auch der kürzere Haarschnitt gänzlich anders, das musste sie selbst zugeben. Eigentlich, so versuchte sie, sich selbst aufzumuntern, war es doch einerlei, ob sie Mister Lakeland gefiel. Sich selbst musste sie gefallen, und – wenn sie ehrlich war und ihre trübe Stimmung außer Acht ließ – dann tat sie das auch.

Und bei ihrem Ehemann war ohnehin jede Hoffnung verloren.

Wieder verfiel sie in deprimierendes Grübeln.

Was sollte sie tun? Aufgeben und abreisen?

Dann wäre die nächste Konsequenz, diese Ehe annullieren zu lassen. Und danach?

Zurück in ihr Elternhaus?

Ihr grauste bei dem bloßen Gedanken an Lady Octavias bissige Bemerkungen zum Scheitern ihrer überstürzten Verbindung mit einem Wildfremden. Und was würde aus Tante Zoey werden? Waren sie und der Marquess sich schon so weit einig, dass sie bezüglich ihrer gemeinsamen Zukunft eine Entscheidung zu treffen bereit wären?

Und – könnte sie sich ihnen beiden aufdrängen?

Erst an dieser Stelle ihrer Überlegungen fiel Cassandra auf, dass nicht Mister Ironside ihre erste Wahl zur Lösung des Problems gewesen war.

Dennoch.

Ihn gab es auch noch.

Sollte sie mit ihm durchbrennen?

Beinahe hätte sie laut aufgelacht.

Was für ein kindischer Gedanke!

Sie konnte letztendlich auch Mister Lakelands Frau bleiben und sich auf seinen Besitz zurückziehen. Hugh hatte einmal erwähnt, dass er weitläufige Ländereien irgendwo im Westen von Devon besaß. So würden sie einander nicht zu Gesicht bekommen, wenn er in Venedig seinen Geschäften nachginge und sie daheim im fernen England sein Geld ausgäbe.

Wofür auch immer.

Sicher könnte sie sich darüber informieren, was es für kostspielige Hobbys gab, die eine vernachlässigte verheiratete Frau sich zulegen konnte …

Als sie es leid wurde, über ihre missliche Lage nachzudenken, setzte sie sich ans geöffnete Fenster und sah hinaus. Die Sonne war untergegangen und der Abend bescherte eine kurze Dämmerung.

Wenig später hörte sie, wie ein Boot bestiegen wurde und die Anlegestelle am Haus verließ. Ohne sich zu bewegen und hinunterzusehen, wusste sie, dass es Mister Lakeland war, der auch an diesem Abend das Haus verließ, um die Nacht weiß Gott wo zu verbringen.

Kapitel 21

Cassandra schreckte aus dem Schlaf.

Mit wild pochendem Herzen und weit aufgerissenen Augen lag sie in ihrem Bett und lauschte angespannt. Wieder hatte etwas sie geweckt, das sie nicht greifen konnte, denn im Haus war es vollkommen ruhig. Kein Geräusch unterbrach die friedliche Stille. Und doch hatte sie das Gefühl, als hätte sie in diesem Haus noch keine einzige Nacht ruhig durchgeschlafen.

Sie fragte sich, ob vielleicht Zoeys Heimkehr es gewesen sein konnte, was sie bis in den Schlaf hinein wahrgenommen hatte.

Oder etwa diejenige ihres Mannes?

Cassandra entspannte sich, und auch ihr Puls beruhigte sich wieder. Als ihr bewusst wurde, wie durstig sie war, raffte sie sich mit einem Seufzen auf, verließ ihr gemütliches Bett, warf sich den Morgenrock über und tappte in Pantoffeln nach unten in den kleinen Frühstückssalon, um sich ein Glas Wein zu holen. Mit einem Stirnrunzeln stellte sie fest, dass der gläserne Krug fehlte, der sonst immer auf dem Esstisch bereitstand.

Sie ließ verärgert die Schultern sinken und nahm sich vor, am Morgen mit Bells darüber zu reden. Der Gedanke, um diese Zeit in der Küche nach etwas Trinkbarem zu suchen, missfiel ihr, und so wandte sie sich der Glasvitrine zu, in der sie am Vorabend zwischen den Pokalen noch einen verschlossenen Krug Wein gesehen hatte. Als sie nach dem Schlüssel greifen und einen der beiden Türflügel öffnen wollte, hielt sie verblüfft inne.

Die Art, wie der Spiegel an der Wand neben der Vitrine hing, sah merkwürdig aus und war ihr so noch nie aufgefallen: Eine Längsseite ragte ein Stück in den Raum hinein.

Wie war das möglich? War hier heute sauber gemacht worden und die Dienstboten hatten schlampig gearbeitet?

Aber wie konnte der Spiegel dann einseitig von der Wand losgelöst sein?

Ein Grund mehr, ein Gespräch mit Bells zu suchen, dachte Cassandra spontan. Doch – lohnte das überhaupt noch? Sie ließ resigniert die bereits ausgestreckte Hand wieder sinken.

Wer konnte schon wissen, wie lange sie überhaupt noch hier sein würde?

Ein gedämpftes Stöhnen riss sie aus ihrer Lethargie. Sie wandte den Kopf zum Fenster, doch das war verschlossen. Das Geräusch konnte also nicht von draußen kommen.

Da – wieder.

Dazu ein Murmeln, wie sie es schon mehrfach wahrgenommen hatte. Es kam eindeutig aus der Wand hinter dem Spiegel.

Der Wand, die an die verlassene Ruine anschloss.

Als sie genauer hinsah, erkannte sie, dass zwischen Spiegel und der Wand auf der von ihr abgewandten Seite deutlich eine etwa zwei Finger breite Öffnung sichtbar war, durch die ein fahler Schimmer drang.

Ihre Neugier überwand das Misstrauen gegen die geradezu surreale Situation, sie schob beide Hände in den Spalt und zog. Der Spiegel schwenkte lautlos an verborgenen Scharnieren, wie sie nun erkennen konnte, und gab den Blick frei auf eine weit offenstehende Holztür und einen dahinterliegenden Korridor, zu dem zwei Stufen hinabführten.

Ihr Zögern dauerte nur kurz, dann trat Cassandra ein und stieg hinunter. Vor ihr lag ein schmaler Gang, der Richtung Campo führte und an dessen Ende flackerndes Kerzenlicht an eine Wand schien.

Sie befand sich nun im Nachbarhaus. Es roch nach Staub und Moder, und die Luft war stickig, doch es war weitaus sauberer und auch ordentlicher, als sie sich in einer verlassenen Ruine vorgestellt hatte.

Schritt für Schritt tastete sie sich weiter vor auf den Kerzenschein zu. Schatten huschten über die Wand, das Gemurmel wurde lauter, dann ein unterdrückter Schmerzensschrei.

Eine Männerstimme.

Irgendetwas in Cassandras Kopf versuchte, sie zu warnen und ihr zu sagen, dass es leichtsinnig war, was sie hier tat, doch sie hörte nicht darauf, sondern ging unbeirrt weiter. Sie erkannte eine halb offenstehende Tür, aus der Licht und Stimmen drangen. Klirren. Undefinierbare Geräusche. Scharren, als würde etwas über den Boden gezogen.

Sie schloss einen Moment die Augen, ihr Herz raste. Sie hatte einen Geheimgang entdeckt und wusste nicht, was sie erwartete. Warum kehrte sie nicht einfach um und überließ es ihrem Mann, am nächsten Morgen nach dem Rechten zu sehen? Ob er überhaupt eine Ahnung hatte, dass hier etwas vorging, das mehr als unheimlich war?

Cassandra holte tief Luft. Ihre Neugier war stärker als ihre Furcht, also ging sie zaghaft weiter, drückte vorsichtig die Tür auf – und erstarrte.

Vor ihr lag ein kleiner, spärlich eingerichteter Raum, der nur von ein paar Kerzen erhellt wurde, die ein flackerndes, beinahe unwirkliches Licht über die Stockflecken an den Wänden warfen. An einem kleinen Tisch in der Mitte standen zwei männliche Personen. Kleidungsstücke lagen in einem undefinierbaren Haufen auf dem Boden herum. Die dunklen Flecken darauf sahen aus wie Blut.

Der eine der beiden Männer wandte ihr den Rücken zu und stützte sich auf der Tischplatte ab. Sie erkannte nur eine große, athletische Gestalt mit nacktem Oberkörper und breiten, muskulösen Schultern. Er trug lediglich Kniehosen, die kraftvolle Oberschenkel betonten, an mehreren Stellen Risse aufwiesen und sehnige, ebenfalls nackte Waden zeigten. Über seine linke Körperseite zog sich eine Schnittwunde.

Der zweite Mann stand schräg hinter ihm und wandte ihr das Profil zu, das ihn einwandfrei als – Butler Bells zu erkennen gab, der voller Konzentration damit beschäftigt war, jenem fremden Mann, dem das lange Haar nass und wirr um die Schultern fiel, die Verletzung zu reinigen. Dann bückte er sich nach einer Brandykaraffe auf dem Boden neben dem Tisch. Der vermisste Weinkrug stand ebenfalls dort.

»Das wird jetzt vermutlich wehtun«, hörte sie Bells halblaut warnen, ehe er etwas von der goldenen Flüssigkeit über die Wunde goss.

Der Mann keuchte auf und krallte die Finger um den Rand der Tischplatte.

Cassandra schnappte nach Luft. Die beiden Männer erstarrten gleichzeitig, als sie den unkontrollierten Laut vernahmen. Sie selbst verharrte in völligem Entsetzen: Sie war unvorsichtig gewesen und entdeckt worden, aber Bells' Anwesenheit schien wohl dafür garantieren zu können, dass ihr in diesem Moment keine unmittelbare Gefahr drohte, wer auch immer dieser martialisch wirkende Fremde sein mochte. Also trat sie einen weiteren Schritt auf die beiden zu.

»Bells, was geht hier vor?«

Der Fremde stand reglos weiter mit dem Rücken zu ihr, doch das Spiel seiner Muskeln im flackernden Kerzenschein verriet seine Anspannung. Bells hingegen drehte sich langsam zu ihr um.

»Ich versorge einen Verletzten, Madam.«

»Das sehe ich.« Cassandra wunderte sich selbst darüber, wie ruhig sie war. »Aber wer ist dieser Mann und was tut er hier?«

Der Betreffende richtete sich langsam auf und kam ihr nun doch etwas bedrohlich vor angesichts seiner Körpergröße und Statur.

»Hast du etwa den Durchgang nicht richtig verschlossen, als du den Brandy geholt hast?«, knurrte er, doch noch immer kehrte er ihr den Rücken zu.

Cassandra suchte verzweifelt in ihrer Erinnerung nach einem Gesicht zu der ihr vage bekannt erscheinenden Stimme.

»Ich fürchte es«, gestand Bells.

»Wer sind Sie und was tun Sie hier?«, forschte sie und legte mehr Mut in ihre Stimme, als sie eigentlich verspürte. »Wenn Sie sich nicht sofort zu erkennen geben, dann …«

Sie hielt inne, weil der Fremde in einer herrischen Geste die Hand hob. Gleichzeitig zuckte Bells die Schultern.

»Es ist nicht zu ändern – wir sind entdeckt«, meinte er resigniert. »Ich hatte Ihnen ja schon lange geraten, sie von hier fortzubringen. Nun ist es zu spät.«

»Ich entscheide, wann es zu spät ist«, grollte der Fremde, und nun machte er endlich Anstalten, sie mehr sehen zu lassen als nur seine beeindruckende Hinteransicht.

Langsam, sehr, sehr langsam drehte er sich zur Seite. Cassandra starrte fasziniert auf das Bild, das er ihr bot. Der warme Kerzenschimmer fräste Berge und Täler von Muskeln unter seine Haut; die Blutspuren, die an seiner Seite geronnen und in den Kniehosen versickert waren, verliehen ihm etwas Wildes, Unzähmbares.

Fast vergaß Cassandra bei diesem Anblick, ihm ins Antlitz zu schauen, und selbst als sie es tat, sah sie zuerst nur seine ungebändigte Mähne. Dann strich er sich mit einer unwirschen Geste die Haare aus dem Gesicht und stand ihr nun frontal gegenüber.

»Zufrieden, Madam?«, erkundigte er sich halb spöttisch, halb gereizt.

Vor ihr stand, einem Kriegsgott gleich, Marmaduke Lakeland.

Duke wusste nicht recht, ob er wütend oder erleichtert sein sollte.

Cassandra hatte ihn entdeckt, ihn so gut wie unbekleidet gesehen, was er die ganze Zeit über krampfhaft zu vermeiden gesucht hatte. Damit kannte sie zwar noch nicht die ganze Geschichte, aber immerhin einen essenziellen Teil davon.

Den Teil nämlich, der für sie sicherlich die meisten Fragen aufwerfen würde. Besonders die nach dem Warum.

Er stand reglos vor ihr und beobachtete sie. Sah ihr aufrichtiges, wunderbares Gesicht, das keine Verstellung kannte und jede ihrer Regungen offenlegte, als sei es ein Buch, in dem lesen konnte, wer es verstand und dazu bereit war.

Zuerst hatte er darin Ärger gesehen. Dann war der Ausdruck zu Ratlosigkeit und Misstrauen gewechselt. Nun lag darin nur noch die pure Fassungslosigkeit.

Und Enttäuschung, wenn er sich nicht völlig irrte.

Das schmerzte ihn ganz besonders. Er hatte sie enttäuscht.

»Worüber sollte ich zufrieden sein, Sir?«, beantwortete sie, die offenbar ihre Fassung wiedergefunden hatte, seine Frage. »Etwa darüber, dass ich Sie hier mit einer scheußlichen Wunde am Körper vorfinde?«

»Ich bin in guten Händen.«

»Das glaube ich.« Sie warf Bells einen durchaus anerkennenden Blick zu. »Ist es dennoch gestattet, zu helfen?«

Sie trat näher und streckte die Hand nach einem der Leintücher aus, die auf dem Tisch neben einer Waschschüssel bereitlagen, um das geronnene Blut von seiner Haut zu waschen.

Von Bells kam keine Widerrede – bemerkenswert, dachte Duke. Stattdessen feuchtete er eins der Tücher an und reichte es Cassandra.

»Bitte, Madam.«

»Danke, Bells.«

Noch erstaunlicher aber fand er die Reaktion seiner Frau.

Sie stellte keine Fragen, sie zeterte nicht, sie fiel auch nicht in Ohnmacht angesichts der tatsächlich reichlich hässlichen Wunde. Sie näherte sich ihm nur langsam und bedächtig, die Augen auf seine Verletzung gerichtet, und begann äußerst vorsichtig, deren Ränder abzutupfen und das getrocknete Blut von seiner Haut zu entfernen.

»Das sieht nicht gerade besonders gut aus«, urteilte sie mit leicht schwankender Stimme.

»Es sieht übler aus, als es in Wahrheit ist«, hielt er es für nötig, sich zu rechtfertigen. »Es ist nur ein Kratzer, denn der lederne Bauchsack hat Schlimmeres verhindert.«

»Wenn ich mir den Einwurf erlauben darf – er hat Ihnen das Leben gerettet«, stellte Bells richtig.

Cassandra schwieg dazu, sah nur kurz von ihrer konzentrierten Tätigkeit auf und warf ihm einen flüchtigen Blick zu. Der ihm allerdings, das musste er zugeben, durch Mark und Bein drang. Ihm war etwas schummrig zumute. Aber weniger die Wunde führte zu diesem Taumel, als vielmehr diese unwirkliche Situation: seine Frau, die mit sanften Fingern seine Verletzung behandelte, und dabei nichts anderes trug als ihre hauchzarte Nachtwäsche.

Er roch ihren Lavendelduft und konnte ihre Hände auf seiner Haut spüren.

Bells rettete ihn, ehe das Prickeln in ihm zur Lust reifen konnte.

»Ich muss den Schnitt nähen«, sagte er sachlich, an Mrs. Lakeland gewandt.

»Ich verstehe«, antwortete sie gefasst, machte jedoch keine Anstalten, sich von ihm zurückzuziehen, sondern legte ihm stattdessen mitfühlend eine Hand auf den Oberarm.

Duke biss die Zähne zusammen.

»Ich glaube, es wäre besser, wenn Sie im Salon auf uns warten würden, Madam«, bat Bells würdevoll.

»Aber ich kann Ihnen doch assistieren.«

»Ich habe Übung in solchen Dingen, glauben Sie mir, Mrs. Lakeland.«

»Ich glaube Ihnen ja, Bells, aber immerhin handelt es sich hier um meinen eigenen Ehemann, und ich …«

»Cassandra, bitte«, presste er mühsam hervor und sah mit großem Bedauern, wie der hingebungsvolle Ausdruck in ihren Augen verschwand. »*Geh einfach!*«

»Selbstverständlich«, antwortete sie nach einer Schrecksekunde steif und trat endlich einen Schritt zurück. Dann wandte sie sich um und ließ ihn mit Bells allein.

Cassandra lief händeringend im kleinen Speisesalon auf und ab. Die Zeit verging in quälender Langsamkeit, es erschien ihr geradezu unwirklich, dass der Zeiger der vergoldeten Wanduhr einfach nicht weiterrücken wollte.

Gelegentlich war wieder unterdrücktes Stöhnen aus dem Nebenhaus zu hören, und am liebsten hätte sie sich die Ohren zugehalten, denn sie wusste ja nun, was es zu bedeuten hatte: Bells war gerade dabei, das ohnehin schon gepeinigte Fleisch ihres Ehemanns mit einer Nadel zu durchbohren, um die lange Schnittwunde an seiner linken Seite zu vernähen.

Und – wäre er nicht durch seine sonderbare Verkleidung geschützt gewesen …

Cassandra wusste nicht, welche Waffe diese Verletzung verursacht hatte. Irgendein Degen, Säbel oder Dolch musste es gewesen sein. Aber sogar ihr, die keinerlei Erfahrung mit Verwundeten hatte, war klar, dass er dem Tod nur knapp entronnen war. Ihr schauderte bei dem Gedanken, und jede andere Überlegung rückte dadurch in den Hintergrund.

Nach unendlich langen Momenten des Wartens war schließlich Bewegung von nebenan zu vernehmen. Die Operation war – hoffentlich erfolgreich – abgeschlossen und die beiden Männer schickten sich wohl an, aus ihrem als Ruine getarnten Unterschlupf zurückzukehren. Cassandra hielt in ihrem ruhelosen Wandern inne und sah erwartungsvoll zum Spiegel, hinter dem die beiden Männer auftauchen mussten.

Als sie dann aber zu dritt hindurchtraten, war sie selbst über sich erstaunt, dass sie dies einfach zur Kenntnis nahm.

»Sie also auch, Euer Gnaden«, begrüßte sie den Marquess resigniert, der als Erster durch die Öffnung hinter dem Spiegel trat. »Wie kommen Sie hierher? Ich war doch die ganze Zeit in diesem Raum?«

»Es gibt einen weiteren Zugang im Erdgeschoss, durch den bin ich gekommen, nachdem ich Mrs. Fullerton abgeliefert hatte – neben dem heiligen Petrus.«

»Ich erinnere mich, ihn gesehen zu haben. Was mich zum Thema bringt«, grollte sie. »Was auch immer ihr drei Herren da anstellen mögt, gehe ich recht in der Annahme, dass meine arme Tante ebenso unwissend ist, wie ich es noch bis vor Kurzem war?«

»Vergeben Sie mir, mein Kind«, bat der Marquess, und er hatte nichts Undurchsichtiges mehr an sich, das in Cassandra irgendeinen Argwohn erwecken konnte. Er wirkte vollkommen natürlich und ohne sein übliches blasiertes Gehabe. »Selbstverständlich durfte ich meine liebe Zoey genauso wenig mit den Tatsachen vertraut machen, wie unser armer Duke hier Sie einweihen konnte. Übrigens … Sie haben einen zauberhaften neuen Haarschnitt.«

»Danke, Euer Gnaden.« Sie nickte, nur halb versöhnt. Ihre ganze Aufmerksamkeit galt Lakeland, der nun als Letzter durch die Öffnung trat, die Holztür hinter sich schloss und den beweglichen Spiegel wieder an seine Position schwenkte. Dort rastete er hörbar ein und nichts deutete mehr darauf hin, dass im Hause Lakeland manches anders war, als es zu sein schien.

Ihr Ehemann sah erschöpft aus, stellte sie voller Mitgefühl fest. Dennoch war sie entschlossen, sich nicht sofort besänftigen zu lassen. Er war ihr mehr als nur eine Erklärung schuldig.

Sie beobachtete ihn, seine Bewegungen, seine Haltung. Abgesehen von Gesicht, Haarfarbe und Körpergröße hatte dieser Marmaduke nur sehr wenig mit demjenigen gemein, den sie kannte.

Er hatte sich sein beschmutztes Hemd übergeworfen, das nachlässig über den Kniehosen hing, doch selbst das konnte nicht darüber hinwegtäuschen, dass er den Gang eines Raubtiers und die Statur eines Olympioniken hatte. Nichts war mehr zu sehen von hängenden Schultern und gebücktem, schlurfendem Gang, geschweige denn seiner Korpulenz, als er auf sie zukam und im Vorbeigehen den Weinkrug wieder auf dem Tisch abstellte.

Cassandra schüttelte verärgert den Kopf, als sich ihre Blicke für einen Moment trafen. Er sah betreten beiseite. Sie verschränkte die Arme vor der Brust und sah herausfordernd von einem zum anderen.

»Nun?«, fragte sie mit gerunzelter Stirn. »Wer von Ihnen dreien hat genug Mut, mir endlich reinen Wein einzuschenken?«

In das Schweigen hinein, das nun als Antwort folgte, wurde ihr bewusst, dass sie ja eigentlich nur ihres Durstes wegen aufgestanden war, also trat sie zum Tisch und schenkte sich ein Glas Wein ein. Während sie trank, verfolgte sie die beredten Blicke, die zwischen den drei Männern hin und her flogen.

»Ich denke, ich mache mich nun lieber auf den Weg und überlasse das Feld den Hausherren«, verkündete der Marquess nach einem unbehaglichen Räuspern und war schon lautlos durch die Tür, ehe Cassandra zu einer Widerrede ansetzen konnte.

Duke, der deutlich unruhig an dem Spitzenbesatz seiner Hemdsärmel zupfte, erwiderte schließlich entschlossen ihren Blick.

»Ich halte es für das Beste, wenn wir uns nun alle zurückziehen«, sagte er schließlich mit einem Seitenblick auf Bells. »Und für noch weitaus besser halte ich es, wenn wir alle einfach vergessen, was wir in dieser Nacht gesehen und gehört haben.«

Cassandra blinzelte ungläubig. »Diese Option, verehrter Herr Gemahl, können Sie getrost zu Ihren Akten im *Mezzanin* legen«, ließ sie ihn mit unnachgiebiger Stimme wissen.

Lakeland seufzte. Er stemmte die Hände in die Hüften, wobei sie deutlich erkennen konnte, dass er seine verletzte Seite, die ihn sicher heftig schmerzen musste, zu schonen suchte. Er sah nachdenklich zu Boden, als suche er dort die Antwort auf eine unausgesprochene Frage.

»Warum nur habe ich das bereits geahnt? Madam, ich schlage Ihnen einen Kompromiss vor: Wir gehen alle zu Bett, und morgen erläutere ich Ihnen die Situation.«

»Pah!«, schnaubte Cassandra verächtlich. »Sie glauben doch wohl nicht im Ernst, dass Sie morgen redseliger sein werden als jetzt oder ich diese Nacht auch nur eine Sekunde lang an Schlaf denken kann?«

Sie sah seine Kiefermuskeln mahlen und er schloss einen Moment die Augen. »Nun gut«, entschied er. »Dann soll es so sein. – Bells, Sie gehen schlafen.«

Der Butler verbeugte sich kurz, und Cassandra fragte sich irritiert, ob die beiden Männer sich nun mit *Du* oder *Sie* ansprachen. Hatte er ihn nicht vorhin geduzt?

»Gute Nacht, Madam. Wünsche wohl zu ruhen.«

»Danke, Bells, Sie ebenfalls.«

Zurück blieben Mr. und Mrs. Lakeland, die sich über die Distanz eines halbdunklen Zimmers hinweg mit Blicken maßen.

Was gar nicht so einfach war, stellte Cassandra verärgert fest, da es viel zu finster war, um die Miene ihres Gatten auch nur annähernd zu deuten.

»Erlauben Sie mir, mich ein wenig frisch zu machen und mich wenigstens einigermaßen angemessen zu kleiden?«, fragte er schließlich. »Und von Ihnen erbitte ich ein wenig mehr Garderobe als diesen – Hauch von Nichts.«

»Ich gestatte es und werde Ihrer Bitte ebenfalls nachkommen. Und dann?«

»Werde ich Sie in Ihrem privaten Salon aufsuchen, wenn's recht ist, und Sie über die bisher vor Ihnen verborgenen Tatsachen aufklären«, fuhr er mit müder Stimme fort.

Beim Anblick seines erschöpften Gesichts war Cassandra beinahe geneigt, auf seine Ausführungen zu verzichten und ihn stattdessen doch lieber schlafen zu schicken, aber dann nickte sie.

»Ich werde Sie erwarten, Sir.«

Kapitel 22

Marmaduke Lakeland warf einen letzten Blick in den Spiegel. Die wenigen Kerzen, die in seinem Ankleidezimmer brannten, warfen flackerndes Licht auf seine Züge.

Kurz hielt er inne.

In seine vorherige Bestürzung über Cassandras plötzliches Erscheinen mischte sich inzwischen Fatalismus. Das Schicksal hatte entschieden und all seine Ablenkungsmanöver ad absurdum geführt – zumindest, was seine Ehefrau betraf. Nun galt es, ihr gegenüberzutreten und Farbe zu bekennen.

Duke hatte nicht vor, sie mit Ausflüchten und Halbwahrheiten abzuspeisen. Das würde bedeuten, ihre Intelligenz zu beleidigen, die er inzwischen kennen und schätzen gelernt hatte. Ebenso wie ihre furchtlose Hartnäckigkeit. Sie würde nicht eher ruhen, bis sie die Wahrheit herausgefunden hätte, und könnte dabei vielleicht den falschen Personen die falschen Fragen stellen. Das galt es zu verhindern. Noch konnte er sich nicht ausmalen, wie ihre Reaktion auf seine Eröffnungen ausfallen würde. In jedem Fall blieb ihm auch jetzt keine andere Wahl, als bei seiner gestrigen Entscheidung zu bleiben:

Sie musste fort.

Er griff nach einer Kerze und machte sich auf den Weg zwei Türen weiter. In seiner derzeitigen Verfassung erschien es ihm wie eine weite Reise. Beinahe zaghaft klopfte er an.

Er hatte erwartet, dass Cassandra ihm antworten würde, doch das tat sie nicht. Stattdessen öffnete sie ihm die Tür.

»Kommen Sie«, sagte sie leise und ließ ihn ein.

Sie trug ein schlichtes Tageskleid, war jedoch barfuß, wie er erkennen konnte. Noch hatte er sich nicht an den neuen Schnitt gewöhnt, doch er musste sich mit innerem Widerstreben eingestehen, dass sie tatsächlich zauberhaft aussah – die kinnlangen Locken schmeichelten ihrem feinen Profil und ließen sie noch jünger erscheinen, als sie war.

»Ich habe uns etwas Wein heraufgeholt – setzen Sie sich.«

Sie wies mit einer einladenden Handbewegung auf das Kanapee in der Zimmerecke und nahm selbst in einem kleinen Sessel schräg gegenüber Platz. Sie hatte ein kleines Tischchen bereitgestellt mit zwei Kerzen, zwei Gläsern und besagter Karaffe darauf, und schien sich auf einen langen Bericht eingestellt zu haben.

Nun – hier würde er sie enttäuschen müssen. Was er zu sagen hatte, konnte gut kurz und bündig geschehen.

Dennoch setzte er sich.

Ein scharfes Stechen in seiner Seite erinnerte ihn an die unangenehme Ursache dieser Unterredung und seiner Enttarnung. Er hatte wohl einen Laut von sich gegeben, denn Cassandra beugte sich zu ihm vor.

»Tut es sehr weh?«

Er versuchte sich an einem schiefen Grinsen. »Es geht. Schön ist es nicht.«

»Ach!«

Er sah sie lächeln und dachte an die Augenblicke im Nebenhaus zurück, in denen ihre sanften Hände über seine Haut geglitten waren. Trotz des ziehenden Schmerzes in seiner Seite schoss Hitze in seinen Unterleib, was ihn dazu veranlasste, vorsichtshalber die Beine übereinanderzuschlagen.

»Aber nicht darüber wollte ich mit Ihnen sprechen.«

»Nun – darüber werden wir wohl auch sprechen müssen«, stellte sie richtig. »Und davon, dass Sie mit mir sprechen wollten, kann überdies auch keine Rede sein. Offensichtlich zwingen ja nur die Umstände Sie dazu, es überhaupt zu tun.«

»Dem kann ich leider nicht widersprechen«, gab er zu und unterdrückte ein Lächeln.

»Wer sind Sie?«

Die scheinbar absurde Frage erschien ihm angesichts der Situation nur folgerichtig.

»Ich bin Marmaduke Lakeland, Ihr Ehemann. Daran hat sich seit gestern nichts geändert.«

Sie schoss ihm einen tadelnden Blick zu. »Und nun die ganze Geschichte, bitte.«

»In ihrer kürzesten Form: Ich arbeite im Auftrag der Krone daran, die Regierung der Löwenrepublik davon zu überzeugen, ein Bündnis mit England gegen Frankreich einzugehen, sollte sich die Lage in Norditalien weiter zuspitzen«, fasste er zusammen.

Einen Moment lang herrschte Schweigen.

»Sie sind also ein Spion«, übersetzte sie die Botschaft in ihre eigenen Worte.

»So könnte man das durchaus nennen. Ich bevorzuge den Ausdruck *inoffizieller Regierungsbeauftragter*.« Er beobachtete gespannt ihre Reaktion.

Cassandra saß still da, hatte die Hände im Schoß verschränkt und blickte nachdenklich auf einen Punkt, der irgendwo hinter ihm in weiter Ferne liegen musste.

»Wer hat einen Vorteil von Ihrer Arbeit?«, erkundigte sie sich sachlich.

»Das Kriegsministerium. Unsere Generäle und die Admiralität. Der österreichische Kaiser. Die Türken. Sollte es in der Adria zu Kampfhandlungen kommen, ist es durchaus von essenziellem Interesse zu wissen, ob die Anrainerstaaten Freund oder Feind – oder neutral – sind.«

Sie nickte und ihr Blick kehrte zu ihm zurück.

»Aha. Wer außer Bells und dem Marquess weiß sonst noch davon?«

»Hier in Venedig niemand. In England gibt es einen Kontaktmann.«

»Also ist all das hier streng geheim.«

»Ja.«

Sie hob abwehrend die Hand. »Sie brauchen mir gar nicht erst einzuschärfen, dass ich mit niemandem darüber reden darf«, ließ sie ihn wissen. »Das kann ich mir durchaus selbst denken.«

Nun erlaubte er sich das vorhin unterdrückte Lächeln. »Ich hatte nichts dergleichen beabsichtigt.«

»Oh.« In ihren Augen blitzte es auf, dann beantwortete sie sein Lächeln. »Ihre gesamte geschäftliche Existenz ist demnach nur Tarnung?«

»Nein, durchaus nicht. Das heißt: nicht mehr. Anfangs war sie es, doch dann stellte sich diese Tarnung als äußerst gewinnbringend heraus und verschmolz mehr und mehr mit meiner eigentlichen Tätigkeit. Inzwischen ist es eine der Realitäten, in denen ich lebe.«

»Anfangs? Wie lange machen Sie das denn schon?«

Er musste kurz nachrechnen und währenddessen wurde ihm bewusst, dass das Gespräch bereits jetzt viel länger dauerte, als er ursprünglich beabsichtigt hatte.

»Lassen Sie mich nachdenken – das sind nun etwa fünfzehn Jahre.«

Sie nickte. Dann senkte sie den Kopf. »Mister Lakeland – ich muss Sie das fragen angesichts der jüngsten Ereignisse ...«

»Waren wir nicht bereits dort angekommen, dass Sie mich Duke nennen wollten?«, unterbrach er sie spontan.

»Und Sie mich Cassandra«, bestätigte sie mit Wehmut in der Stimme. »Leider gab es offensichtlich einen Rückschlag zu verzeichnen.«

»Was wollten Sie mich nun fragen, Cassandra?«, erinnerte er sie nach einem Moment gemeinsamen Schweigens.

»Sind wir … ich meine, war es echt? … unsere Heirat … oder …« Sie brach sichtlich verlegen ab.

»Natürlich war das echt. Wir sind rechtmäßig miteinander verheiratet.« Bedauerte sie das etwa? Grund dazu hätte sie genug. »Warum fragen Sie?«

»Nun – immerhin ist ja offensichtlich sehr vieles an Ihnen nicht das, was es scheint …«

Sie deutete mit einer vagen Handbewegung auf seinen Oberkörper.

»Ah ja, das …« Er wunderte sich selbst über die umfassende Erleichterung, die er bei dieser Antwort empfand. »So ein falscher Bauch kann sehr lästig sein, glauben Sie mir. Zumal im Hochsommer hier in dieser feuchten Hitze.«

»Also keine Schulter- und Wadenpolster, sondern vorgetäuschte Korpulenz«, meinte sie mit einem deutlichen Anflug von Bitterkeit in der Stimme, der ihm ein Schmunzeln entlockte.

»Nun ja … also ja. Wäre Ihnen der Embonpoint lieber gewesen?«

»Das habe ich nicht gesagt«, wehrte sie ab. »Aber mir wäre eindeutig lieber gewesen, nicht hinters Licht geführt zu werden von einem scheinbar unbeholfenen, dicklichen Tollpatsch, der keine zwei zusammenhängenden Sätze an seine eigene Ehefrau richten kann.«

Duke konnte sie verstehen. »Umso mehr habe ich stets Ihre Loyalität und Langmut mir gegenüber bewundert«, gestand er ihr. »Ich musste dieses Bild des unbeholfenen Bären aufrechterhalten, um in den Kreisen, in denen ich verkehre, keinen Verdacht zu erregen. Es könnte sonst leicht gefährlich werden.«

»Würden Sie mir wohl liebenswürdigerweise auch verraten, wo diese großen Gefahren liegen? Oder sind es nur vermeintliche?«

»Nein, sie sind durchaus real. Wir vermuten, dass die Franzosen versuchen werden, die Republik Venedig unter ihre Kontrolle zu bringen. Die Regierung ist in zwei Lager gespalten: Die einen wollen sich gegen Napoleon wehren und sich dafür einer englisch-österreichischen Koalition anschließen. Aber sie wollen nach Ende der Krise politisch und wirtschaftlich wieder selbstständig werden und weiterhin neutral bleiben.«

»Hm«, machte Cassandra. »Dieser Wunsch klingt für mich durchaus legitim. Und die anderen?«

»Der größte Teil des venetischen Umlands gehört den Franzosen ohnehin schon. Daher glauben die anderen, zum selben Ergebnis – nämlich späterer Unabhängigkeit – kommen zu können, wenn sie Napoleon die Stadt ohne Widerstand überlassen.«

»Auch das ist nachvollziehbar«, urteilte Cassandra vorsichtig. »Doch … verzeihen Sie mir, wenn ich meine Frage wiederhole: Wo liegt das Risiko für Sie? Und gleich meine nächste Frage darauf: Woher haben Sie diese Wunde?«

Er konnte nicht umhin, ihre Ruhe und Beherrschtheit zu bewundern. Er hätte hysterische Ausbrüche und Ohnmachten erwartet, nach allem, was er an Frauen schon erlebt hatte, doch Cassandras bedächtige Fragen, die ihm genug Zeit ließen, sie ausreichend zu beantworten, zeugten von einem hohen Maß an Selbstdisziplin und Intelligenz.

Einen Moment lang gestattete er sich, tiefes Bedauern darüber zu empfinden, dass er diese Frau zur falschen Zeit getroffen – und geehelicht – hatte. Doch wie die Dinge standen …

»So wie ich versuche, eine Mehrheit für die englische Lösung zu gewinnen, so versuchen andere, genau das zu verhindern. Die Gegenseite weiß natürlich davon, ohne Klarheit über die jeweiligen Identitäten zu haben. Allem Anschein nach wurden in jüngster Zeit die Bemühungen dazu massiv verstärkt und mit auffallender Gewaltbereitschaft durchgeführt.«

»Woraus schließen Sie das?«

Nun wirkte seine Frau doch ein wenig beunruhigt.

»Der Anschlag heute Abend war kein Zufall. Und der Mord an Signor Pasquale auch nicht. Er war zwar nicht in Details eingeweiht, aber er gehörte dennoch dazu.«

»Was ist heute passiert? Wollen Sie mir das nicht endlich verraten?«

Er seufzte und zögerte noch einen Augenblick, kam jedoch dann wieder zu seiner Überzeugung zurück, dass es besser war, Cassandra gegenüber bei der Wahrheit zu bleiben. »Ich war mit Messer Contarini unterwegs, wie so oft in den letzten Tagen, und … man hat uns aufgelauert und überfallen. Es war eine Horde Maskierter, die von einem kampfeserfahrenen Mann angeführt wurde. Wir konnten nur mit Mühe entkommen, doch Contarini wurde ebenfalls verletzt, und weit schwerer als ich. Seine Leibwachen, die zum Glück das Blatt zu unseren Gunsten wenden konnten, haben ihn nach Hause geschafft, doch ich bezweifle, dass er es überstehen wird.«

»Messer Contarini«, wiederholte Cassandra deutlich erschüttert. »Wie überaus bedauerlich – ich mag ihn gut leiden. Was spielt er denn für eine Rolle in Ihrer Inszenierung?«

»Er ist auf Seiten der Pro-Englandfraktion und sein Wort hat viel Gewicht im Rat. Außerdem ist er der engste Berater des Dogen. Offenbar ist unser Gegner der Meinung, dass die Würfel für ein konsequentes Stillhalten der Stadt und damit letzten Endes zu Gunsten Frankreichs erst dann fallen werden, wenn Contarini endlich aufhört, seine Ratskollegen und den Dogen von den Vorteilen einer Allianz mit dem englischen König und dem österreichischen Kaiser zu überzeugen. Und so etwas geht bekanntlich am einfachsten, wenn man die betreffende Person für immer verstummen lässt.«

»Aber – was, wenn der Doge auf niemanden hört und tut, was er selbst für richtig hält?«

»Der Doge hat keinerlei politischen Einfluss, sondern dient nur zur Repräsentation«, erklärte er ihr. »Außerdem wurde Ludovico Manin gewählt, weil er an seinem eigenen Geld erstickt, und nicht etwa, weil er politisches Geschick besäße. Somit bedeutet er keine Gefahr für eine wie auch immer geartete politische Entscheidung und ist damit auch als Ziel irgendwelcher Attentäter vollkommen uninteressant.«

»Sie hingegen …«

Er sah, wie ihre Schultern nach unten sanken, als ihr offensichtlich der Grad der Bedrohung bewusst wurde, die über seinem Haupte schwebte.

»Ich hingegen kann nur hoffen, dass ich nicht bereits enttarnt wurde, da ich selbst nicht weiß, wer sich neuerdings auf die französische Seite geschlagen hat«, vervollständigte er ihren begonnenen Satz.

»Es geht also weiter«, murmelte sie geistesabwesend.

Er nickte.

»Ja, tut es notgedrungen. Daher werde ich auch weiterhin der übergewichtige, wortkarge Tanzbär sein, den ich bisher für alle Welt gegeben habe.«

Sie schüttelte missbilligend den Kopf. »Tatsächlich – dem würde kaum jemand genug Elan oder Verstand für dergleichen Tätigkeiten zutrauen. Von körperlicher Beweglichkeit ganz abgesehen.«

»Ja, die Attrappe ist hinderlich, doch ich bin trainiert darin, auch mit ihr durchaus schnell und agil zu sein.«

Sie schwieg und sah ihn mit einem merkwürdigen Blick an.

»Was?«, erkundigte er sich irritiert.

»Ihre Korpulenz fing bereits an, mir gleichgültig zu werden«, gestand sie halblaut und senkte die Augen auf ihre Hände.

Als ihm die versteckte Botschaft hinter diesen Worten bewusst wurde, geriet sein Atem kurz ins Stocken.

Und doch – nichts hatte sich seit gestern Nachmittag geändert, im Gegenteil.

»Ich muss dennoch darauf bestehen, dass Sie schnellstmöglich die Stadt verlassen«, erklärte er ihr, so ruhig er konnte, ohne dem Gefühlsaufruhr Rechnung zu tragen, der sich in seinem Innersten auszubreiten begann.

Er sah, wie sie zusammenzuckte und den Mund zu einer verärgerten Grimasse verzog.

»Darüber möchte ich nicht jetzt mit Ihnen diskutieren«, entschied sie mit noch immer erstaunlicher Ruhe. »Denn ich habe noch eine andere Frage an Sie.«

Ein mulmiges Gefühl stieg in ihm auf.

Eine Vorahnung kommender Bedrohung, wenn er nicht sofort die Situation beendete und ihrer reizvollen Gegenwart entfloh, ehe es zu spät wäre. Der Blick, den Cassandra auf ihn richtete, war voller Hunger und versteckter Erwartung.

Dennoch versuchte er es und erhob sich so eilig, wie es seine pochende Verletzung zuließ. »Madam, ich denke, für heute Nacht haben wir genug der Worte gewechselt.«

Sie erhob sich ebenfalls, und mit einer geschmeidigen Bewegung, die schneller war, als er erwartet hatte, trat sie zwischen ihn und die Tür.

»Ja«, bestätigte sie ihm und sah vertrauensvoll zu ihm auf. »Das haben wir. Die Frage, die ich Ihnen zu stellen beabsichtige, würde sich denn auch mit Taten statt mit Worten begnügen.«

Sie stand urplötzlich nah vor ihm. So nah, dass er das Funkeln ihrer Augen sehen und den Duft nach Rosen und Lavendel riechen konnte.

In diesem Augenblick war Marmaduke Lakeland bewusst, dass die kommende Schlacht für ihn schon verloren war, noch ehe sie begonnen hatte.

Kapitel 23

Cassandra sah, wie ihr Ehemann sich voller Unbehagen mit der rechten Hand über den Nacken strich.

»Fragen Sie also, Cassandra«, hörte sie ihn beinahe gequält hervorstoßen und wusste, dass er zumindest ansatzweise ahnte, was nun kommen würde.

Was nun kommen musste – denn da er offenbar auch jetzt, wo sie über seine wahre Tätigkeit Bescheid wusste, noch immer darauf bestand, dass sie ihn verlassen solle, fand sie es als nur recht und billig, auch in dieser Hinsicht klarzusehen, selbst wenn ihm die Frage lästig sein sollte.

Cassandra bemühte sich, ihre Stimme nicht zittern zu lassen, doch sie hörte selbst, dass sie dabei reichlich atemlos und aufgeregt klang.

»Worin begründet sich Ihre unüberwindliche Abneigung gegenüber meiner Person?«

So, nun war es also heraus.

Duke machte einen reichlich überrumpelten Eindruck. Dann schüttelte er heftig den Kopf.

»Aber ich habe keine …«, fing er an.

Sie nahm all ihren Mut zusammen und legte ihm sanft einen Finger auf den Mund, um ihn zum Schweigen zu bringen. Es half, wenn auch nicht lange, denn schon nach wenigen Herzschlägen trat er einen Schritt zurück und brachte sich aus ihrer Reichweite.

»Madam … Cassandra! Ich hege wirklich keinerlei wie auch immer geartete Abneigung gegen Sie«, sagte er eilig, als fürchte er, dass sie ihn wieder unterbrechen würde, ehe er gesagt hätte, was ihm wichtig erschien.

Sie ließ enttäuscht die Hand sinken.

»Nein. Natürlich nicht. – Sir, ich hatte gedacht, ich hätte wenigstens ein Mindestmaß an Aufrichtigkeit verdient, aber ich sehe, das ist in Ihren Augen nicht der Fall. Ich finde das höchst bedauerlich, aber es ist wohl nicht zu ändern.«

Ein Gefühl der Kälte breitete sich in ihr aus, das alles ersticken wollte.

»Ich bin aufrichtig zu Ihnen, Cassandra«, behauptete er, doch es klang bei Weitem nicht überzeugend genug, als dass es sie hätte beruhigen können.

Sie senkte den Blick und nickte in sich hinein. Wenn er ihr nicht einmal diesen kleinen Tribut an Ehrlichkeit zollen wollte, dann hatte es auch keinen Sinn, um jeden Preis bleiben zu wollen.

»Wie Sie meinen, Sir«, sagte sie leise und ihre Stimme wollte ihr beinahe nicht mehr gehorchen. »Ich verstehe und akzeptiere nun, dass Sie mich unbedingt aus Ihrer Umgebung entfernen möchten, und ich werde Ihrem Wunsch entsprechen.«

»Das … ist sehr vernünftig.«

Sie trat den Rückzug an, körperlich wie seelisch. Tat ein paar Schritte von ihm fort und drehte sich dann um.

Die Hand bereits auf der Klinke ihrer Zimmertür, hielt sie noch einmal inne.

»Ich setze Sie hiermit darüber in Kenntnis, dass ich außerdem eine Annullierung dieser Ehe wünsche«, verkündete sie mit mühsam beherrschter Stimme. »So es jemals irgendeinem Gentleman einfallen sollte, mir den Hof zu machen und vielleicht gar um mich anzuhalten, so will ich frei sein, dies zulassen zu dürfen.«

Tat sie das mit Absicht?

Bei einer anderen, einer weniger aufrichtigen, einer erfahreneren Frau hätte Duke an dieser Stelle auf raffinierte Taktik getippt, aber nicht bei Cassandra. Noch dazu sah sie so kreuzunglücklich aus, dass es ihm das Herz abschnürte, liefen doch auch seine eigenen Gefühle längst gegen sein besseres Wissen und jede Vernunft Amok.

»Cassandra … bitte!«

Sie versuchte ein Lächeln, das aber entsetzlich verunglückte.

»Sie haben mich gegen Ihren eigenen Willen zur Frau genommen, weil Sie ein Gentleman sind. Ich finde es nur gerecht, Sie von dieser Bürde wieder zu befreien«, wisperte sie mit erstickter Stimme und wollte sich wieder abwenden, doch er war mit wenigen Schritten bei ihr und fasste sie bei den Schultern.

Nein, sie würde sich nicht so aus seinem Leben stehlen. So nicht!

»Ich will lieber verdammt sein, Cassandra, ehe ich es zulasse, dass irgend so ein schmieriger Kerl wie Ihr Verehrer Ironside auch nur daran denken darf, Ihnen den Hof zu machen«, grollte er.

Der Gedanke, sie wieder zu verlieren – an einen anderen Mann zumal, der das Recht haben sollte, sie zu berühren, sie zu besitzen – war ihm unerträglich.

Als ihm bewusst wurde, dass er seine Hände geradezu schmerzhaft in ihre Schultern grub, lockerte er seinen Griff etwas, ließ sie aber nicht los.

»Cassandra, sieh mich an«, bat er mit rauer Stimme.

Sie gehorchte, und ihr Blick, den er nun schon so gut kannte, nach dem er sich geradezu sehnte, richtete sich auf ihn und begegnete dem seinen.

Ihre Augen schwammen in Tränen, obwohl sie so offensichtlich versuchte, tapfer zu sein. Sie konnte den Blickkontakt zu ihm nicht lange aufrechterhalten und wandte sich ab.

»Sie wollen mich nicht«, sagte sie erstickt. »Und das muss ich akzeptieren. Also … gehen Sie nun bitte und lassen mich schlafen. Morgen werde ich anfangen, meine Sachen zu packen …«

»Den Teufel wirst du, Cass«, stieß er zwischen zusammengebissenen Zähnen hervor, ließ den letzten Rest seiner Distanz fahren und zog sie eng an sich.

Was für ein wundervolles Gefühl.

Cassandra leistete keinen Widerstand.

Sie schmiegte sich an ihn wie an jenem vorletzten Abend, als die Luft zwischen ihnen mit einem Mal auf eine Art geknistert hatte, die ihn fast um die Beherrschung gebracht hätte.

Heute musste er – zumindest ihr gegenüber – nicht den Tölpel spielen. Auch nicht den Unberührbaren. Er löste eine Hand von ihrer Schulter, legte sie unter ihr Kinn und hob es zu sich empor. Glänzende Tränenspuren zogen sich über ihre Wangen, Nässe hing schwer in ihren dichten, langen Wimpern, als sie wieder zu ihm aufsah.

»Cassandra … Cassy … Was soll ich nur tun?«

Ein ersticktes Schluchzen war die Antwort, doch sie lehnte sich noch enger an ihn und hob ihm ihren Mund entgegen.

»Küss mich«, wisperte sie.

Langsam senkte er seine Lippen auf die ihren. Spielte zart mit der Liebkosung, die sie ihm gestattete, die sie geradezu forderte. Noch näher kam ihr Körper dem seinen und ließ glühende Erregung in seinem Unterleib auflodern.

Wenn er sich jetzt nicht vorsah …

»Cassandra … willst … willst du das hier wirklich?«

»Ich bin deine Frau«, flüsterte sie so nahe an seinem Mund, dass er jedes Wort wie eine zarte Liebkosung an seiner Haut spüren konnte. »Also tu es endlich, Duke! – Es sei denn, deine Verletzung erlaubt es dir nicht. Dann allerdings …«

Er schob den Einwand, der aus Rücksicht auf ihn geboren war, mit einem Knurren beiseite. »Um mich daran zu hindern, müsste ich schon auf dem Sterbebett liegen.«

Ab diesem Augenblick war alles ganz einfach. Jeder Zweifel, jedes Zögern war wie hinweggefegt vom Sturm seiner Begierde, als sie endlich auf ihr Bett sanken.

Cassandra reagierte mit ungestümer Natürlichkeit auf die Leidenschaft seiner Berührungen. Ihre Finger erforschten in unschuldiger Neugier seinen Körper; kaum brauchte sie eine Ermunterung. Mit uneingeschränkter Freude ließ sie ihn gewähren und tun, was er wollte. Die einzige Sorge, die ihn quälte, war nur noch die Frage, ob er, wenn er sie erst einmal in Besitz genommen hätte, noch imstande sein würde, sein aufgestautes Verlangen nach ihr und ihrem reizvollen Körper zu zügeln und mit ihrer Unerfahrenheit behutsam umzugehen.

»Langsam, bitte …«, keuchte er, als er spürte, wie sie ihn, von unfehlbaren Instinkten geleitet, auf sich und zwischen ihre Schenkel ziehen wollte. »Ich will dir nicht wehtun.«

»Ich bin sicher, das wirst du nicht«, wisperte sie zurück und ihre Augen strahlten ihn an.

»Ich fürchte, doch.«

»Und wenn schon. Alles hat seinen Preis. Und wenn ein wenig Schmerz mein Obolus dafür sein soll, dass ich endlich ganz und gar deine Frau sein darf, dann zahle ich ihn gern.«

»Cassandra!« Er hielt inne und strich ihr sanft eine Strähne aus dem Gesicht, die sich vorwitzig in ihre Stirn gewagt hatte.

Bei allem Verlangen, das er empfand und das ihn unaufhaltsam zur Erfüllung drängte, floss ihm doch das Herz über vor lauter Gefühlen für diese zauberhafte Frau, die ihm das launenhafte Schicksal zur Seite gestellt hatte. Dass er diese Ehe eingegangen war in einer Bibliothek im

Westen Englands, war das Beste, was ihm seit Langem passiert war.

»Ja, Duke?«

Nein – er konnte es ihr nicht sagen.

Nicht jetzt.

Nicht, solange sie an seiner Seite in Gefahr war. Also lächelte er nur und legte alles Gefühl, das er besaß, in dieses Lächeln.

»Ich … werde versuchen, vorsichtig zu sein«, versprach er ihr stattdessen.

Ihr Lächeln vertiefte sich. Sie hielt seinen Blick fest, als er sich auf sie senkte und sie bereit fand. Nur ein kurzes Stocken ihres Atems verriet ihm den Moment, in dem er ihre Unschuld zerstörte und sie endlich zu seiner Frau, seiner Geliebten machte.

Und noch während er behutsam und doch mit schwindender Kontrolle sie beide, ihrer und seiner Schmerzen zum Trotz, ins Reich der Lust führte, wusste er, dass er einen fatalen Fehler begangen hatte.

Denn von nun an würde nichts jemals wieder so sein, wie es bisher gewesen war …

Die Ereignisse dieser Nacht erschienen Cassandra unwirklich. Und doch lag sie in den Armen dieses Mannes. Der kurze, scharfe Schmerz, als er in sie gedrungen war, hatte sie allerdings erinnert, dass sie nicht träumte, sondern sich wacher und lebendiger fühlte als je zuvor in ihrem Leben.

Die Kerzen auf ihrem Frisiertisch erloschen kurz vor Sonnenaufgang. Da blinzelte bereits das Morgenrot über

Dukes Schulter und ließ sie erkennen, dass ein Lächeln um seine Lippen spielte.

»Ich sehe, dass du mich ansiehst, Frau«, murmelte er mit immer noch geschlossenen Augen.

»Wie kannst du sehen, wenn du gar nicht schaust?«, neckte sie ihn.

»Ich glaube, ich kann dich immer sehen. Mit geschlossenen Augen und am anderen Ende der Welt.«

Nun erst sah er sie an. In seinen Augen lag ein Glanz, den sie zuvor noch nicht an ihm bemerkt hatte.

»Ich liebe dich auch, Duke.«

Sein Schweigen verletzte sie nicht. Das kurze Innehalten seines Atems bewies ihr, dass sie seine Erklärung richtig gedeutet hatte. Das genügte ihr.

Duke sagte noch immer nichts, er drehte sich nur auf den Rücken und sah zur Decke. Cassandra betrachtete die scharf geschnittenen Gesichtszüge, die sich hart gegen das Morgenlicht abhoben und ihr nun schon so vertraut erschienen, als würde sie ihn seit einer Ewigkeit kennen.

Es fühlte sich merkwürdig an, ihn so zu sehen – nackt und muskulös, so ganz er selbst ohne jede schützende oder auch täuschende Hülle.

Duke hatte das Laken knapp über seine Hüften gezogen. Es kam ihr vor, als sei dieser unbekleidete, gestählte Körper ein anderer als der, der er bis gestern für sie gewesen war. Doch sein Geist und seine Seele waren noch immer dieselben.

»Cassandra«, brach er endlich sein Schweigen. »Was auch immer in dieser Nacht zwischen uns beiden passiert sein mag und vielleicht in den nächsten Tagen noch passieren wird – mein Entschluss steht fest.«

»Meiner auch, Liebster.«

Er drehte den Kopf auf dem Kissen zu ihr und fixierte sie mit gerunzelter Stirn.

»Du wirst Venedig verlassen.«

»Ich werde an deiner Seite bleiben.«

»Das kommt nicht infrage.«

»So wenig wie es für mich infrage kommt, dich allein zu lassen.«

Sein Gesicht verhärtete sich. »Darüber diskutiere ich nicht.«

»Das ist gut. Ich auch nicht.«

Er setzte sich auf und sah finster auf sie hinunter.

An einem kurzen Zucken erkannte Cassandra, dass seine Wunde ihn wohl schmerzen musste, und sie legte ihm besorgt eine Hand auf die Brust. »Hast du Schmerzen?«

Er legte seine Hand auf die ihre. »Nicht der Rede wert. Dein Widerspruch schmerzt mich weitaus mehr, also lenke nicht ab davon, dass wir den ersten großen Krach haben werden, wenn du nicht nachzugeben bereit bist, teure Ehefrau.«

Sie wandte sich seufzend ab und entzog ihm ihre Hand.

»Um es mit deinen eigenen Worten zu wiederholen: Was auch immer heute Nacht passiert sein mag, ich werde an deiner Seite bleiben.«

Sie saß ihm gegenüber und sie maßen sich mit Blicken. »Cassandra, ich werde meine Meinung nicht ändern«, setzte er an, und sie konnte deutlich erkennen, wie Besorgnis und Entschlossenheit in ihm rangen.

»Ich auch nicht«, antwortete sie ihm sanft und legte ihm die Hand nun an die Wange. Sein Bart war nachgewachsen und kratzte rau unter ihrer Handfläche, als er den Kopf schüttelte.

»So haben wir ein Patt«, stellte er missbilligend fest.

»Nein, haben wir nicht«, widersprach sie gut gelaunt. »Ich bin im Vorteil.«

Er runzelte fragend die Stirn. »Was soll das heißen?«

»Dass ich genau da bin, wo ich sein will. Und nicht dort, wo du mich haben willst.«

Sie lächelte in seinen finsteren Blick hinein, als er offensichtlich endgültig begriff, dass sie es ernst meinte.

»Ich habe meine Gründe, dich fortzuschicken.«

»Und ich ebenso die meinen, zu bleiben.«

»Cassandra, du bist meine schwächste Stelle – wenn mein Widersacher, den ich nicht einmal kenne, das herausfindet, dann hat er leichtes Spiel mit mir.«

»Ich kann deine Tarnung sein, Duke. Es ist doch weit weniger offensichtlich, was du tatsächlich tust, wenn du mich an deiner Seite hast.«

Er schüttelte unnachgiebig den Kopf. »Keine Diskussion. Du gehst.«

»Lassen wir das, mein Lieber«, sagte sie entschieden und schickte sich an, das gemeinsame Bett zu verlassen. »Wir werden uns sicher nicht einig werden.«

Sie griff nach dem Morgenmantel und warf ihn sich über. Das Kleid, das Duke ihr wenige Stunden zuvor voller

Eifer abgestreift hatte, lag reichlich zerknittert auf dem Boden.

Ein Fall für Eve, dachte sie amüsiert.

»Du glaubst hoffentlich nicht, liebste Cassandra, dass wir damit schon am Ende des Themas sind«, eröffnete ihr Gemahl den nächsten Zug, doch ehe Cassandra diesen entsprechend parieren konnte, klopfte es ungehörig heftig an der Schlafzimmertür und unterbrach ihren neu entflammenden Disput.

Kapitel 24

Duke, kommen Sie – nun machen Sie schon auf. Es ist dringend!«, erklang von draußen die Stimme des Marquess. »Wir alle wissen, dass Sie da drin sind, also gibt es keinen Schein mehr zu wahren … Gott im Himmel – immerhin sind Sie mit dieser Sirene verheiratet!«

Cassandra wandte sich mit erstaunter Miene zu ihm um und hob fragend die Hände. »Duke?«

Er schüttelte unwirsch den Kopf. »Ich weiß auch nicht, was er will – aber ich weiß, dass dir die Unterbrechung sehr gelegen kommt.«

Sie unterdrückte halbwegs ein Lächeln, antwortete aber nicht darauf. »Willst du ihm nicht öffnen?«, fragte sie stattdessen mit einem verräterischen Beben in der Stimme.

»Das Schlafzimmer meiner Frau? Das könnte ihm so passen.«

Lakeland war während seiner Worte aufgestanden und suchte nun seine Kleidungsstücke zusammen, die in der Nacht ein ähnliches Schicksal erlitten hatten wie Cassandras Gewand.

»Wir sind noch nicht fertig, Cassandra«, ließ er sie mit gespielt drohendem Blick wissen.

»Das hoffe ich doch sehr«, war ihre kesse Antwort.

Auf die er ihr allerdings seine schuldig bleiben musste, da Seine Gnaden erneut randalierte.

»Duke, verflucht! Nun machen Sie schon. Wie lange dauert das denn noch?«

Einigermaßen annehmbar gewandet verließ er sie nach einem flüchtigen Kuss auf die Stirn und zog augenrollend die Tür hinter sich zu. »Was ist passiert, Maurice?«, erkundigte er sich, als er endlich draußen im Flur dem reichlich nervös wirkenden Marquess gegenüberstand.

»Zweierlei«, stöhnte dieser. »Und eine Nachricht schlimmer als die nächste. Gut, dass Bells ein Glöckchen im Taubenschlag hat anbringen lassen, sonst wüssten wir vermutlich noch immer nicht, dass General Bonaparte längst in Florenz einmarschiert ist.«

»Das ist allerdings unschön«, musste Duke zugeben. »Und das andere?«

»Messer Contarini ist heute Nacht verstorben.«

»Merda«, entfuhr es Duke. »Das ist nun wirklich eine absolute Hiobsbotschaft, die all unsere Bemühungen zunichtemachen könnte.« Er überlegte einige Augenblicke fieberhaft, während er die Knöpfe an seinen Ärmeln schloss. »Haben wir Kontakt zu Andrea Tron?«

»Dem Ratsvorsitzenden?«

»Genau diesen meine ich. Kommen Sie, wir müssen hinunter ins Kontor. – Bells? Krisensitzung, sofort!«

Cassandra saß am Fenster und träumte mit offenen Augen. Vor sich hatte sie eine Tasse Tee stehen, ein duftendes

Croissant war bereits verzehrt, nun lauschte sie den Geräuschen der Stadt, ohne sie wirklich wahrzunehmen. Von Duke hatte sie, seit er mit dem Marquess gegangen war, nichts mehr gehört – es schien ihr kein gutes Zeichen zu sein.

In ihr selbst herrschte große Verwirrung. Festzustellen, wer der Mann, den sie liebte, tatsächlich war, hatte sie schockiert – aber auch begeistert. Noch mehr aber beglückte sie die Entdeckung, dass nicht persönliche Aversionen es gewesen waren, die Duke von ihr ferngehalten hatte, sondern Motive, die in den Tiefen seiner Mission begründet lagen.

Mit sanftem Erschauern dachte sie an die Ereignisse der vergangenen Nacht zurück: ihr Liebesspiel, das bis in den frühen Morgen gedauert hatte; seine Zärtlichkeit; die Vorsicht, mit der er sie genommen und in die Geheimnisse körperlicher Freuden eingeführt hatte …

Cassandra hatte all dies als schlichtweg überwältigend empfunden.

Dass sie ihn lieben durfte! Und wiedergeliebt wurde – denn dessen war sie sich aus einem ihr selbst unerklärlichen Grund vollkommen sicher, obwohl er nie etwas dergleichen gesagt hatte, und wohl kaum je sagen würde.

Als sie spürte, dass ein Lächeln an ihren Lippen zupfte, senkte sie den Kopf über ihre Teetasse und ließ es sich über ihr ganzes Gesicht ausbreiten.

Die Tür öffnete sich und Zoey trat ein. Nach ihrem aufgelösten Zustand zu urteilen, wusste sie Bescheid. Cassandra erhob sich und ging ihr entgegen.

Im Vorbeigehen warf sie einen kurzen Blick in den Spiegel.

Der Spiegel, hinter dem gewiss noch weitere Geheimnisse ruhten, die sie sich ausmalen konnte, aber nicht erforschen würde …

»Du weißt es also?«, fragte sie dennoch, als sie ihre Tante mit einer liebevollen Umarmung begrüßte, die zwar keiner Etikette entsprach, sich aber zwischen ihnen beiden eingebürgert hatte.

»Oh ja – mein Gott, ich muss gestehen, dass ich ganz fürchterlich aufgeregt bin! Was für Neuigkeiten!«

Cassandra lachte und schenkte Mrs. Fullerton eine Tasse Tee ein. »Wie hast du es denn erfahren?«

»Ich begegnete vorhin im Treppenhaus dem Marquess und – deinem Gemahl! Ich muss ihn wohl angestarrt haben wie ein Fabelwesen, denn er lachte ein wenig gequält, und dann nahmen mich die beiden mit ins Mezzanin und erklärten mir das Nötigste.«

»Hier, dein Tee.«

»Danke, Liebes. Nein, wie aufregend das ist!« Sie warf Cassandra einen Blick zu, der nun vielsagend und verschmitzt wurde. »Die Verwandlung von Mister Lakeland ist kaum zu fassen – und damit meine ich nicht nur seine Verkleidung, sondern … alles. Obwohl er wegen irgendetwas sehr besorgt schien, strahlte er nur so vor Glück und Zufriedenheit – wie du übrigens auch.«

Cassandra konnte – und wollte – nicht verhindern, dass sich ein Strahlen auf ihrem Gesicht ausbreitete. »Ja, liebe Tante. Es ist … wundervoll. Er ist wundervoll, aber mir will scheinen, als ahnte ich das längst. Etwas von ihm selbst schimmerte immer durch bei seiner Maskerade, das mich zu ihm hinzog.«

»Ein unglaublich eindrucksvoller und charmanter Mann, so er es sich denn gestattet, es zu sein«, bestätigte Zoey. »Da hast du einen wahren Glücksgriff gemacht.«

»Ja, das ist wahr.«

»Das finde ich auch!«

Cassandra wandte sich um. »Duke!«

Der Glücksgriff betrat soeben den Salon und hatte Zoeys letzten Satz offenbar noch vernommen. Einen Moment lang stutzte Cassandra, denn er war wieder der füllige, harmlos wirkende Kaufmann.

»Guten Morgen, mein Lieber«, begrüßte sie ihn zärtlich lächelnd ungeachtet der Tatsache, dass sie nicht allein waren.

Er strahlte zurück, doch dann verdüsterte sich seine Miene. »Guten Morgen, Liebste. Tante Zoey. Leider ist es kein besonders guter Morgen.«

»Darf ich wissen warum?«

Während sie ihm Tee kredenzte, beobachtete sie aufmerksam sein besorgtes Gesicht. Er sah müde aus – natürlich, er hatte noch weniger geschlafen in dieser Nacht als sie, und sicher machte ihm seine Verletzung zu schaffen, da er sich in ihrem Bett keineswegs geschont hatte.

Cassandra biss sich auf die Unterlippe, weil erneut Hitze zwischen ihre Schenkel schoss, als sie an seine kühnen Liebkosungen der Nacht dachte.

»Contarini ist tot«, sagte er finster.

»Oh, mein Gott.« Cassandra war ehrlich erschüttert, und die Nachricht wirkte wie ein kalter Wasserguss auf ihre aufsteigende Erregung. »Wie fürchterlich – ich mochte ihn.«

»Abgesehen davon, dass diese Sympathie erwidert wurde, mochte ich ihn auch – und er war ein Dreh- und Angelpunkt meiner inoffiziellen diplomatischen Bemühungen«, erläuterte er. »Sein Tod ist ein enormer Verlust für unsere Mission.«

Auch Zoey war blass geworden. »Wo … ist Seine Gnaden Maurice?«, erkundigte sie sich beinahe schüchtern, als hätte sie Angst vor einer weiteren schlechten Nachricht.

»Verzeihen Sie, Zoey. Ich musste ihn um ein paar Besorgungen bitten, weil wir versuchen müssen, andere Kontakte im Senat aufzutun oder zu vertiefen, die unseren Plänen wohlgesonnen sein könnten.«

»Ah. Verstehe.« Zoey nickte beruhigt.

»Er wird anschließend wieder hierherkommen. Dann sehen wir weiter.« Duke setzte sich und ließ sich von Cassandra etwas kalten Braten und Brot reichen. Dann trat sie hinter ihn und legte ihm liebevoll die Hände auf die Schultern.

Wie schön, ihn berühren zu dürfen, wann immer sie wollte. Und sie wollte!

Er sah kurz zu ihr auf und lächelte ihr zu. »Hast du schon etwas gegessen?«

»Ja, vorhin – keine Sorge.«

»Gut.« Er nickte zufrieden. »Ich muss anschließend auch ein paar Besuche machen, aber ich werde alles daransetzen, sobald wie nur irgend möglich wieder hier bei dir zu sein.«

»Das freut mich.« Cassandra versuchte, die Enttäuschung zu verdrängen, die sie überfallen wollte bei dem Gedanken, dass er nicht bleiben konnte. Nun, da sie sich endlich gefunden hatten, hätte sie am liebsten jede Minute des Tages in seiner Gesellschaft verbracht, doch sie sah ein, dass das unmöglich war, und rief sich zur Vernunft.

»Ich werde dich erwarten, wann immer du zurückkommst«, versprach sie daher lächelnd, als er sich erhob und mit einem flüchtigen Gruß das Haus verließ.

Was sie vor ihm verbarg, war die Angst, die sie ab diesem Augenblick um ihn hatte.

Man hatte Signor Pasquale und Domenico Contarini ermordet. Wer auch immer dafür verantwortlich war, er würde Duke keinesfalls verschonen.

Von vager, diffuser Furcht begleitet, absolvierte Cassandra zusammen mit Zoey die obligatorische Lektion bei Eve, wobei sie eher geistesabwesend als aufmerksam war und deren Vorschlag, doch ein wenig an die frische Luft zu gehen, sich mit der Gondel zur Riva degli Schiavoni bringen zu lassen und dort ein wenig zu flanieren, gerne annahm.

Das bunte Gedränge lenkte sie ab, und mit Erstaunen stellte sie fest, dass Mrs. Fullerton eine schier unglaubliche Menge an Menschen kannte, die sie grüßten und stehen blieben, um zu plaudern.

»Habe ich natürlich alles Seiner Gnaden zu verdanken«, zwinkert Zoey ihrer Nichte nach einem besonders erstaunten Blick zu. »Der Marquess ist in Venedigs Gesellschaft gut bekannt.«

Cassandra musste sich eingestehen, dass ihre Tante viel schneller als sie selbst hinter die Fassade des Mannes geblickt hatte, der offenbar eng mit ihrem Gemahl zusammenarbeitete, was seine Mission in der Lagunenstadt betraf. Maurices affektiertes, leutseliges Gehabe ließ ihn ebenso harmlos erscheinen wie das tollpatschige und unbeholfene, das Duke an den Tag legte. Und vermutlich öffnete es ihm zugleich viele Türen und sorgte wohl für die nötigen Kontakte in der Gesellschaft und bei den Senatoren.

Als ihr die Hitze unangenehm wurde, drängte Cassandra auf eine Rückkehr. Ein wenig kühle Zitronenlimonade, falls noch Eis vorhanden wäre, würde ihr nun guttun. Außerdem war sie reichlich erschöpft. Die fast durchwachte Nacht forderte ihren Tribut.

Zuhause angekommen, wollte sie sich nach einer kleinen Erfrischung etwas auf die Chaiselongue in ihrem privaten Salon legen und ausruhen, doch sie schlief beinahe sofort ein.

Cassandra erwachte, weil sie flog.

Zumindest fühlte es sich so an, und als sie die Augen aufschlug, erkannte sie, dass es tatsächlich so ähnlich war wie Fliegen: Duke trug sie auf seinen Armen vom Salon hinüber in ihr Schlafzimmer.

»Du bist da«, murmelte sie schläfrig.

Er sah auf sie hinunter. Wärme flutete aus seinen Augen, dennoch begrüßte er sie mit einem Tadel.

»Warum bist du nicht zu Bett gegangen? Du musst doch todmüde sein.«

»Nicht mehr als du«, widersprach sie, als er sie sanft auf ihrem Bett absetzte.

»Ich bin es gewöhnt, nachts nur wenige Stunden zu schlafen, du aber nicht. Soll ich nach Eve läuten, damit sie dir beim Auskleiden hilft?«

»Dann werde ich mich eben auch daran gewöhnen, wenig zu schlafen, und nein – ich brauche Eve nicht.«

»Wie du meinst.«

Er lächelte, und sein linker Mundwinkel bewegte sich dabei etwas weiter nach oben als der rechte. Diese Asymmetrie gab seinem Gesicht für ihren Geschmack etwas besonders Reizvolles, das es für sie geradezu unwiderstehlich machte.

»Nun, dann …«, begann er.

»Bist du sehr müde?«, erkundigte sie sich im selben Moment und versuchte sich an einem koketten Augenaufschlag, wie sie ihn erst vor Kurzem an Gale Fondyce gesehen hatte.

»Nein – im Gegenteil, ich bin nicht im Geringsten erschöpft … aber du …«

»Ich kann später schlafen … oder morgen … oder …«

»Dann würde es dir also nichts ausmachen, wenn ich noch ein wenig bleibe?« Seine Stimme klang rau.

Sie streckte die Hand nach ihm aus, die er zu ihrer großen Freude sofort ergriff.

Er zog sie zu sich heran und half ihr beim Aufstehen.

»Vielleicht könntest ja du mir an Eves Stelle …« Mehr wagte sie nicht, anzudeuten, doch sie war sicher, er würde verstehen, was sie sagen wollte.

Duke trat hinter sie und küsste sie zart und bedächtig auf den Nacken. »Ich wüsste nicht, was ich lieber tun würde«, murmelte er dicht an ihrer Haut.

Ein heißer Schauer rieselte über Cassandras Rücken und sammelte sich als drängende Hitze zwischen ihren Beinen. Seine Hände glitten an ihren Armen nach oben, zu den Knöpfen an ihrer Rückenmitte und öffneten sie behutsam einen nach dem anderen. Er schob die schmalen Träger ihres Kleides über die Schultern und dann nach unten, befreite behutsam ihre Brüste aus dem spitzenbesetzten Oberteil und zog hörbar die Luft ein, als sie schließlich nackt vor ihm stand.

Cassandra nahm all ihren Mut zusammen und drehte sich zu ihm um. Unsicher suchte sie seinen Blick, doch darin standen nur Lust und Bewunderung.

Zaghaft streckte sie die Hände nach dem Knoten seines Halstuchs aus. Er hatte sich bereits seiner Attrappe entledigt und trug nur noch das Hemd, das sie mit zitternden Fingern aufknöpfte.

»Cassandra – sieh mich an«, bat er sie rau.«

Erstaunt hielt sie inne und folgte seiner Aufforderung. Sein Gesicht lag offen und verletzlich vor ihr, und ihr Herz zog sich zusammen, als eine Woge der Zuneigung sie unter sich begrub. Er nahm ihre beiden Handgelenke und hielt sie fest, sah ihr dabei eindringlich in die Augen.

»Cassandra … Cassy … Was auch immer geschehen mag, ich möchte, dass du eins weißt: Ich bin dankbar, dass wir uns begegnet sind. Vergiss das nie.«

In die Wärme seiner Berührung mischte sich ein kalter Schauder voller Furcht und schlimmer Vorahnung.

»Warum sagst du das?«, forschte sie mit zitternder Stimme.

Ihre Augen füllten sich mit Tränen, doch sie schluckte tapfer dagegen an.

»Meine Liebe, bitte weine nicht. Aber sieh mal: Es hat in meinem engeren Umfeld bereits zwei Tote gegeben und wir wissen nicht, was noch alles passiert. Doch was auch immer kommen mag – ich danke der Fügung, die mich an jenem denkwürdigen Abend auf der Suche nach einem Buch in deines Vaters Bibliothek führte.«

»Oh Duke!« Sie lehnte sich an ihn, spürte und genoss seine vielversprechende Härte und hob ihm den Mund entgegen, den er leidenschaftlich in Besitz nahm.

So wie er sich auch in dieser Nacht alles nahm und ihr alles bot und schenkte, was Cassandra sich so lange ersehnt hatte.

Die Ernüchterung kam erst am nächsten Morgen.

»In sechs Tagen läuft ein Schiff aus, das dich und Zoey von hier fortbringen wird«, verkündete Duke mit erstickter Stimme, als Cassandra noch schlaftrunken, den Kopf an seine Schulter gebettet, in seinem Arm lag.

»Nein! Niemals«, fuhr sie auf, doch sein Arm schloss sich fester um sie und hielt sie zurück.

»Scht, mein Herz. Versteh doch – solange du in meiner Nähe bist, ist dein Leben in Gefahr. Das kann ich nicht verantworten. Unmöglich. Ich könnte es mir niemals verzeihen, würde dir wegen meiner Tätigkeit etwas zustoßen.«

»Aber das liegt doch nicht in deiner Hand.«

»Eben darum. Ich würde mir mein Leben lang die Schuld daran geben, dass ich nicht in der Lage war, dich zu beschützen. Damit könnte ich unmöglich weiterleben.«

»Duke – bitte!« Sie schüttelte seinen Arm ab und richtete sich auf. »Das darfst du nicht tun. Ich will dich nicht verlassen.«

Sein Blick war voller Sehnsucht und Verzweiflung, als er die Hand ausstreckte und mit dem Finger zart die Konturen ihres Gesichts nachzeichnete.

»Ich weiß ja nicht, womit ich dich verdient habe, mein Herz, aber ich bin egoistisch und will dich noch sehr lange behalten. Darum werde ich dich auch in Sicherheit bringen, und wenn ich dich gefesselt und geknebelt an Bord schaffen muss.«

Cassandra bog sich von ihm weg und schob seine liebkosende Hand fort. »Ich will nichts davon hören.«

Sie wandte sich ab, doch im selben Moment erkannte sie, dass es dieses Mal nichts geben würde, was ihn dazu bringen könnte, seine Meinung noch zu ändern.

»Du kannst selbst entscheiden, wo du auf mich warten willst«, sprach er unbeirrt weiter, während sie auf der Bettkante saß und ihm den Rücken zukehrte. »In Woodland Court oder auf Compton Magna. Mein Anwesen liegt übrigens wunderschön hoch oben über den Klippen an der Küste von Devon … du hast die Wahl.«

Er klang traurig, aber sehr bestimmt, und Cassandra spürte, wie die Welt um sie herum taumelte. Als sie ihm antworten wollte, kam nur ein Krächzen heraus.

»Sechs Tage …«

»Ja, Cassandra. Sechs Tage. Der Marquess stimmt mir zu, dass es besser ist, euch beide, Zoey und dich, aus der Schusslinie zu bringen. Wir haben entschieden, es geheim zu halten und so zu tun, als wären wir alle gänzlich ahnungslos, um unseren unbekannten Gegner nicht zur Eile anzustacheln. In einigen Tagen werden wir noch eine große Soiree veranstalten und alles einladen, was in der Stadt Rang und Namen hat. In der folgenden Nacht werdet ihr beide dann heimlich an Bord gehen. Anders müssten wir ständig um euer Leben fürchten, und so kann ich auf Dauer unmöglich arbeiten. Das verstehst du doch, oder?«

»Ja, Duke«, antwortete sie tonlos, während ihr Inneres gefror. »Das verstehe ich.«

Kapitel 25

Der Palazzo Dolfin-Bollani erstrahlte am Abend des Festes im hellen Glanz. Allmählich begann Cassandra, Gefallen an der durchaus geschmackvollen Pracht des alten Adelspalastes zu finden, als sie die breite Treppe von den privaten Gemächern zum Festsaal hinunterstieg.

Wie schon bei ihrer ersten zufälligen Begegnung im Theater traute sie auch an diesem Abend ihren Augen nicht, als sie gänzlich unerwartet vor Nathan Ironside stand, noch ehe sie ihren Gemahl unter all den anwesenden Gästen hatte ausfindig machen können.

»Mister Ironside! Ich … hatte keine Ahnung, dass Sie heute ebenfalls kommen würden!

Er verbeugte sich.

Es waren diese geschmeidigen Bewegungen, die Cassandra an ihm einmal so sehr geschätzt hatte. Jetzt erschienen sie ihr im Vergleich zu Dukes kraftvollem Auftreten nur noch affektiert.

»Ihr Gemahl war so freundlich, mir eine Einladung zukommen zu lassen.«

Cassandra konnte sich das zwar nicht vorstellen, sagte aber nichts, um ihrem Mann nicht in den Rücken zu fallen, sollte dem tatsächlich so sein.

»Wie schön, Sie zu sehen«, antwortete sie stattdessen liebenswürdig. »Gesichter aus der alten Heimat tun in der Ferne immer besonders gut, finden Sie nicht?«

»Ganz Ihrer Meinung, Teuerste.« Er schenkte ihr ein strahlendes Lächeln.

Cassandra beantwortete es mechanisch und war irritiert, als er nah an sie herantrat. »Mister Ironside, ich …«

»Cassandra«, unterbrach er sie und sah sich kurz nach allen Seiten um. »Ich habe eine große Bitte an Sie.«

Sie unterließ es, ihn darauf hinzuweisen, dass er nicht das Recht hatte, sie bei ihrem Vornamen zu nennen. Stattdessen ging sie auf seine Andeutung ein.

»Und die wäre?«

»Gewähren Sie mir fünf Minuten unter vier Augen. Ich muss Sie dringend in einer – nun ja, sagen wir in einer etwas heiklen Angelegenheit sprechen.«

»Mister Ironside, wenn Sie erneut vorhaben, mir so wie im Theater …«

»Oh, ich versichere Ihnen – nichts dergleichen! Ich wollte Sie nur um einen Gefallen bitten … ein gutes Wort für mich einzulegen …«

Sie hob fragend die Brauen.

»Bei einer Dame.«

Sie sah ihn erröten und musste beinahe lächeln. Trotzdem wehrte sie ab. »Sie werden sicher verstehen, dass ausgerechnet ich hier die falsche Person bin.«

»Bitte! Nur eine Frage. Aber … Sie werden sicher verstehen, dass es mir peinlich ist, hier, wo man uns belauschen kann, unter all diesen Menschen …«

Er wirkte bedrückt, ja geradezu unglücklich, und Cassandra seufzte ergeben.

»Na schön. Eine Frage, aber ich sage es Ihnen gleich: Ich kenne keine Damen der hiesigen Gesellschaft, also werde ich Ihnen kaum von Nutzen sein können.«

»Diese kennen Sie ganz gewiss – und sie ist heute Abend ebenfalls anwesend.«

Nun wurde Cassandra langsam neugierig. »Wer könnte das nur sein?«

»Wo … sind wir ungestört?«

»Kommen Sie.« Sie wandte sich entschlossen ab und strebte auf die Tür zum kleinen Speisesalon zu. Dort würden sie besprechen können, was Nathan von ihr zu erbitten gedachte. »Aber wirklich nur kurz« ermahnte sie ihn eindringlich, »denn ich soll nachher noch singen.«

»Oh, das werden Sie, keine Sorge.«

Cassandra blieb mitten im Raum stehen und wandte sich zu ihm um. »Nun – wer ist die Glückliche, die sich Ihrer …« … Aufmerksamkeit erfreut, hatte sie noch sagen wollen, doch der Rest des Satzes blieb ihr im Hals stecken.

Nathan Ironside stand mit verschränkten Armen zwischen ihr und der Tür und versperrte ihr eindeutig den Weg.

»Wo ist der Herzog?«

»Welchen Herzog meinen Sie? Wir haben keinen unter unseren Gästen.«

»Ihren Mann natürlich – den Duke of Compton.«

Cassandra lachte trotz der absurden Situation spontan und herzlich auf. »Mister Ironside, Sie sind da wohl einem kleinen Irrtum aufgesessen – Mister Lakeland heißt Marmaduke. Es ist nichts weiter als eine Abkürzung seines Vornamens; eine Gewohnheit, dass fast jeder ihn so nennt, und keineswegs ein Titel.«

Er betrachtete sie mit mitleidiger Herablassung und legte lässig den Kopf zur Seite. Unwillkürlich fragte Cassandra sich, was sie an diesem affektierten Menschen jemals anziehend gefunden hatte.

»Armes, verschmähtes Mädchen. Sie wissen offensichtlich selbst nicht einmal, wen Sie da so überstürzt geehelicht haben.«

»Reden Sie keinen Unsinn, Mister Ironside. Wenn Sie mit diesem Manöver nichts anderes beabsichtigt haben, als mich zu beleidigen, dann erkläre ich diese Unterhaltung hiermit für beendet.«

»Hier ist gar nichts beendet«, fuhr er sie an, und schneller, als sie reagieren konnte, hatte er aus einer Jackentasche eine Pistole gezogen, die er nun auf sie richtete. Die Waffe nahm sich in seinen manikürten Händen geradezu lächerlich aus.

»Was fällt Ihnen ein? Wenn das ein Scherz sein soll, dann ist es ein sehr schlechter«, fauchte sie empört, doch als sie in seine Augen sah, wurde ihr klar, dass er keinen dummen Schabernack machte, sondern ihm damit bitterernst war.

»Ich habe heute keinen Sinn für Humor«, sagte er mit einer Stimme, die nicht die war, die sie an ihm kannte, sondern voller Eiseskälte und Entschlossenheit. Ironside ging langsam, die Mündung der Waffe stets auf sie gerichtet, um sie herum und rückwärts auf das kleine Kanapee zu, das in der Zimmerecke stand, und ließ sich dort bequem nieder, als hätte er alle Zeit dieser Welt.

»Also … was wollen Sie von mir?«

»Den Duke. Hier und sofort. Und Sie werden nun dafür sorgen, dass er auch wirklich kommt. Allein.«

»Und wie stellen Sie sich das vor?«

Er deutete mit dem Lauf der Pistole auf den kleinen Sekretär zwischen den beiden Fenstern. »Sie schreiben eine Notiz an den Herzog, in der Sie ihn bitten, herzukommen, Sie hätten ihm etwas Dringendes mitzuteilen.«

»Und dann?«

»Ist es besser, wenn Sie nicht so viel davon mitbekommen, glauben Sie mir. Aber ich will Sie nicht über Gebühr ängstigen. Ich lasse mir von Ihrem lieben Herzog die Papiere aushändigen, die ich von ihm brauche, und gehe meiner Wege. Vielleicht. Vielleicht auch nicht. Das kommt ganz darauf an.«

»Er wird sie Ihnen nie geben – so er sie denn überhaupt besitzt.«

»Oh, er besitzt sie, glauben Sie mir. Und die Möglichkeit, dass er sich weigert, habe ich ins Kalkül gezogen, keine Sorge. Und auch dafür habe ich eine Lösung. Hier in meiner Hand habe ich die Lösung. Und vielleicht wird das dann sogar meine präferierte Alternative werden. – Und nun schreiben Sie!«

Marmaduke Lakeland stand neben einem Fenster, das er der Hitze wegen weit geöffneten hatte. Im großen Emp-

fangssaal unterhielten sich vergnügungswütige Gäste, sie lachten, aßen und tranken, tanzten und schäkerten.
Er reckte den Hals.

»Maurice – wo ist meine Frau?«, erkundigte er sich bei dem Marquess, der soeben mit einem Glas Champagner in der Hand neben ihn getreten war. »Haben Sie sie zufällig irgendwo gesehen? Sie sollte doch gleich ihren Auftritt haben!«

»Nein. Ich habe sie seit einiger Zeit schon nicht mehr gesehen, Duke. Zuletzt stand sie dort drüben unter dem Gemälde dieses … na ja, dieses alten Sacks in Uniform und unterhielt sich mit einem Bekannten aus der Heimat, wie Zoey mir erklärte.«

Duke wurde hellhörig.

»Mit einem Bekannten aus der Heimat? Wen meinen Sie?«

»Mrs. Fullerton sagte, sie würden sich noch aus Woodland Court kennen.«

»Verflucht. Erwähnte sie den Namen Ironside?«

»Ich glaube, so nannte sie ihn.«

»Was zum Teufel macht er hier?«

»Dann haben Sie ihn nicht eingeladen? Zoey hatte sich schon gewundert.«

»Nicht im Traum wäre es mir eingefallen, mir diesen – Menschen ins Haus zu holen. Und wo sind die beiden jetzt?«

Beide Männer renkten sich die Hälse aus, um Cassandra unter den Tanzenden ausfindig zu machen, als Bells zu ihnen trat.

»Wen suchen die Herren?«

»Meine Frau. Hast du sie zufällig gesehen?«

»Nein, aber …«

In diesem Moment trat ein Diener zu ihnen und reichte Duke mit respektvoller Verbeugung einen Zettel.

»Sir – Ihre Frau Gemahlin bat mich, ihnen dies auszuhändigen.«

»Danke.« Duke riss den Zettel an sich und entfaltete ihn. Der Inhalt war reichlich verwirrend.

Verehrtester Signor Lagoterra,

ich erwarte Sie zu einem privaten Plausch unter vier Augen vor dem Spiegel des Speisesalons.

Ihre Cassandra

»Was soll diese sonderbare Nachricht? Hat meine Frau über die Maßen dem Port zugesprochen?«

Er sah ratlos zu den beiden anderen Männern. Maurice nahm den Zettel an sich, und er und Bells lasen die Nachricht ebenfalls.

»Ihr italienischer Spitzname, Sir«, merkte Bells an. »Ihre Frau kennt ihn, da Messer Contarini sie in einem Blumengruß so nannte, den er Ihr nach dem Dinner schickte.«

»Im Theater hat er mich ebenfalls so genannt – und sie weiß, dass er in meine Arbeit involviert war, also geht es keineswegs, so wie es hier steht, um eine private Plauderei.«

»Nein, das vermute ich auch. Aber …« Der Marquess hielt inne. »Der Gentleman, mit dem Ihre Frau Gemahlin zuletzt sprach, scheint mir ebenfalls verschwunden. Zumindest kann ich auch ihn nirgendwo entdecken.«

»Verflucht«, entfuhr es Duke und er spürte, wie kalte Angst sich in ihm breitmachte. »Es ist eine Anspielung auf meine Mission hier in Venedig.«

»Das ergibt Sinn«, murmelte der Marquess.

»Was für ein kluges Köpfchen«, lobte Bells.

»Und ich glaube, ich weiß jetzt auch, was hier gespielt wird«, resümierte Duke bitter. »Also werde ich ihrem Ruf Folge leisten.«

»Und wenn es eine Falle ist?«, gab Bells zu bedenken.

»Natürlich ist es eine Falle«, schnaubte Duke. »Aber der Mistkerl hat meine Frau, und sie war immerhin so klug, ihn dahin zu locken, wo wir die Möglichkeit haben, ihn zu überraschen.«

Als er an die Angst dachte, die Cassandra in diesen Augenblicken ausstehen musste, griff eine eisige Hand nach seinem Herzen.

Wenn dieser unselige Mensch ihr auch nur das kleinste Härchen krümmen würde, dann wäre sein Todesurteil besiegelt, schwor er sich in diesem Moment. Doch was nun zählte, war, dass er einen kühlen Kopf bewahrte und seine Frau sicher aus der Gefahrensituation brachte.

»Wir müssen uns beeilen, wer weiß, wann dieser Verrückte nervös wird und eine Dummheit begeht. Bells, du bleibst hier und behältst die Tür zum Salon im Auge. Maurice geht mit mir. Nehmen Sie eine Kerze mit. Los jetzt.«

In größter Eile rannte er ins Treppenhaus, das zum *Mezzanin* führte, und hastete die Stufen hinunter, den Korridor entlang, bis er vor der Petrusstatue stand und ihr den Schlüssel aus der Hand riss. So schnell er konnte, schob er den Gobelin beiseite und schloss die Tür auf.

»Still jetzt! Kein Geräusch mehr, er darf uns nicht hören.«

Lautlos schlüpften die beiden Männer hinein. Hinter ihnen fiel der Wandbehang wieder vor die Öffnung.

Duke musste seine Ungeduld mühsam zähmen. Am liebsten wäre er wie ein wilder Löwe die Treppe hinaufgestürmt, doch eingedenk von Cassandras Erzählungen, dass die Laute aus der Ruine bis in den Palazzo hinüberdrangen, versuchte er, jedes Geräusch zu vermeiden.

Auch Maurice hinter ihm blieb unhörbar. Nur sein leises Schnaufen gelangte hin und wieder an Dukes Ohr. Rasch erreichten sie das erste Obergeschoss. In dem kleinen Raum, in dem Cassandra ihn und Bells überrascht hatte, stattete Duke sich selbst und den Marquess mit jeweils einer Pistole aus.

»Bitte schießen Sie nur im äußersten Notfall«, flüsterte er seinem Begleiter zu. »Wenn es sich so verhält, wie ich vermute, dann ist dieser Mistkerl sicher bewaffnet. Anders könnte er meine Frau niemals im Zaum halten.«

»Verstanden«, war die gewisperte Antwort.

»Dann wollen wir mal sehen, was uns erwartet.«

Lautlos schlüpfte Duke in den schmalen Korridor, der an den Speisesalon grenzte.

Cassandra atmete auf. Die Notiz war geschrieben. Konnte sie im Augenblick wirklich nicht mehr tun?

»Und jetzt?«, erkundigte sie sich mit reichlich aufsässigem Ton bei ihrem Bewacher.

»Wir warten auf Ihren Herzog.«

Cassandra musste sich zwingen, nicht mit den Augen zu rollen. Was hatte Ironside nur immer mit dem Herzog?

»Was wollen Sie eigentlich wirklich von meinem Ehemann?«

»Das sagte ich Ihnen doch schon: Ihr Mann ist im Besitz einiger geheimer Dokumente und vor allen Dingen ungeschriebener Informationen, die für die französische Armee von äußerster Wichtigkeit sind.«

In diesem Augenblick fiel es Cassandra wie Schuppen von den Augen. Wenn sie auch nicht begreifen konnte, wie gerade dieser selbstverliebte Kerl, dem sie aus ihrer jetzigen Sicht der Dinge keinerlei diplomatisches Geschick zutraute, gerade als solcher hatte rekrutiert werden können, gab es nur eine Erklärung für diese fast absurde Szene. »Sie sind zur Gegenseite übergelaufen.«

Ironside grinste sie frech an, was in ihr eine fast unbezähmbare Wut aufsteigen ließ. »Natürlich bin ich das.«

»Und warum? Wie können Sie nur ihr eigenes Vaterland verraten?«

»Weil die andere Seite leider besser bezahlt, so einfach ist das. Man hat mir viel Geld dafür geboten, wenn ich nach Venedig ginge. Da wusste ich nur noch nicht, dass ich Ihnen hier begegnen würde.«

»Hätte das etwas daran geändert, dass Sie uns alle des Geldes wegen verraten?« Sie konnte es nicht fassen. »Ich dachte, Sie wären wohlhabend genug.«

»Von Ruhm und Ehre können nur sehr wenige essen und trinken, Mrs. Lakeland. Das Leben ist kostspielig. Vielleicht hätte Ihre Mitgift das Schlimmste verhindert, aber so …« Er hob die Hände, wie um seine Machtlosigkeit anzudeuten. »Ich hätte nicht gedacht«, fuhr er fort, »dass es so schwer sein könnte, sich reich zu verheiraten. Für einen Mann wie mich zumal.«

Dann wissen Sie ja, wie es den meisten Frauen ergeht, dachte Cassandra bissig, doch sie ging stattdessen darauf ein, was er gesagt hatte.

»Ich verstehe«, antwortete sie. »Sie haben nach einer größeren Mitgift gegriffen als der meinen und sie verfehlt.«

Er richtete sich auf und beugte sich mit gerunzelter Stirn vor.

»Wer hätte auch jemals annehmen können, dass ein Mauerblümchen wie Sie so schnell Ersatz für mich auftun würde. Damit konnte doch niemand rechnen, oder etwa doch?«

Erneut kämpfte Cassandra gegen eine Welle des Zorns an, doch sie beherrschte ihren verletzten Stolz. Ironside sprach weiter, beinahe wie zu sich selbst.

»Da ich nun mal leider in der Bredouille steckte, musste ich einen Ausweg finden. Doch dann fand der Ausweg mich – zufälligerweise im Hafen von Brügge. Ich brauchte Geld, und das bekam ich. Und ich werde noch viel mehr bekommen, wenn ich das Vorhaben Ihres Mannes vereiteln kann.« Er lehnte sich wieder zurück. »Und das werde ich, verlassen Sie sich darauf.«

Ihre Gefühle wechselten mittlerweile von Ärger zu Angst. Weshalb verriet Ironside ihr so viel? Doch sicher nicht deshalb, weil er nach diesem Ereignis aufhören würde, für den Feind zu arbeiten! Wenn sie aber sein Geheimnis kannte, dann … Ihr schauderte und sie weigerte sich, den Gedanken fortzuführen.

Seine Aggression richtete sich noch gegen ein weiteres Ziel: Duke, der als informeller Repräsentant der englischen Krone und geheimer Botschafter all das repräsentierte, was er, Ironside selbst, verraten hatte.

Als Cassandra bewusst wurde, dass ein kleines Ereignis in einem gänzlich unbedeutenden Herrenhaus in den englischen Cotswolds Konsequenzen gezeitigt hatte, die nun dabei waren, historische Ausmaße anzunehmen, wurde ihr kurz schwindlig.

Hätte sie Duke nicht in der Bibliothek jene verhängnisvolle Frage gestellt, die ihn zum Bleiben bewogen hatte, und hätte sie nicht aus Ehrgefühl an dieser Verlobung festgehalten, sondern sich stattdessen vielleicht wieder Nathan zugewandt … All das hier wäre nicht geschehen und Duke könnte die geheime Politik des Königreichs in der Lagunenstadt unbehelligt weiterführen.

Hatte er die Botschaft, die sie in dem erzwungenen Billett versteckt hatte, verstanden? Cassandra konnte es nur hoffen.

Sie musste darauf vertrauen, dass sein Scharfsinn sie nicht im Stich ließe. Und dass er vorsichtig genug agierte, um Ironside nicht zu früh darauf aufmerksam werden zu lassen, dass er auf dem Weg zu ihnen war.

Und zwar anders, als dieser es erwartete. Sie musste Duke Zeit verschaffen. Wie lange mochte es dauern, bis er die andere Seite des Spiegels erreicht hätte? Die größte Unwägbarkeit dabei war die Frage, wie lang der Diener gebraucht hatte, um Duke zu finden.

Cassandra seufzte unwillkürlich auf. Ironsides Herumgefuchtel mit der Pistole ging ihr gehörig auf die Nerven. Sie hätte nichts dagegen gehabt, hätte er sich selbst ins Bein geschossen und diese Farce vorzeitig beendet.

Ironside runzelte die Stirn. »Wollen Sie sich nicht endlich setzen, Madam?«

»Nein danke. Ich bin viel zu unruhig dazu«, wehrte Cassandra ab. Sie musste es schaffen, in der Nähe des Spiegels zu bleiben, damit sie eventuelle Geräusche noch vor ihrem Entführer hören könnte und vorbereitet wäre, wenn Duke auftauchte.

Sie rang die Hände und begann, unruhig auf und ab zu gehen.

»Wie kommen sie eigentlich auf den Gedanken, dass Mr. Lakeland tatsächlich der Mann ist, den Sie suchen?«, versuchte sie, Zeit zu gewinnen. »Er ist doch nur ein Kaufmann.«

Ironside lachte hämisch. »Machen Sie sich nicht lächerlich, indem Sie versuchen, mich für dumm zu verkaufen. Ihr harmloser Kaufmann hat Spuren hinterlassen. Nicht viele, und auch nur sehr unauffällig, aber dennoch gibt es den einen oder anderen Patrizier im Senat, der etwas mitbekommen hat. Ich konnte dann immerhin eins und eins zusammenzählen.«

»Wie überaus gerissen.« Cassandra konnte es sich nicht verkneifen, eine gehörige Portion Ironie in ihre Stimme zu legen, auch wenn ihr klar war, dass sie ihn lieber nicht reizen sollte.

Da – war das nicht ein winziges Scharren hinter dem Spiegel gewesen?

Cassandra reagierte spontan. Sie eilte zum Fenster und öffnete es.

»Was soll das?«, fragte Ironside scharf und richtete sich auf.

»Die Luft ist zum Ersticken schwül hier drin, finden Sie nicht auch?«

Argwöhnisch sah er ihr zu, wie sie auch die anderen beiden Fensterflügel aufriss. Aus dem nebenan liegenden Saal drangen nun deutlich hörbar Stimmen und Musik des Festes zu ihnen herüber.

Das sollte Duke etwas Bewegungsfreiheit verschaffen, hoffte sie. Sie erinnerte sich noch deutlich an das Klicken, das der Spiegel beim Einrasten gemacht hatte. Wenn er ebenso deutlich hörbar auch zu öffnen wäre, dann würde das Geräusch Ironside vermutlich warnen und der Überraschungseffekt wäre dahin. Außerdem saß der Kerl so, dass es ihm unweigerlich auffallen musste, wenn der Spiegel seine Position veränderte. Sie musste ihn von seinem Platz fortlocken.

Cassandras Knie zitterten, als ihr die Gefährlichkeit der Situation zu Bewusstsein kam.

Wenn Ironside den Braten riechen würde, dann könnte er ihren Ehemann mit spielerischer Leichtigkeit erschießen, sowie dieser auch nur einen Fuß aus der Öffnung setzte. Oder gar durch das Glas des Spiegels hindurch!

Das musste sie irgendwie verhindern.

Da – dieses Mal meinte sie tatsächlich, das leise Klicken des Schließmechanismus wahrzunehmen. Auch Ironside hatte den Kopf gehoben und lauschte.

»Nein, … Das kann doch nicht wahr sein!«

In dem verzweifelten Versuch, ihn davon abzulenken, lehnte sie sich weit aus dem Fenster und deutete mit der Hand in Richtung Gasse.

Und tatsächlich – es funktionierte.

Ironside sprang auf und eilte zu ihr.

»Was machen Sie da, Sie verrücktes Weib? Kommen Sie sofort wieder zurück und schließen Sie die Fenster!«

Sie drehte den Kopf zu ihm und sah aus dem Augenwinkel, wie sich der Spiegel langsam und kaum merklich von der Wand löste.

Jetzt nur nicht hinsehen und ihn darauf bringen, dachte sie mit einem letzten Rest Vernunft.

»Aber so sehen Sie doch – da!«

Aufgeregt deutete sie nach unten und winkte ihn mit der anderen Hand herbei. Er durfte sich jetzt auf keinen Fall umdrehen – jetzt, wo sich der Spalt immer weiter öffnete und bereits der Lauf einer Pistole zu sehen war.

»Kommen Sie da weg, habe ich gesagt. Ich will verdammt sein, wenn …«

»Aber Sie müssen das unbedingt sehen«, beharrte Cassandra verzweifelt.

Ironside griff nach ihrem Arm und zerrte daran, zog sie weg vom Fenster. Cassandra wehrte sich nur halbherzig, denn in diesem Augenblick tauchte ein großer Schatten hinter ihm auf und Nathan Ironside ging mit einem dumpfen Laut zu Boden.

Im selben Moment löste sich ein Schuss.

Kapitel 26

Etwas war anders als sonst, das spürte Cassandra genau, als sie mühevoll aus den Tiefen eines Schlafes auftauchte, der ihr wie eine Aneinanderreihung langer, schmerzvoller Tage vorkam.

Was war nur geschehen?

Sie konnte sich an nichts erinnern, merkte nur, dass sie große Schwierigkeiten hatte, die Augen zu öffnen oder auch nur den Kopf zu heben, da dieser elendiglich pochte.

Und dass sie entsetzlich Durst hatte.

Himmel – wie lang hatte sie nur geschlafen?

Schließlich gelang es ihr, die verklebten Lider zu öffnen und sich blinzelnd zu orientieren.

Sie lag in ihrem Schlafzimmer, die lindgrünen Seidentapeten leuchteten im Schein einer tief stehenden Sonne, deren Licht nur gedämpft durch halb geschlossene Läden drang.

Soweit also alles in Ordnung.

Nur – weshalb schmerzte ihr rechter Arm dann so höllisch?

Sie drehte den Kopf etwas in Richtung Fenster … und erstarrte. In einem Sessel links neben ihrem Bett saß Duke, sonderbar zusammengekrümmt. Er hatte die Ellenbogen auf den Oberschenkeln abgestützt, den Kopf in den Händen vergraben und bot ein Bild des Jammers.

Aber – warum hatte er sich denn nicht zu ihr ins Bett gelegt? Es sah reichlich unbequem aus, wie er in diesem Sitzmöbel kauerte, das viel zu klein zu sein schien für seine lange Gestalt.

Als er mit einem leisen Stöhnen den Kopf hob und zum Fenster sah, erkannte sie trotz des gedämpften Lichts, dass er unrasiert und seine Gesichtsfarbe fahl war.

Hatte er etwa wieder eine Nacht außer Haus verbracht? Dabei hatte sie stillschweigend angenommen, nun, da sie ihre Gefühle füreinander entdeckt hatten, würde er darauf verzichten. Sie seufzte unglücklich und suchte mit den Augen den Nachttisch nach einem Glas mit etwas Trinkbarem ab. Irgendetwas.

»Ah!« Verwünschter rechter Arm.

Duke fuhr herum, rieb sich müde das Gesicht und starrte sie fassungslos an. Dann, nach der Ewigkeit eines Augenblicks, glitt er vom Sessel zu ihr auf die Bettkante.

»Cass – du bist wach!«, stieß er hervor, mit einer Stimme, die nicht die seine war.

Erstaunt registrierte Cassandra, dass Tränen über seine Wangen strömten, als er sich über sie beugte und sie beinahe ungestüm an seine Brust riss.

»Natürlich bin ich wach, Duke. Warum sollte ich es nicht sein? – Au, mein Arm! Und mein Kopf – mir tut alles weh …«

»Verzeih mir, mein Herz«, bat er sie erstickt und ließ sie nun mit aller Vorsicht wieder in die Kissen zurückgleiten. »Natürlich – ich bin eben doch ein unverbesserlicher Tollpatsch.«

»Ach was. Aber warum weinst du überhaupt? Und …«, sie schluckte mühsam, weil ihre Kehle sich so rau anfühlte wie der Sand auf dem Lido, von dem ihr Zoey ein Taschentuch voll mitgebracht hatte, »…ich habe furchtbaren Durst. Wie wäre es mit Tee?«

»Tee – oh ja, natürlich …«

Marmaduke Lakeland ließ das selige Lachen über Cassandras Frage nach ihrem Lieblingsgetränk mit seinen Tränen kämpfen und siegen, als er aufsprang, um ihren Wunsch zu erfüllen. Rasch betätigte er den Klingelzug, und als Eve lautlos den Raum betrat, bestellte er Tee für seine Frau.

Duke war froh, dass die Zofe nicht nach Cassandras Befinden fragte, denn er traute seiner Stimme noch nicht über den Weg. Zu groß war die Angst gewesen, die er um sie ausgestanden hatte. Und dass sie nun hier lag, mit offenen Augen und einem vertrauensvollen Lächeln im Gesicht zu ihm aufsah, als sei er der Retter ihrer Welt, brachte ihn beinah um das letzte bisschen Fassung, das er noch besaß.

»Geht die Sonne gerade auf oder unter?«, fragte Cassandra und klang ein wenig verwirrt.

»Sie geht unter, Darling«, gab er Auskunft und setzte sich wieder auf ihre Bettkante.

Ihm graute zutiefst vor dem Geständnis, das er ihr machen musste.

Cassandra gähnte. »Ich habe wohl ziemlich lange geschlafen, was?« Sie versuchte, sich zu strecken, doch … »Was … was ist mit meinem Arm los, Duke? Er tut ganz furchtbar weh. Habe ich mich gestoßen? Wann ist das denn passiert? Ich kann ihn kaum bewegen, und auch meinem Kopf ging es schon besser.« Sie sah ihn fragend an.

Offensichtlich hatte sie, wie der Arzt gemutmaßt hatte, aufgrund des Schlages auf den Hinterkopf, den sie beim Aufprall auf den Fensterflügel erlitten hatte, tatsächlich keine Erinnerung an die Ereignisse, die dem Schuss vorhergegangen waren. Und dass das so auch besser sei, hatte er ihm versichert.

Er schluckte mühsam gegen den stetig wachsenden Kloß in seiner Kehle an und räusperte sich mehrmals.

»Es … es war am Abend der Soiree. Cassy, es tut mir so unsagbar leid, dass ich versagt habe …«

Duke wusste nicht, ob er erleichtert oder verärgert darüber sein sollte, dass ihn Eve gerade jetzt mit dem Tee unterbrach, doch dann entschied er sich für ersteres, nahm ihr das Tablett ab und schickte sie mit einem angedeuteten Lächeln wieder hinaus. »Danke, Eve.«

Er trug das Tablett zum Bett und stellte es auf dem Nachttisch ab, schenkte eine Tasse ein und wollte sie Cassandra schon an die Lippen setzen, da griff sie bereits danach.

»Lass mich selbst trinken – ich bin doch schließlich nicht krank, oder?«

Bei dem Versuch, sich aufzusetzen, sank sie mit einem spitzen Schmerzensschrei wieder zurück.

»Ah! Wäre ich ein Mann, dürfte ich jetzt fluchen«, schimpfte sie.

»Du bist nicht krank, du bist … verletzt, Cassandra. Lass mich dir helfen.«

»Verletzt?«

Er nickte stumm, half ihr, sich aufzurichten, und stützte sie, schob ihr zwei weitere Kissen in den Rücken und gab ihr dann erst die Tasse in die freie linke Hand.

Ihm war bewusst, dass er sein Bekenntnis hinauszuzögern suchte, indem er ihr dabei zusah, wie sie Schluck für Schluck den Tee zu sich nahm. »Hast du Hunger?«

»Nein, momentan nicht.« Sie warf ihm einen forschenden Blick zu. »Hattest du eine lange Nacht? Du siehst nicht gut aus.«

Er schnaubte. »Ich hatte mehrere lange Nächte, Liebes.«

»Mehrere? Ich glaube, du bist mir nun wirklich eine Erklärung schuldig. Was ist passiert?«

»Also schön. Was ist das letzte, woran du dich erinnerst, Cass?«

Sie ließ die Tasse sinken und dachte nach. »Nathan Ironside wollte mir auf unserer Feier irgendetwas sagen und ich glaube, ich ging mit ihm in den Speisesalon. Danach ist alles … sehr verschwommen oder ganz fort – wie merkwürdig.« Sie runzelte die Stirn. »Warum weiß ich sonst nichts mehr? Wie kann das möglich sein? Und was meintest du vorhin damit, du hättest versagt?«

Duke atmete tief ein und wappnete sich gegen die Enttäuschung, die unweigerlich in ihrem geliebten Gesicht aufscheinen würde, wenn sie erfuhr, was er getan hatte. Oder besser, was er zugelassen hatte …

Er entschloss sich schweren Herzens dafür, sich so kurz wie möglich zu fassen. Cassandras Dickkopf würde schon dafür sorgen, dass sie erfuhr, was sie darüber hinaus unbedingt wissen wollte.

»Du wurdest angeschossen. Ich konnte nicht auf Ironside schießen, weil er dich in seiner Gewalt hatte, also musste ich ihn niederschlagen und dabei löste sich ein Schuss aus seiner Pistole und traf dich am Arm. Und als du zu Boden fielst, hast du dir auch noch den Kopf angeschlagen – Oh Gott!«, stöhnte er und vergrub erneut das Gesicht in den Händen. »Ich habe zugelassen, dass du beinahe erschossen wurdest!«

Cassandra antwortete nicht und er vermied es, sie anzuschauen. Er wollte den Blick nicht sehen, mit dem sie ihn sicherlich jetzt bedachte: ernüchtert, betrübt und zutiefst traurig über sein Unvermögen, sie zu beschützen und auf sie achtzugeben.

»Duke?«, fragte sie nach einer kleinen Weile, die ihm wie eine Ewigkeit vorkam.

»Hm?« Er hob den Kopf so weit, dass er ihr nun doch in die Augen schauen konnte.

Sie musterte ihn mit leicht schief gelegtem Kopf. »Etwas fällt mir da gerade wieder ein. Etwas, das Nathan zu mir sagte, als er mir den Weg nach draußen abgeschnitten hatte.«

»Was?« Kein Vorwurf lag in ihrem Blick. Auch nicht die von ihm erwartete Enttäuschung. »Was sagte er?«

»Er sagte, du seist ein Duke, und dass ich armes Mauerblümchen nicht einmal wisse, mit wem ich mich da so überstürzt verheiratet hätte. Ist das wahr … *Marmaduke*? Bist du tatsächlich ein Herzog?«

Lakeland richtete sich auf.

»*Das* interessiert dich?«

»Sollte es denn nicht?«

»Nein, zur Hölle.«

»Fluche nicht, zum Teufel. Ich bin verwundet und muss geschont werden!«

Beinahe hätte er haltlos zu lachen angefangen.

»Was sollte mich denn deiner Meinung nach stattdessen interessieren?«

»Dass ich dich nicht beschützt habe. Dass ich zugelassen habe, dass dieser Irre dich in deinem eigenen Haus in seine Gewalt bringt. Dass ich nicht verhindert habe, dass du verwundet wirst …«

»Das bist du doch auch.«

Er traute seinen Ohren nicht. »Aber ... *ich bin ein Mann, Teufel noch eins.* Ich muss auf dich aufpassen. *Ich* muss mich verwunden lassen, um *dich* zu beschützen. Und nicht umgekehrt.«

Sie horchte auf. »Ich habe dich beschützt?« Der Gedanke schien ihr zu gefallen.

»In gewisser Weise – ja.«

»Ach.« Ein zufriedenes Lächeln nahm ihr Gesicht in Besitz. »Und wie habe ich das gemacht?«

Duke seufzte kopfschüttelnd. »Ironside hat dich gezwungen, mich in eine Falle zu locken, aber du hast mich mit versteckten Hinweisen zur Spiegeltür geschickt. So konnte ich ihm in den Rücken fallen.«

»Dann bin ich also nicht nur tapfer, sondern auch sehr klug?«

Seine Frau sah aus, als würde sie trotz ihrer Schmerzen jeden Moment vor Lachen platzen.

»Herr im Himmel, Cassandra. Wie kannst du angesichts dieser Ereignisse nur so guter Laune sein? Du hättest sterben können!«

»Dann hätte ich wahrlich nicht mehr viel zu lachen, aber – immerhin, ich lebe noch, oder etwa nicht?«

»Wie konnte ich auch nur einen Augenblick lang denken, dass ich um dich Angst haben muss?«, fragte er kopfschüttelnd, doch seine Beklemmung löste sich langsam.

»Hattest du?«

»Ganz entsetzlich.«

Sie schenkte ihm ein warmes Lächeln, stellte die Tasse vorsichtig neben sich auf dem Bett ab und streckte die Hand nach ihm aus, die er zögernd ergriff. »Ich liebe dich auch, Duke.«

Er nickte bedächtig. »Es ist gut, dass du es weißt.«

»Natürlich weiß ich es.«

»Obwohl ich es dir nie gesagt habe?«

»Ich weiß es trotzdem.«

»Ja, Cassandra Halcroft Lakeland – ich liebe dich.«

Sie drückte seine Finger. »Und von all dem anderen Unfug will ich nichts mehr hören. Du hast mich gerettet – schon lange und in mehr als einer Hinsicht. Also bitte … kein Wort mehr davon.«

»Versprochen.« Er beugte sich vor, hob ihre Hand an seine Lippen und küsste sie inbrünstig.

»Was ist mit ihm passiert?«

»Ironside? Er hat sich den allgemeinen Aufruhr um deine Verletzung zunutze gemacht und ist geflohen. Ich denke, er wird nicht weit kommen. Man sucht bereits nach ihm. Mit einem Verrat am Vaterland weiß er natürlich, dass er mit einer empfindlichen Strafe zu rechnen hat.«

»Was für ein Dummkopf. Aber jetzt noch einmal – bist du nun ein Herzog oder nicht?«

»Nun ja – ich fürchte, es lässt sich nicht leugnen.«

»Duke!«

»Schon gut. Ja, gewöhne dich besser daran. Du bist Ihre Gnaden Cassandra Lakeland, Duchess of Compton.«

»Autsch!« Gale Fondyce zeigte sich gebührend beeindruckt, als sie Cassandra ein paar Tage später zusammen mit ihrem Mann Eddie einen Besuch abstattete. Es war der erste Tag, an dem Duke seiner Frau gestattet hatte, ihr Krankenlager zu verlassen, und sie saßen zu dritt im Blauen Salon.

»Ja, allerdings, das dachte ich mir auch. Er hat dann noch eine ganze Reihe beeindruckender weiterer Titel aufgezählt, die ich mir mein Leben lang nicht werde merken können – und wollen. Aber der Duke ist der gewichtigste von ihnen.«

»Ich kann es kaum glauben«, murmelte Eddie. »Dabei tritt er immer so bescheiden auf. Wie er daraus nur so lange ein Geheimnis machen konnte.«

»Ihr alle wusstet also auch nichts davon?«

»Bewahre – wie denn?« Eddie schüttelte energisch den Kopf. »Dieser raffinierte Trick, sich mit dem abgekürzten Vornamen ansprechen zu lassen – Duke, der Duke. Das ist schon haarsträubend.«

»Apropos Haar«, fiel ihm Gale ins Wort, »hat Seine Gnaden sich nun schon an Ihre kurzen Haare gewöhnt?«

Cassandra lachte. »Allmählich ja, glaube ich. Aber sie wachsen ja bald wieder nach, auch wenn ich darüber nachdenke, den Schnitt eine Weile zu behalten – er ist grandios praktisch. Gerade auf hoher See.«

Gale wurde ernst. »Sie reisen also tatsächlich?«

Cassandra atmete tief ein.

»Ja, bei nächster Gelegenheit. Nachdem die gebuchte Passage wegen meiner Verletzung verfallen musste, hofft Seine Gnaden auf eine baldige Möglichkeit, die Stadt zu verlassen. Und ich wünschte, Sie und Eddie würden mitkommen.«

Der wollte etwas sagen, doch Gale winkte ab. »Oh nein, uns gefällt es hier viel zu gut. Außerdem muss ich doch unbedingt den ganzen Klatsch und Tratsch einsammeln, der sich nun um Sie rankt.«

»Was? Wovon reden Sie da, Gale?«

»Nun – davon, dass Sie die unumschränkte Heldin der Stadt sind. Sie haben, so erzählt man sich, ganz allein eine Verschwörung aufgedeckt, die bis in die höchsten Regierungskreise reichte und darauf abzielte, den Dogen zu ermorden. Und für Ihre Ruhmestat haben Sie beinahe mit dem Leben bezahlt.«

»Ich sehe, Sie glauben meiner Frau nicht?« Auch aus Eddies Stimme klang Belustigung. »Es ist aber tatsächlich wahr.«

Cassandra brach in schallendes Gelächter aus. »Unglaublich, was sich die Menschen zusammenreimen. Welche Fantasic. Wann gedenkt man, ein Theaterstück daraus zu machen?«

Gale schüttelte sich nun ebenfalls vor Lachen. »Bringen Sie die Leute ruhig auf Ideen – dann hat die Stadt wieder neuen Stoff zur Unterhaltung und braucht nicht über die Franzosen auf dem Festland nachzudenken. Ich werde Ihnen meine Loge reservieren, wenn Sie zurückkehren.«

Mit einer gewissen Wehmut dachte Cassandra daran, dass das vermutlich nicht der Fall sein würde. Duke bezweifelte, dass seiner Mission noch Erfolg beschieden wäre – doch das behielt sie natürlich für sich.

»Wie auch immer«, sagte sie laut. »Sie beide sind auf Compton Magna immer willkommen, das wissen Sie!«

»Ich danke Ihnen, Euer Gnaden.«

Cassandra gab ihr einen strafenden Klaps auf den Arm. »Unterstehen Sie sich! Und schreiben Sie mir.«

»Das werde ich, verlassen Sie sich darauf. – Oh. Euer Gnaden!«

Marmaduke hatte soeben den Raum betreten und nahm Gales respektvollen Knicks und Eddies beinahe übertriebene Verbeugung mit einem herzlichen Lächeln zur Kenntnis.

»Meine Frau hat Ihnen also alles erzählt?«

»Alles? Das glaube ich nicht«, meinte Gale mit einem verschmitzten Seitenblick auf Cassandra, die zu ihrem großen Ärger errötete. »Aber so manches, das ich mir schon fast gedacht habe. – Wir müssen nun gehen, liebe Freundin, weiterhin gute Genesung. Euer Gnaden …«

»Duke, ich hoffe, wir haben noch Gelegenheit auf ein Gläschen Wein, ehe Sie sich aus der Stadt verabschieden«, meinte Eddie.

»Das wird sich sicher einrichten lassen, mein Freund.«

»Dann auf bald.«

Duke sah ihnen schmunzelnd hinterher. »Ein richtiger Wirbelwind, diese Frau.«

»Ja. Ich mag die beiden sehr. Hoffentlich nehmen sie noch Vernunft an und verlassen die Stadt so wie wir.«

»Dazu habe ich Neuigkeiten.«

Er kam zu ihr und küsste sie liebevoll auf den Mund. Dann setzte er sich auf den Sessel neben ihrem.

»Gerade ist eine Taube angekommen.«

»Und – was sagt sie?«

Er warf ihr einen amüsierten Blick zu. »Sie sagt, dass sich Anfang September eine Möglichkeit für uns ergeben wird, Venedig zu verlassen und nach England zurückzukehren.«

»Für *uns*?«

»Ja. Für uns.«

Verwirrt sah sie ihn an und war nicht ganz sicher, ob sie ihn richtig verstand. »Und was werden wir tun?«

»Wir werden reisen.«

»Du … kommst also mit?«

»Ja. Die Taube sagt nämlich auch, dass man meine Mission hier für gescheitert erklärt und es mir freistellt, zu bleiben oder zu gehen. Daher gehe ich. Zumindest für den Moment. Was danach sein wird … wir werden sehen.«

»Oh Duke – das hatte ich nicht mehr zu hoffen gewagt!«

»Was – dass meine Versuche scheitern würden?«

»Ach – du Dummer! Das doch nicht. Wenn diese venezianischen Esel ihr Glück nicht erkennen, sind sie doch selbst schuld. Oder etwa nicht?«

»Oh ja, das sind sie. Aber eigentlich nennt man sie ja sonst *verräterische adriatische Kröten*.«

»Was? Also das ist nun doch zu böse. Nein, ich wagte schon nicht mehr, zu hoffen, dass du mich nach Hause zurückbegleiten würdest.«

»Da ich noch immer bezweifle, dass ich es zuwege gebracht hätte, dich auf das Schiff zu verfrachten, ziehe ich es vor, deine Abreise persönlich zu begleiten.«

»Was mich unendlich freut, Euer Gnaden.«

»Du darfst mich gern auch weiterhin *Duke* nennen.«

Ein milder Septemberwind spielte mit Cassandras weichen Strähnen, als sie die Straße von Malamocco durchquerten und die Konturen der Stadt langsam im Dunst der Lagune verschwanden.

Mr. und Mrs. Marmaduke Lakeland standen an der Reling der Fregatte, die vor zwei Tagen mit drei weiteren Schiffen unter englischer Flagge in den Hafen von Venedig eingelaufen war. Zusammen mit dem Marquess und

Mrs. Fullerton, die am Vorabend in Windeseile noch seine Gemahlin geworden war, Bells und Eve verließen sie die Löwenrepublik, um nach England zurückzukehren. Das übrige Personal hatte es vorgezogen, zu bleiben und auf ihre mögliche Rückkehr zu warten – die meisten von ihnen waren ohnehin Venezianer.

Cassandra lehnte sich an ihren Mann und sah grüblerisch zurück.

»Was denkst du – werden wir wiederkommen?«

»Möchtest du das denn?«, fragte er ebenso nachdenklich.

»Ich weiß nicht.«

»Ich glaube, ihr versteht euch recht gut, die Stadt und du.« Er küsste sie sanft auf die Schläfe, was Cassandra mit einem leisen Seufzen quittierte.

»Findest du? Ich glaube eher, dass ich sie überhaupt nicht verstehe. Sie ist fürchterlich laut und umtriebig. Du weißt, dass ich auf dem Land aufgewachsen und Ruhe gewohnt bin.«

»Demnach kannst du dich immer noch nicht dafür erwärmen, nach London zu übersiedeln?«

»Nein, mein Lieber, absolut nicht. Ich denke, dass mir die Küste von Devon weitaus mehr zusagen wird als jede Großstadt der Welt, und sei sie auch noch so königlich.«

»Wir werden sehen.«

Duke lächelte sie an und Cassandra erwiderte den Blick. Seine Augen waren voller Wärme und Stolz.

»Und trotzdem«, sagte sie, »wird Venedig für mich immer die Stadt sein, in der ich meine große Liebe gefunden habe.«

»Ich dachte, du hättest sie in der Bibliothek deines Vaters gefunden«, scherzte er.

»Aber nein. Da habe ich dir einen Heiratsantrag gemacht und du wolltest mich gar nicht.«

»Das ist wahr«, gestand er. »Ich wollte dich nicht. Wahrscheinlich war mir da schon klar, dass du mein Schicksal werden würdest, und dem wollte ich entgehen.«

Sie blinzelte zu ihm auf und warf dann einen letzten Blick zurück.

»Ob die Löwenrepublik dem ihren entgehen wird?«

Er zog sie enger an sich. »Ich weiß es nicht. Spätere Generationen werden es aus den Geschichtsbüchern erfahren, wir vielleicht aus der Zeitung. Aber wie auch immer – sie wird etwas ganz Besonderes bleiben. So wie du.«

Epilog

Ein Herrenhaus in den Cotswolds nahe Chippenham,
Ende Oktober 1796

Was gibt es denn so Dringendes, Sir Rupert, dass du mich unbedingt sprechen willst?«

Lady Octavia ließ deutlich ihre Missbilligung darüber erkennen, dass ihr Gatte, Sir Rupert Halcroft, es gewagt hatte, ihre heilige Nachmittagsruhe zu stören. Als Miss Billings, ihre Gesellschafterin, ihr die Bitte überbracht hatte, hatte sie ihrem Unmut mit lautem Seufzen und Stöhnen kundgetan, sich dann aber dennoch auf den Weg in das Arbeitszimmer ihres Mannes gemacht.

»Ich habe eine Einladung erhalten, die dich sicherlich interessieren wird, meine Teuerste«, ließ Sir Rupert sie wissen. Ein sonderbar zufriedenes Lächeln spielte um seinen Mund, was seiner überaus mit sich selbst beschäftigten Gattin aber nicht weiter auffiel.

»Eine Einladung? Wozu?«

»Zu einer Hochzeitsfeier in Devon.«

»Einer Hochzeitsfeier? In Devon?«, echote Lady Halcroft und drückte allein mit den Fragezeichen hinter den kurzen Sätzen ihre klare Abneigung aus, sich derartige Strapazen anzutun.

»Sehr richtig. Ich habe mir bereits erlaubt, eine Zusage zu verfassen und abzusenden.«

»Ohne mich vorher zu konsultieren?«

»Ich konsultiere dich jetzt.«

»Aber Sir Rupert! Hättest du vorher darüber mit mir gesprochen, anstatt über meinen Kopf hinweg zu entscheiden … aber du solltest das eigentlich wissen: Mein Gesundheitszustand wird es mir nicht erlauben, diese weite Reise auf mich zu nehmen nur wegen einer Hochzeitsfeier.« Beleidigt wandte sie sich ab und schickte sich an, das Arbeitszimmer wieder zu verlassen.

»Auch nicht, wenn es sich um den dreizehnten Herzog von Compton handelt?«

Lady Octavia blieb abrupt stehen und wandte sich wieder um.

»Ein Herzog? Oh. – Nun, ich könnte tatsächlich darüber nachdenken. Und er lädt uns ein? Wen heiratet er denn?«

»Unsere Tochter Cassandra.«

Sir Rupert sah mit diebischem Vergnügen, wie seine Frau erbleichte und nach einem Sitzmöbel tastete, auf das sie sich dramatisch niedersinken ließ.

»Oh«, wiederholte sie mit schwacher Stimme.

Die Überraschung war ihm gelungen.

Lady Octavia richtete sich ruckartig auf. »Dann hat dieser Lakeland oder wie auch immer der Kerl heißen mag, sie also … aber … aber … wie ist das möglich? Sie ist doch schon verheiratet!«

»Hier – sieh selbst.«

Er hielt seiner Frau das schwere Bütten entgegen, das ein beeindruckendes Familienwappen als Wasserzeichen trug. Ihre Hand zitterte vor Aufregung und gleichzeitiger Empörung über die unfassbare Nachricht, als sie hastig nach dem Blatt griff und die Zeilen überflog, bis sie bei der für sie relevanten Information angekommen war.

... erlauben sich der Herzog und die Herzogin von Compton, zur offiziellen Feier anlässlich ihrer Eheschließung zu laden ...

Seine Gnaden Marmaduke Bartholomew Leonard Lakeland, 13. Duke of Compton
und
Ihre Gnaden Cassandra Alexa Rita Halcroft Lakeland ...

Weiter kam Lady Halcroft nicht. Das Blatt entglitt ihren Händen und sie schickte sich mit einem spitzen Schrei an, nach allen Regeln der Kunst in Ohnmacht zu fallen.

Ihr Gatte ließ sie gewähren und trat unbeeindruckt ans Fenster. Ein Lächeln tiefster Befriedigung breitete sich über sein Gesicht, als er hinaussah in den herbstlichen Garten. Besser hätte sich alles gar nicht fügen können, fand er.

Eins allerdings stand für ihn unverrückbar fest: Auf eine weitere abenteuerliche Geheimmission würde er seinen Schwiegersohn ganz sicher nicht schicken ...

Anhang

Am 16. Mai 1797 besetzten mit den Franzosen zum ersten Mal in ihrer über tausendjährigen Geschichte feindliche Truppen die Stadt Venedig. Damit war die Serenissima Repubblica, die Löwenrepublik, der Markusstaat, Geschichte.

Ein halbes Jahr später wurde Venedig den Österreichern übergeben, kam 1805 zum napoleonischen Königreich Italien und 1815 an das habsburgische Lombardo-Venetien. Seit 1866 ist Venedig Teil des Staates Italien. Unabhängig wurde Venedig nie mehr – auch wenn in den letzten Jahren Umtriebe in diese Richtung gehen. Es wird wohl Folklore bleiben.

Was meine Geschichte betrifft – es gab offiziell keinerlei Bemühungen seitens der Engländer, Venedig ein Bündnis gegen die Franzosen anzutragen, weiß der Historiker Alvise Zorzi (VENEDIG – Die Geschichte der Löwenrepublik, Fischer TB Verlag, 1985). Allerdings ist die Präsenz der vier englischen Schiffe, mit denen ich mein Herzogspaar nach Hause schicke, im Hafen von Venedig im September 1796 tatsächlich historisch.

Aber es hätte sich ja schließlich so zugetragen haben und irgendein Marmaduke Lakeland hätte sich im Verborgenen in die Geschicke der Stadt einmischen können. Und wenn die Geschichte anders gelaufen wäre, und Venedig sich gegen Frankreich verbündet hätte – wer weiß …

Aber das sind müßige Spekulationen.

Fakt ist, dass Venedig heute ganz in der Hand der Touristen ist, die es überrennen und die »Einheimischen« vertreiben. Fakt ist aber auch, dass diese Stadt nicht nur auf mich einen unwiderstehlichen Zauber ausübt.

Vielleicht kehren Cassandra und Duke ja irgendwann einmal zurück an die Stätte ihres Liebesglücks. Oder ihre Kinder. Oder Enkel.

Alles ist möglich …

Noch ein kleiner Hinweis zum Schmunzeln: Dass Cassandra in der Nacht auf die Suche nach Wein geht, um ihren Durst zu stillen, hat den einfachen Grund, dass es zur damaligen Zeit kaum möglich war, sauberes Trinkwasser vorzuhalten. Ganz besonders in einer Stadt wie Venedig und im Sommer. Gesundheitlich gesehen war es weitaus sicherer, Alkohol zu trinken als Wasser. Man darf also durchaus vermuten, dass die Leute damals alle oft ein wenig 'angeschickert' waren. Und ganz ehrlich: Viele Venezianer trinken noch heute lieber eine 'Ombra', ein Gläschen Wein, anstelle von Wasser.

Ihnen, liebe Leserin, lieber Leser, danke ich herzlich dafür, dass Sie dieses Buch gekauft und gelesen haben. Ich hoffe, die Geschichte hat Ihnen gefallen, denn ich werde Sie auch beim nächsten Buch um Ihre geschätzte Aufmerksamkeit bitten. Ganz sicher.

Mein Dank geht diesmal besonders an meinen Verleger, Sebastian Krüger. Er hat mir die Idee zum Ausflug in dieses Genre in den Kopf gesetzt und daran geglaubt, dass ich sie umsetzen kann. Und ich muss sagen – ich bin in einen wahren Schreibrausch verfallen und hatte unglaublich viel Freude an der Geschichte meiner beiden Protagonisten, daher hoffe ich, Sie haben sie so gern gelesen, wie ich sie geschrieben habe.

Ein weiteres Dankeschön schulde ich aus tiefstem Herzen meiner lieben Freundin und Kollegin Fenna Williams. Ihr sind die vielen schönen Namen in diesem Buch zu verdanken, und sie war es auch, von der die Idee zu Marmaduke – Duke, der Duke – stammt. Ihr verdanke ich meinen ersten Trip nach England in genau der richtigen Schaffensphase, und natürlich auch immer und immer wieder den Zuspruch: *Du kannst das. Fullstop.*

In diesem Sinne – auf Wiederlesen.

Ihre Laura Gambrinus

31959852R00202

Printed in Poland
by Amazon Fulfillment
Poland Sp. z o.o., Wrocław